Klaus Wanninger
Schwaben-Zukunft

Vom Autor bisher bei KBV erschienen:

Schwaben-Rache
Schwaben-Messe
Schwaben-Wut
Schwaben-Hass
Schwaben-Angst
Schwaben-Zorn
Schwaben-Wahn
Schwaben-Gier
Schwaben-Sumpf
Schwaben-Herbst
Schwaben-Engel
Schwaben-Ehre
Schwaben-Sommer
Schwaben-Filz
Schwaben-Liebe
Schwaben-Freunde
Schwaben-Finsternis
Schwaben-Träume
Schwaben-Fest
Schwaben-Teufel
Schwaben-Donnerwetter
Schwaben-Nachbarn

Klaus Wanninger, Jahrgang 1953, lebt in der Nähe von Stuttgart. Er veröffentlichte bisher 40 Bücher. Seine überaus erfolgreiche Schwaben-Krimi-Reihe umfasst nun 23 Romane in einer Gesamtauflage von über 700.000 Exemplaren.

Klaus Wanninger

Schwaben-Zukunft

KBV

1. Auflage Dezember 2022
2. Auflage April 2023

MIX
Papier | Fördert gute Waldnutzung
FSC® C083411

www.kbv-verlag.de
E-Mail: info@kbv-verlag.de
Telefon: 0 65 93 - 998 96-0
Umschlaggestaltung: Ralf Kramp
Lektorat: Volker Maria Neumann, Köln
Druck: CPI books, Ebner & Spiegel GmbH, Ulm
Printed in Germany
ISBN 978-3-95441-632-5

Treffen sich im Weltall zwei Planeten.
»Wie geht's?«, fragt der eine.
»Nicht so gut«, antwortet der andere.
»Wieso?«
»Ich habe eine schlimme Krankheit: Homo sapiens.«
»Ach, das hatte ich auch.
Keine Angst, das geht schnell vorbei.«

Und wenn ich wüsste, dass morgen die Welt untergeht,
werde ich dennoch heute ein Apfelbäumchen pflanzen.

(nach Martin Luther)

Montag, 14. August 2073

Die wichtigsten Nachrichten des Tages in Kürze:

New York endgültig vom Meer überflutet: Zigtausende Tote

Auch die neuen Spezial-Sperrwerke vor der Küste rings um die Stadt konnten den Untergang nicht länger aufhalten. Die von den Ausläufern des Hurrikans Donald ausgelöste Sturmflut riss einen Teil des angeblich unüberwindbaren Bollwerks im Meer aus seiner Verankerung. Eine bis zu 20 Meter hohe Flutwelle schoss daraufhin über die Stadt hinweg und zerstörte einen großen Teil der Infrastruktur. Wie schon bei der Überflutung Bostons im vergangenen Herbst hatten die Behörden nicht mit dem Verlust der Schutzvorrichtungen gerechnet und die Stadt daher nicht evakuiert. Jetzt müssen Zigtausende aus den stabil gebliebenen, aus dem Wasser ragenden Hochhäusern gerettet werden. Wie viele Menschen bisher ihr Leben verloren, ist unklar. Zum Glück hatte ein Großteil der Bevölkerung die Stadt schon in den vergangenen Jahren aufgrund vorheriger Sturmfluten verlassen.

Mutation des West-Nil-Virus: München komplett von der Außenwelt isoliert

Nach mehr als 2500 Todesfällen innerhalb der letzten fünf Tage in München wurde die Stadt von mehreren Einheiten der Bundeswehr von der Umgebung abgesperrt. Aufgrund der extremen Hitze konnten sich Mücken, die die extrem gefährliche Virus-Mutation verbreiten, massenweise vermehren. Die Erreger verursachen bei immer mehr Menschen Hirnhautentzündungen mit meist tödlicher Wirkung.

Kämpfe in Flüchtlingslager in Griechenland fordern mehrere tausend Tote

Die seit Wochen andauernden Auseinandersetzungen im größten der insgesamt 15 Flüchtlingslager in Griechenland forderten allein am Wochenende über 10.000 Tote. Die Kämpfe in dem mit geschätzt 30 Millionen Flüchtlingen aus Afrika und Asien völlig überfüllten Areal, das sich fast über den ganzen Peloponnes hinweg erstreckt, entzündeten sich aus dem Streit verschiedener Volksgruppen um das begehrte Gut Wasser. Die am Grenzzaun in Nordgriechenland stationierten europäischen Streitkräfte erklärten, für Europa bestehe keine Gefahr. Es herrsche strenger Schießbefehl, um jeden Grenzübertritt zu verhindern. Man habe die Lage im Griff.

Intensive Regenfälle in weiten Teilen Kerneuropas

Bei seit Tagen unvermindert anhaltenden, extrem starken Niederschlägen wurden Teile des Alpenraums, des Alpenvorlands und verschiedener Mittelgebirge überschwemmt und von Murenabgängen, Geröllawinen und Bergstürzen verschüttet. Allein im bayerischen Alpenraum kamen etwa 500 Menschen ums Leben. In Stuttgart starben bei Hangrutschungen bisher über 100 Menschen.

1. Kapitel

Mitten in der Nacht schreckte Ann-Sophie Braig aus dem Schlaf. Atemlos, mit pochendem Herzschlag und schweißnassen Händen lauschte sie auf Geräusche aus der Umgebung. Das kräftige Prasseln unablässig vom Himmel schießender Wassermassen übertönte nach wie vor alles andere. Zwei volle Tage und – soweit sie es mitbekommen hatte – auch die ganze bisherige Nacht hatte es wie aus Kübeln geschüttet. Wolkenbruchartig waren unübersehbare Kaskaden intensiven Regens über der Stadt und dem Umland niedergegangen, genau wie es die Meteorologen angekündigt hatten. Den Versuchen, Teile der Wolken mit intensiven Gaben von Silberjodid schon vor dem Erreichen dicht bewohnter Gebiete zum Ausregnen zu bringen, war nur bescheidener Erfolg beschieden; sämtliche Bemühungen, die feuchtigkeitsgesättigte, warme Luftmasse, die genau über Stuttgart zum Stillstand gekommen war, wieder in Bewegung zu setzen, waren fehlgeschlagen. So war nichts geblieben, als die Bevölkerung vor den drohenden Gefahren partieller Überschwemmungen zu warnen.

Jetzt aber wurde das Trommeln des Wassers von etwas anderem überlagert. Einem seltsamen, angstauslösenden Geräusch. Es hörte sich an wie ein dumpfes, aus den Tiefen der Erde aufsteigendes Rumoren.

Sie richtete sich eine Hand breit auf, lauschte. Ihr Puls arbeitete dermaßen heftig, dass er für eine Weile alles andere übertönte. Er hämmerte und lärmte, kam erst nach mehreren Minuten wieder zur Ruhe. Ann-Sophie Braig spürte, wie sich die zarten Haare auf ihrem Arm aufrichteten. Ein Rumpeln und Knarzen, als ob sich Teile der Erde bewegten, dann plötzlich eine nicht enden wollende Abfolge ohrenbetäubender Schläge, ein Prasseln und Tosen wie bei einem Erdbeben.

Irgendwo kreischten Menschen; selbst die mehrfach verglasten Fenster vermochten es nicht, ihre Schreie vollkommen fernzuhalten. Sie kamen von weiter her, nicht aus den Räumen oder den Innenhöfen der unweit gelegenen Klinik, deren Geräusche ihr inzwischen zur Genüge bekannt waren. Das ständig bis an seine Kapazitätsgrenze belegte *Institut für psychosoziale Rekonvaleszenz*, im Volksmund meist als »Psychostall« bezeichnet, beherbergte Menschen, die, vom häufigen Wechsel ihrer Identität in eine der Meta-Welten des Internets überfordert, sich in ihrem realen Alltag nicht mehr zurechtfanden. Weit über 50 Prozent seiner frei verfügbaren Zeit verbrachte der Durchschnittsbürger inzwischen in der Schein-Existenz einer der im Internet angebotenen fiktiven Welten, hatten Wissenschaftler vor mehreren Jahren schon ermittelt; die Anzahl derer, denen der Umstieg in die Realität Schwierigkeiten bereitete, wuchs unaufhaltsam. Ann-Sophie Braig war beruflich oft genug mit den daraus resultierenden Problemen konfrontiert, etwa wenn eine Person es gewohnt war, ihre Interessen mit rücksichtsloser Gewalt in der jeweiligen Meta-Welt durchzusetzen und dieses aggressive Gehabe ohne jede Einschränkung in der Realität fortsetzte. Mehrfach schon hatte man sie zu gewaltsam aus dem Leben gerissenen Opfern solch verwirrter Täter gerufen.

Sie hörte, dass das Schreien draußen kein Ende nahm, kletterte aus dem Bett und lief zum Fenster. Die Umgebung war nur schwer einzusehen; ein dichter Schleier aus intensiven Niederschlägen und nur spärlich vorhandener Straßenbeleuchtung verhüllte die Klinik wie die übrigen benachbarten Gebäude.

Als sie sich zur Seite wandte, um den restlichen Teil des Geländes zu untersuchen, hörte sie die charakteristische Tonfolge ihres Arbeitgebers aufheulen. Jetzt, mitten in der Nacht? Sie war weder zum Dienst noch zur Bereitschaft eingetragen!

Ann-Sophie nahm das Gespräch an, indem sie ihr Geburtsdatum vor sich hin nuschelte, und schleuderte dann dem Anrufer, noch bevor er dazu gekommen war, auch nur ein Wort zu äußern, entgegen: »Falsch verbunden. Ich habe weder Dienst noch Bereitschaft. Klöckner ist dran.«

Der Kollege schien nicht beeindruckt. »Notfall«, erwiderte er nur. »Zwei nicht identifizierte Leichen. In Ihrer Nähe. Keine 500 Meter entfernt.«

Natürlich wusste er, wo sie sich befand. Auch wenn ihm möglicherweise nicht bekannt war, dass sie heute in der Wohn-Gemeinschaft ihres zurzeit abwesenden Sohnes übernachtete, hatte er ihren Aufenthaltsort genau vor Augen. Seit im Rahmen der ersten Notstandsgesetzgebung vor fast zwanzig Jahren die Kennzeichnungspflicht für jeden Bürger eingeführt und mittels der ohnehin im Oberarm implantierten, alle Smartphone-Funktionen ausübenden Chips durchgesetzt worden war, konnten die Mitarbeiter sämtlicher staatlicher Behörden und Ämter den genauen Aufenthaltsort jedes Menschen per Aufruf der Personalnummer sofort ersehen.

»Klöckner«, beharrte sie. »Der hat Dienst.«

»Ist noch beim Grenzschutz. Kommt erst morgen zurück.«

»Der Scheißtyp, der elende!« Der Fluch rutschte ihr unwillkürlich über die Lippen. Sollte der Kollege ruhig mitbekommen, wie sie zu dem Kerl stand, mit dem gemeinsam sie die Leitung des Kommissariats Schwerstdelikte des Landeskriminalamtes innehatte. Ihr zerrüttetes Verhältnis war ohnehin in der ganzen Behörde bekannt.

Klöckner hatte sein Grenzschutz-Wochenende also wieder einmal ohne jede Absprache verlängert, obwohl er die ganze Woche zum Nachtdienst eingetragen war. Seit der Kerl in Scheidung lebte, hatte er endgültig jedes Maß verloren, falls er vorher je darüber verfügt hatte. Ihr war klar, weshalb er seine Zeit meist gemeinsam mit seinem Adlatus Waitz lieber beim Grenzschutz verbrachte als im Amt. Beide hatten ihr gegenüber selbst oft genug damit geprahlt. Niemand kontrollierte, wie viele Pillen oder welche Mengen an Drogen sie dort konsumierten oder wie hoch ihr Alkoholpegel ausfiel; Hauptsache, sie waren draußen im Grenzbereich unterwegs und brachten persönlich oder mithilfe verschiedener Drohnen möglichst viele Illegale zur Strecke, die unerlaubt ins Land einzudringen versuchten. Wobei das *zur Strecke bringen* durchaus wörtlich zu verstehen war.

»In unserem Abschnitt kommt kein Kanacke ungestraft davon«, brüsteten sie sich ungeniert, sobald das Thema zur Sprache kam. Und seit dem Antritt der neuen rechten Regierung wurden derlei Lappalien ja nicht einmal mehr diskutiert.

»Sie beeilen sich, ja?«, unterbrach der Kollege ihre Überlegungen. »Eine Überwachungs-Drohne ist bereits unterwegs. Sie wird sich in Kürze bei Ihnen einloggen. Aber sehen Sie sich bitte vor. Es regnet wie verrückt. Zum Glück haben Sie es nicht weit.«

»Was ist mit Begleitung? Allein gehe ich nicht raus. Oder glauben Sie, ich bin lebensmüde?«

Der Mann am anderen Ende seufzte laut. »Nein, natürlich nicht. Ich habe Verstärkung angefordert, aber nur einen Beamten bekommen. Hoffentlich schafft es der Personen-Kopter trotz des Wetters, ihn vor ihrem Haus abzusetzen.«

»Nur ein Beamter?«, beschwerte sie sich.

»Tut mir leid. Alle verfügbaren Kräfte sind momentan im Einsatz. Der Notruf steht nicht still. Wir können nur noch den dringendsten Fällen nachgehen. Die halbe Stadt steht unter Wasser.«

»Also gut. Wenn es denn unbedingt sein muss. Aber ich verlasse das Haus erst, wenn der Mann vor der Tür steht. Sollte es der Kopter nicht schaffen, müsst ihr euch anderweitig umschauen«, sagte sie dem Kollegen mit missmutigem Unterton zu.

Die Serie vor allem nächtlicher Überfälle hatte in den letzten Jahren derart zugenommen, dass sich kaum noch jemand allein auf die Straße wagte. Im Gefolge der zunehmenden Arbeitslosigkeit und damit einhergehender sozialer Verarmung und Verwahrlosung war es in weiten Teilen des Landes zu einer Verrohung des allgemeinen Umgangs miteinander gekommen, den man sich wenige Jahrzehnte vorher niemals hätte vorstellen können.

Stuttgart und sein Umland waren von den Problemen in besonders gravierendem Ausmaß betroffen. Während man sonst fast überall begriffen hatte, dass die Produktion irrsinnige Energiemengen verschlingender Luxuskarossen in einer immer mehr von unerträglichen Temperaturen geplagten Welt keine Zukunft mehr hatte, und deshalb seit Jahrzehnten neue Industrien und Forschungsstätten angesiedelt hatte, war man im Raum Stuttgart dabei geblieben, sich nicht um Alternativen zu kümmern, sondern weiter die Produktion dieser ökologisch verantwortungslosen Dinosaurier zu fördern. Ständige Arbeitsplatzverluste, verbunden mit starker Bevölkerungsabwanderung und zunehmender Kriminalität waren die Folge.

Offiziell kam Stuttgart inzwischen gerade noch auf 250.000 Einwohner, aber trotz immer intensiverer Überwachungsmaßnahmen wollte es den zuständigen Sicherheitsorganen einfach nicht gelingen, der immer stärkeren Gefährdung der Unversehrtheit des Lebens vieler Bürger durch die unaufhaltsam steigende Kriminalität Einhalt zu gebieten. Frust und Wut aufgrund der eigenen, zu selten von Erfolg gekrönten Arbeit dominierten immer mehr Polizeibeamte.

Die Probleme wurden durch die Tatsache verschärft, dass Teile der Innenstadt und der Vororte aufgrund der stetig angestiegenen Temperaturen vom April bis in den Oktober hinein unbewohnbar geworden waren. Seitdem in diesen Monaten von wenigen Kälteeinbrüchen abgesehen fast ununterbrochen 45 bis 50 Grad Celsius herrschten, hatten alle, die es sich finanziell leisten konnten, die Flucht in besser durchlüftete und weniger stark von Beton und Asphalt geprägte Gebiete ergriffen. Nach mehreren Hitzesommern mit überhöhten Todesraten waren seit den späten Dreißigerjahren ganze Straßenzüge etwa im früher dicht besiedelten Stuttgarter Westen abgerissen und in anfangs grüne, aufgrund des schwindenden Grundwasserspiegels allerdings meist ausgedörrte Parks verwandelt worden. Autos waren weitgehend verbannt; die meisten Straßen bestanden aus schmalen Fahrspuren für Fußgänger, Radfahrer und den Anlieferverkehr, beidseits von grünen Pflanzstreifen gesäumt. Kreuz und quer in der Stadt verteilt standen unzählige Gebäude zumindest den offiziellen Verlautbarungen nach auch leer; in Wirklichkeit hausten in ihnen Scharen nicht registrierter, großenteils verarmter Menschen, die nirgendwo sonst unterkamen. Dass sowohl illegal im Land lebende als auch kriminelle Existenzen diese Chance nutzten, um unterzutauchen, war ein offenes Geheimnis. Die Personaldecke der Polizei war allerdings viel zu dünn, um ständig Kontrollen durchzuführen. Die alle paar Wochen stattfindenden Razzien vertrieben die Entwurzelten zwar aus ihrer Bleibe – meist jedoch nur für kurze Zeit, bot sich ihnen doch oft keine Alternative. So begann das Spiel aufs Neue und setzte sich ins Unendliche fort.

Polizeiangehörige jeder Couleur sahen sich deshalb immer neuen Vorwürfen von Untätigkeit und Inkompetenz ausgesetzt. Anstelle des lange gewohnten, von überwiegend rationalen Überlegungen geprägten Vorgehens ließen sich viele Beamte infolgedessen verdächtigen Personen gegenüber zu immer brutaleren Verhaltensweisen hinreißen, was die Aggressivität bestimmter Bevölkerungsgruppen gegen Vertreter staatlicher Behörden zusätzlich verstärkte. Ann-Sophie Braig war in den letzten Jahren im Rahmen ihres Berufes mehrfach in Situationen geraten, denen sie ohne die Begleitung ebenfalls bewaffneter Kollegen kaum heil hätte entkommen können. Seit einem Vorfall besonders übler Art vor wenigen Wochen war sie nicht mehr bereit, ihr Leben aufgrund mangelnder Sicherheitsvorkehrungen aufs Spiel zu setzen.

Sie musterte den Monitor auf ihrem linken Unterarm, wartete auf die Bilder der Überwachungs-Drohne. Seit es Wissenschaftlern vor einigen Jahrzehnten gelungen war, den Smartphone-Bildschirm in einer hauchdünnen Folie zu konzentrieren, gab es kaum noch eine Person, die sich die neue Errungenschaft nicht zugelegt hatte. An der Stelle, wo frühere Generationen eine Armbanduhr getragen hatten, prangte jetzt der kaum spürbare Monitor, der gemeinsam mit dem Chip im Oberarm die ständige Verbindung zur Außenwelt realisierte.

Die Überschwemmung sämtlicher Straßen des Zentrums, dazu die Flutung fast aller Stadtbahn- und Autotunnel wurde gemeldet, der Einsatz aller verfügbaren Kräfte zur Rettung vom Wasser eingeschlossener Menschen verfügt. Danach folgte der Hinweis auf die Entdeckung zweier nicht identifizierter Leichen im Bereich des Österreichischen Platzes am Rand der Innenstadt, tatsächlich in ihrer Nähe.

Gleich zwei Tote, ging es ihr durch den Sinn, einer war ja nicht genug. Dazu beide nicht identifiziert. Illegale etwa?

Auf Zehenspitzen eilte sie ins Bad, darum bemüht, die anderen Mitglieder der Wohngemeinschaft nicht aufzuwecken. Sie betätigte den Wasserhahn, versuchte, sich zu erfrischen. Vergeblich, nur ein Rinnsal dunkelbrauner, übel riechender Brühe tropfte ins Becken. Angewidert wandte sie sich ab, suchte nach ihrem Deo. Der Regen war offensichtlich derart ausufernd niedergegangen, dass das Rohrleitungssystem wieder einmal vor den Belastungen kapitulierte. Dabei traten derlei Naturkatastrophen nicht mehr wie in ihrer Kindheit und Jugend alle paar Jahre, sondern mit fortlaufender Temperaturzunahme in immer kürzeren Abständen auf.

Die Versorgung mit Trinkwasser war in weiten Teilen des Landes, aber auch in normalen Zeiten, schon nicht mehr durchgehend gewährleistet. Monatelange Trockenperioden hatten die Grundwasserspiegel vielerorts derart absinken lassen, dass viele Pumpen ohne Nachschub blieben. Daraus resultierende Risse und Verwerfungen in der oberen Erdkruste führten seither immer häufiger zu lokalen Erdbeben, Hangrutschungen und zum Einsturz von Häusern und Fabriken.

Stuttgart war wie der gesamte Südwesten in besonderem Ausmaß mit diesen Problemen konfrontiert, seit im Jahr 2045 ein französisches Atomkraftwerk im nahen Elsass infolge unzureichenden Kühlwasserzuflusses einen GAU erlitten und dabei einen großen Teil seiner radio-aktiven Substanzen freigesetzt hatte. Die von starken Westwinden angetriebene Strahlenwolke hatte weite Teile Baden-Württembergs, der Schweiz, Bayerns und Vorarlbergs kontaminiert, was zur kompletten Evakuierung großer Städte wie Freiburg, Basel und Konstanz sowie ihres Umlandes, aber auch sämtlicher Regionen rund um den Bodensee, der Nordschweiz, Oberschwabens und des Allgäus wie auch Vorarlbergs geführt hatte. Wie viele Menschen dieser Katastrophe damals zum Opfer gefallen waren, sowohl bei den bürgerkriegsähnlichen Zuständen, die die monatelangen Evakuierungsmaßnahmen nach sich gezogen hatten, als auch infolge der dadurch erlittenen Krebserkrankungen – niemand hatte es zählen können. Ann-Sophie Braig erinnerte sich voller Schrecken an die Bilder, die damals die Nachrichtenkanäle dominiert hatten.

Die viel besuchten Urlaubsregionen des Südschwarzwalds, des Bodensees, Oberschwabens, des Allgäus und der Nordschweiz wie auch Vorarlbergs waren von einem Tag auf den anderen für Touristen gesperrt worden; speziell ausgebildete Militärverbände bewachten seither die Grenzen rings um die am schlimmsten radioaktiv belasteten Gebiete. Seit annähernd drei Jahrzehnten stand der Bodensee deshalb auch nicht mehr als Trinkwasserquelle zur Verfügung – eine wichtige Funktion, die er vorher für fast den gesamten Südwesten weit über Stuttgart hinaus immer eingenommen hatte. Seither musste man für jeden Tag, an dem die öffentliche Wasserversorgung einigermaßen funktionierte, dankbar sein.

Ann-Sophie Braig griff nach ihrer regenfesten Kleidung, schlüpfte in ihre alten, robusten Stiefel. Als sie zur Wohnungstür lief, entdeckte sie die neue Nachricht auf dem Monitor. *Hangrutsch unterhalb der Weinsteige.*

Mehrere Häuser zerstört. Weitere gefährdet. Viele Bewohner vermisst. Alle Rettungskräfte im Einsatz.

Die seltsamen Geräusche, die sie aus dem Schlaf gerissen hatten, wurde ihr bewusst, das undefinierbare Knarzen und Rumoren. Sie bemerkte, dass der Bildschirm plötzlich in einen violetten Grundton wechselte, sah ihren Namen aufleuchten. *Interne Informationen KH-Kin Braig. Nicht identifizierte Leichen am Charlottenplatz. Drohne vor Ort.*

Im gleichen Moment entdeckte sie die Umrisse zweier seltsam verwinkelter, dunkler Gebilde am Rand eines völlig überfluteten Geländes; beide nur wenige Meter voneinander entfernt, aufgenommen aus großer Höhe. Die Bilder der Drohne, die die Umgebung des Fundortes ausleuchtete.

Was jetzt, überlegte sie, Österreichischer Platz oder Charlottenplatz?

Sie musterte die Aufnahme, bemerkte den reißenden Wasserlauf am Rand, begriff dann, welchen Ort sie vor sich hatte. Den Rand des Straßendeckels unweit des Neuen Schlosses. Die Leichen waren wohl in der Nähe des Österreichischen Platzes entdeckt, dann jedoch von den tosenden Fluten mitgerissen und erst im Bereich des Charlottenplatzes zur Seite geschwemmt worden.

Sie warf einen letzten Blick auf den Monitor, nahm ihre Waffe an sich und folgte der Treppe nach unten. Das Erdgeschoss stand komplett unter Wasser; der Pegel hatte bereits die zweite Stufe erreicht. Eine Gruppe junger, teilweise asiatisch aussehender Menschen hastete hin und her, Säcke und Tüten gefüllt mit Sand und Erde vor den Eingangstüren auftürmend. Sie merkte, dass die meisten barfüßig und mit kurzen oder hoch gekrempelten Hosen unterwegs waren, schob sich vorsichtig an ihnen vorbei. Ihre Bemühungen wirkten teilweise sehr unbeholfen, die dämmenden Materialien lagen an mehreren Stellen nur lückenhaft über- und nebeneinander. Ob das die Wohnungen wirklich vor der Überschwemmung schützte, blieb abzuwarten.

Sie stakste mit großen Schritten zum Eingangsbereich des Hauses, sah plötzlich eine der jungen Frauen vor sich, über deren allzu oft von Verletzungen gezeichnete Gesichter sie sich mehrfach mit ihrem Sohn unterhalten hatte. Sie war tief verschleiert, schien religiösen Fundamentalisten anzugehören. Als ihre Kopfbedeckung für einen Moment zur Seite rutschte, entdeckte sie das Pflaster auf ihrer linken Wange.

»Ich fürchte, die werden misshandelt«, hatte Mattis erklärt. »Ganz schön oft. Fast jedes Mal, wenn mir eine über den Weg läuft, haben die ein blaues Auge oder Pflaster im Gesicht. Das kann doch nicht so weitergehen.«

Ann-Sophie Braig hörte das kräftige Blubbern unter sich, sah immer neue Wassermassen unter der Haustür hindurch ins Innere quellen. Sie öffnete sie vorsichtig, wurde augenblicklich von einer unsichtbaren Kraft zurückgedrängt.

Draußen ging der Regen einem riesigen, tosenden Wasserfall gleich nieder. Der Himmel hatte alle Schleusen geöffnet. Die Straße schien einem reißenden, schmalen Fluss ähnlich, der sich mit unbezähmbarer Gewalt an ihr vorbeiwälzte. Äste und andere Pflanzenteile wurden von der Flut mitgerissen, Kartonagen und Abfallbehälter samt deren vielfältigem Inhalt schossen an ihr vorbei. Außer einem in eine dichte Regenjacke gehüllten, den Hauswänden entlang auf sie zu stapfenden Mann war kein Mensch zu sehen. Die meisten Straßenlampen waren erloschen, nur ab und an warf eine heftig hin und her schwankende Leuchte ein fahles Licht.

»Braig?«, hörte sie den Mann rufen.

Sie winkte ihm zu, wartete, bis er mit kleinen Schritten heftig hin und her schwankend bei ihr angelangt war.

»POM Eckert. Ich soll Sie begleiten. Charlottenplatz.« Obwohl er sich keine zwei Meter von ihr entfernt postiert hatte, musste er laut schreien, um sich verständlich zu machen.

Sie zog die Kapuze ihrer Jacke über den Kopf, trat vollends ins Freie. Die Strömung des Wassers zerrte an ihren Beinen. Instinktiv griff sie nach der Hauswand, suchte dort Halt. Innerhalb weniger Sekunden war sie völlig durchnässt. Laut vor sich hin fluchend, kämpfte sie sich hinter dem Kollegen her die Straße abwärts.

Das Gelände um den Charlottenplatz war nicht mehr wiederzuerkennen. Das gesamte Areal über der B 14 hatte sich in einen riesigen, von schlammiger Brühe gezeichneten Teich verwandelt. Vor Jahrzehnten schon hatte man die lärmende Piste unter einem breiten, üppig begrünten und von Fahrradstraßen und Gehwegen überzogenen Deckel versteckt. Ann-Sophie wollte nicht wissen, wie es im Moment dort unten aussah. Weder im Straßentunnel noch in den nahen Stadtbahngewölben. Blieb nur die Hoffnung, dass es alle noch rechtzeitig vor der großen Flut an die Oberfläche geschafft hatten.

Sie ahnte die Umrisse des Neuen Schlosses hinter der fast undurchdringlichen Wasserwand, sah die lange Reihe der hier vor ein paar Jahren gepflanzten Orangenbäume. Erst als sie ihre Augen zusammenkniff, bemerkte sie ein diffuses, bläuliches Aufblinken im Dämmer vor sich. Der Fahrradweg stieg an der Stelle sanft an, eine gleichmäßig asphaltierte Fläche ragte aus dem Wasser. Sie sah das Winken des Kollegen, hielt auf das Licht zu. Je mehr sie sich ihm näherte, desto deutlicher erkannte sie die Umrisse der Polizei-Drohne, die ihre Umgebung mit grellen Scheinwerfern ausleuchtete. Kreuz und quer auf dem Boden verteilter Müll, Ansammlungen von Schlamm und Pflanzenresten, die seltsam verzerrten Teile einer Art Schaufensterpuppen.

Sie trat vollends ins Licht, sah, dass es sich bei den im Abstand von mehreren Metern auf den nassen Untergrund geworfenen Gebilden um die sterblichen Überreste von Menschen handelte, nahm eine weibliche Stimme aus dem Lautsprecher der Drohne wahr.

»Ah, Ann-Sophie, du hast Dienst. Ich fürchtete schon, dein Kollege. Scheiß-Nacht heute, was? Das sind die Leichen Nummer vier und fünf, die sie mir präsentieren.«

Marie-Luise Costa, die Gerichtsmedizinerin. Ann-Sophie Braig hatte sie sofort erkannt. Sie blieb vor einem der toten Körper stehen, warf einen Blick zu der Drohne. »Sie haben dich schon zugeschaltet? So schnell?«, wunderte sie sich.

»Ich war gerade dabei, die Aufnahmen einer anderen Drohne zu begutachten, als die neue Meldung kam. Sieht aber nicht gut aus.«

»Sie sind noch nicht identifiziert?«

»Die Chips scheinen nicht zu funktionieren. Oder es handelt sich um Illegale. Beide weiblich, so viel kann ich sagen. Was die Gesichtserkennung betrifft: Keines der Programme reagiert. Schau sie dir an, dann verstehst du, wieso. Vielleicht können wir es über Irisabgleich oder Fingerabdruck versuchen.«

Ann-Sophie Braig trat einen Schritt auf die eine Tote zu, begriff sofort, wovon Marie-Luise Costa sprach. Der Körper sah stark deformiert aus. Vom Gesicht war nicht viel geblieben. Sie schnappte nach Luft, wandte den Blick zur Seite. So oft sie sich in ihren annähernd vier Jahrzehnten Berufserfahrung auch schon mit dem Anblick und der Untersuchung toter Menschen konfrontiert gesehen hatte, zur Routine war ihr dieser Vorgang nicht geworden. Smarte, mit coolem Grinsen von einer Leiche zur nächsten spazierende Kommissare gab es in den Krimis der vielen Streaming-Kanäle – mit der Realität, wie sie sie täglich erlebte, hatte das nichts zu tun. Einen Toten zu begutachten, gehörte zu den unerfreulicheren Momenten ihres Berufes. Dieses Empfinden hatte sie von ihrem Vater geerbt, der ebenfalls als Kriminalkommissar tätig gewesen war und ihr damals mehrfach von seiner jeweiligen Gefühlslage während der Konfrontation mit einer getöteten Person berichtet hatte. Auch ihre langjährige Praxis hatte daran nichts geändert. Ob am Anfang ihrer Berufstätigkeit oder jetzt als altgedienter Profi – sie fühlte sich jedes Mal tief im Innersten getroffen, handelte es sich doch nicht um eine aus Kunststoff gefertigte Puppe, deren Überreste sie vor sich sah, sondern um einen vor kurzer Zeit mitten aus dem Leben gerissenen Menschen, dem in seinen letzten Augenblicken übel mitgespielt worden war.

Sie kramte in ihrer Hosentasche, suchte nach einem der Hustenbonbons, die sie auch im Sommer für Momente wie diesen fast immer bei sich trug, zog es hervor. Auch dieses Ritual hatte sie von ihrem Vater übernommen. Sie erinnerte sich noch genau an den Moment, als er zwei Tage vor ihrem Dienstantritt als junge Kommissarin an sie herangetreten war, mehrere Packungen mentholhaltiger Drops in den Händen.

»Es hilft wirklich«, hatte er ihr erklärt, »lass dir das von einem alten Ermittler versichern.«

Fast vier Jahrzehnte war das jetzt her, ihr Vater wie ihre Mutter waren längst verstorben, die Verfahrensweisen kriminalistischer Untersuchungen mit immer neuen wissenschaftlichen Erkenntnissen verfeinert, die Emotionen der damit beschäftigten Kommissare jedoch gleichgeblieben.

Ann-Sophie Braig machte sich an dem Bonbon zu schaffen, versuchte, es aus seiner Umhüllung zu befreien. Es dauerte eine Weile, bis sie es sich endlich in den Mund schieben konnte. Der mentholhaltige Geschmack verschaffte ihr Erleichterung. Sie schob es mit der Zunge hin und her, spürte, wie sich ihre Verkrampfung löste. Langsam zwar, quälend langsam, aber immerhin. Nach ein paar Minuten fühlte sie sich wieder imstande, durchzuatmen.

»Die sind aber nicht erst heute Nacht gestorben«, meldete sich Marie-Luise Costa zu Wort. »Auch wenn ich nicht genau beurteilen kann, wie viel das Wasser zur Veränderung beiträgt … Die sind schon mehrere Tage tot. Ohne jeden Zweifel.«

»Beide?«

»Beide. Die andere sieht noch schlimmer aus.«

Ann-Sophie Braig trat zur Seite, umrundete eine mehrere Zentimeter dicke Ansammlung aus Schlamm und Müll, wandte sich der zweiten Leiche zu. »Oh, nein!«, keuchte sie. Das seltsam verformte Gebilde vor ihr ähnelte einer längst verwesten Mumie. Sie schnappte nach Luft, bemerkte die dicken Klumpen lehmiger Erde am Hinterkopf der Toten. »Die ist doch …«

»Mehrere Wochen«, ergänzte die Gerichtsmedizinerin. »Die ist schon eine ganze Weile hinüber. An ihrem Kopf. Was ist das?«

Ann-Sophie Braig beugte sich nach unten, wischte sich das Wasser aus dem Gesicht. »Erde«, erklärte sie.

»Aber kein Schlamm, oder?«

»Erde«, wiederholte sie. »Lehmige Erde. Kein Schlamm, nein.« Als hätte man sie aus ihrem Grab geholt, ging es ihr durch den Kopf.

»Da fällt mir nur eine Lösung ein«, meinte Marie-Luise Costa.

»Friedhof«, erklärte Ann-Sophie Braig. »Die waren schon beerdigt.«

»Du sagst es. Das Unwetter?«

»Ich muss mich erkundigen, ob eine Meldung vorliegt. Mithilfe der Überwachungskameras müsste sich doch detailliert nachvollziehen lassen, wie sie hierherkamen.« Sie wandte sich der Drohne zu, nannte ihre Personalnummer, verlangte nach der Zentrale. »Die beiden Leichen am Charlottenplatz«, sagte sie. »Wer hat sie entdeckt?«

»Moment.« Der Kollege machte sich an einer Tastatur zu schaffen. »PIP«, antwortete er dann.

Wer auch sonst, überlegte sie. In dieser Nacht war kaum jemand freiwillig draußen unterwegs. PIP, das

Personen-Identifikations-Programm, mit dem sämtliche im öffentlichen Bereich vorhandenen Kameras ausgerüstet waren, verfügte über die Fähigkeit, den jeweiligen Passanten über dessen Chip zu identifizieren beziehungsweise festzustellen, ob eine Person ohne gültigen Chip unterwegs war. War dies der Fall, wurde in der Überwachungszentrale automatisch Alarm ausgelöst. Das System erstellte selbstständig Bewegungsprofile aller erfassten Menschen, unterzog zudem jeden Passanten einer ausgiebigen Überprüfung auf seine Körperhaltung und seinen Gesichtsausdruck hin. Schon eine als aggressiv oder wütend interpretierte Mimik, genauso eine als drohend oder übergriffig verstandene Bewegung aktivierten ein spezielles Programm, das von besonders intensiver Beobachtung der verdächtigen Person bis zur Verständigung der nächsten Polizei- oder Zivilstreife reichte. Weil Städte und Dörfer inzwischen nicht nur im Außenbereich, sondern auch in fast allen öffentlichen Gebäuden mit Kameras ausgestattet waren, ermöglichte das PIP die fast lückenlose Überwachung des gesamten Landes.

Ann-Sophie Braig stand dieser von den Regierungen der vergangenen Jahrzehnte zielbewusst in die Wege geleiteten Entwicklung zwiespältig gegenüber: So sehr sie als Kriminalbeamtin oft von der rigiden Kontrolle profitierte, so sehr war sie sich als mündige Staatsbürgerin und überzeugte Demokratin der Gefahren des Missbrauchs des Systems bewusst. Dass diese Besorgnis auf realen Grundlagen beruhte, konnte sie ständig in ihrem beruflichen Alltag erleben, etwa wenn korrupte Angehörige der regierenden Rechtspopulisten sich unverhohlen der Möglichkeiten des PIP bedienten, um missliebige Konkurrenten auszuspähen und auf etwaige Schwachpunkte hin zu überprüfen. Das Land hatte in den vergangenen Jahren allen Behauptungen zum Trotz immer deutlichere Züge eines totalitären Staates angenommen.

Die Kriminalität einzudämmen, war dennoch nicht gelungen. Trotz aller Überwachungsmaßnahmen hatte sich etwa die Anzahl der Überfälle und Einbrüche kaum nennenswert reduzieren lassen, hatten sich viele Täter der neuen Technik doch angepasst. Sei es, dass es ihnen gelang, mit illegalen Störsendern die Funktion des PIP kurze Zeit außer Kraft zu setzen, sei es, dass Hacker die Identifikation einzelner Individuen über deren persönliche Chips derart manipulierten, dass das System in ganzen Stadtvierteln stunden-, manchmal sogar tagelang nicht mehr zu gebrauchen war. Natürlich versuchten einige ab und an auch auf altbackene Art, Überwachungskameras mit physischen Attacken, mit Schusswaffen etwa oder simplen Steinwürfen auszuschalten – was aber meistens aufgeklärt werden konnte, weil es den Tätern nur selten gelang, sämtliche Geräte gleichzeitig zu zerstören.

Ann-Sophie Braig musterte die beiden Leichen zu ihren Füßen. »Wo wurden sie zuerst erfasst?«, erkundigte sie sich.

Der Kollege hatte die Antwort schnell parat. »Heusteigstraße. Von dort kam der erste Alarm.«

»Beide?«

»Soweit ich sehe … ja.«

»Heusteigstraße.« Sie überlegte einen Moment. »Ist das nicht in der Nähe des alten Fangelsbachfriedhofs?«

Ihr Gesprächspartner schien sich auf einem Stadtplan zu orientieren. »Das ist in unmittelbarer Nähe, ja.«

»Liegen Ihnen Informationen vor, inwieweit der Friedhof von dem Unwetter in Mitleidenschaft gezogen wurde?«

»Moment, ich schaue mir kurz die Aufzeichnungen der dortigen Kameras an.«

Sie hörte den Mann kurze Befehle geben, hatte seine Stimme wieder im Ohr. »Oh, nein. Wenn das ein Friedhof war … Das sieht eher aus wie ein See. Mit kleinen Inseln und einem reißenden Fluss.«

»Dann stammen die beiden Leichen wahrscheinlich von dort. Von der Flut aus ihren Gräbern gespült.«

»Die Erdanhaftungen und ihr Zustand sprechen dafür«, stimmte Marie-Luise Costa ihr zu. »Damit ist auch klar, weshalb sie nicht zu identifizieren sind. Die sind schon eine Weile verstorben. Ihre Daten sind bereits gelöscht.«

»Dieselbe Sauerei wie bei der großen Überschwemmung vor zwei Jahren. Da hatten wir mehrere Leichen aus dem Waldfriedhof in der Stadt.« Ein seltsames, scheinbar aus den Tiefen der Erde kommendes Grollen und Donnern ließ sie verstummen. Erschrocken wandte sie sich von der Drohne weg, starrte in die Richtung, aus der sie das unheimliche Geräusch vernommen zu haben glaubte. Die Straße abwärts, am Landtag und der Oper vorbei.

»Was war das?«, erkundigte sich Marie-Luise Costa. »Irgendwas in deiner Nähe?«

Ann-Sophie Braig versuchte vergeblich, etwas zu erkennen. Die Wasserwand rings um sie herum hüllte alles in undurchdringlichen Dämmer. »Keine Ahnung. Der Regen … Drei, vier Meter, weiter kann ich nicht sehen.«

»Es kam vom alten Skandalbahnhof«, mischte sich ihr Begleiter, Polizeiobermeister Eckert, ins Gespräch. »So hat es sich jedenfalls angehört.« Er stand wenige Meter hinter ihr, starrte in die Umgebung.

»Vom alten Skandalbahnhof?« Die Stimme der Gerichtsmedizinerin hatte einen skeptischen Unterton. »Das hörte sich nicht gut an. Selbst durchs Mikrofon der Drohne nicht.«

Ann-Sophie Braigs Augen schmerzten zunehmend. So angestrengt sie ins Dunkle starrte, so ergebnislos blieben ihre Bemühungen. Nichts war zu erkennen, überhaupt nichts. Nur das heftige Prasseln der niedergehenden Wassermassen dröhnte ihr in die Ohren. »Ein größeres Gebäude, das unterspült wurde und einstürzte?«, überlegte sie laut. »Oder noch ein Hang, der ins Rutschen kam?«

»Da wüsste ich einige Stellen in der Stadt, wo ich mir das vorstellen könnte.«

»Gibt es eine Meldung aus der Umgebung?«

Der Kollege war noch zugeschaltet. »Der alte unterirdische Skandalbahnhof«, antwortete er.

»Das Wasser läuft in die Station?«

»Schon seit Stunden. Es besteht die Gefahr, dass die Flut die Fundamente unterspült. Dann kann die gesamte Anlage instabil werden. Genaueres ist noch nicht bekannt.«

Ann-Sophie Braig wusste um die problematische Konstruktion des alten unterirdischen Skandalbahnhofs. Er lag den aus dem Stuttgarter Zentrum abfließenden Wassermassen wie ein unüberwindbarer Riegel im Weg.

Schafften es die unter ihm hindurchführenden Leitungen nicht, die gewaltigen Regenmengen aufzunehmen und in kürzester Zeit abfließen zu lassen, drohten Teile der Stadt mitsamt den Tunnelanlagen überschwemmt zu werden. Welche konkrete Gefahr dies beinhaltete, hatte sich vor wenigen Jahren während eines ergiebigen Herbstregens gezeigt: Der Skandalbahnhof war mitsamt den tiefer gelegenen unterirdischen Zulaufstrecken geflutet worden. Es hatte wochenlang gedauert, die massenhaften Schlammablagerungen zu beseitigen und die komplexe Elektronik der Bahnanlagen wenigstens provisorisch wieder instand zu setzen.

Der Zugverkehr selbst hatte zum Glück nicht allzu stark darunter gelitten, wurde der unterirdische Skandalbahnhof doch längst nur noch von einzelnen Zügen des Regionalverkehrs genutzt. Von seiner völlig misslungenen Konstruktion her für viel zu geringe Kapazitäten ausgelegt, war er von Anfang an zur Quelle ständiger Verspätungen und Zugausfälle geworden. Nachdem es wenige Jahre nach seiner Eröffnung mehrfach mitten im Bahnhofsbereich zu teilweise katastrophalen Kollisionen gekommen war, weil sich die von den fast 400 Meter hoch gelegenen Fildern in den 150 Meter tiefer gelegenen Bahnhof rasenden Züge nicht mehr rechtzeitig hatten bremsen lassen, war die Strecke für diese Richtung gesperrt worden. Nicht allein die sämtlichen gültigen Normen widersprechende Schieflage der Station sei daran schuld, vielmehr habe ein schmieriger Film von Herbstlaub die Räder der Züge wie Schlitten auf Eis ins Tal gleiten lassen, weshalb sie nicht mehr rechtzeitig zum Halten gebracht werden konnten, hatten Experten festgestellt – ein Sachverhalt, mit dem unzählige Ingenieure vor dem Bau der Skandalstation gewarnt hatten.

Als dann auch noch ein Zug mitten im Tunnel in Brand geraten und immer wieder aus Anhydrit bestehende Gesteinsschichten an mehreren Stellen der kilometerlangen unterirdischen Anlagen unter Wassereinfluss aufquollen und den Bahnverkehr jeweils für mehrere Monate lahmlegten, war das vorhersehbare Schicksal des von Grund auf völlig vermurksten Komplexes endgültig besiegelt gewesen. Einzig und allein die vier oberirdischen Gleise, die man zur Anbindung der von der Gäu-Hochfläche in die Stadt hinunterführenden Panoramabahn unter größtem Widerstand erhalten hatte, waren heute noch in Betrieb – ein unbezahlbarer Glücksfall, stellten sie in Zeiten des häufig gestörten Tunnelbetriebs neben dem S-Bahn-System doch die einzige Zufahrt ins Zentrum dar.

Alle anderen Züge verkehrten über die alte Verbindungsbahn von Kornwestheim nach Untertürkheim, an der man vor Jahrzehnten schon in Höhe des Cannstatter Kurparks einen neuen kleinen Zentralbahnhof errichtet hatte.

»Was ist mit den Leichen?«, hörte sie die Stimme der Gerichtsmedizinerin. »Wer kümmert sich um sie?«

»Ich schicke eine Lastendrohne«, antwortete der Beamte. »Wenn Sie bitte so lange vor Ort bleiben?«

»Haben Sie eine Ahnung, wie stark es hier schüttet?«, maulte Ann-Sophie Braig.

»Das Gerät ist bereits unterwegs. In drei, vier Minuten …« Der Kollege hielt mitten im Satz inne, fuhr erst nach einer kurzen Pause fort. »Gerade erhalte ich eine neue Nachricht. Das PIP signalisiert …«

»Bitte nicht noch eine Friedhofsleiche«, warf sie ein.

»Tut mir leid, aber das ist in Ihrer Nähe. Keine hundert Meter entfernt, wenn ich das richtig sehe. Zwischen Staatsgalerie und Haus der Geschichte. Ich hole es auf Ihren Monitor. Wenn Sie sich bitte darum kümmern.«

Ann-Sophie Braig wischte sich den linken Arm trocken, erkannte die Umrisse eines leblosen männlichen Körpers im Randbereich des Museums. Kopf und Teile des Rückens ragten aus dem Wasser, der Rest war von schlammiger Brühe verdeckt. Die linke Schulter lag frei; die Stelle, an der der Chip implantiert war, war von einer großen, tiefen Wunde verunstaltet.

»Jetzt müsste die Drohne bei Ihnen sein. Wenn Sie so freundlich wären?«, meldete sich der Kollege wieder zu Wort.

Sie schaute auf, hörte das Surren der Rotoren über sich. Das Gerät tauchte vollends aus dem Dämmer hervor, verharrte dann wenige Meter über ihr in der Luft. Sie wartete, bis es die beiden Leichen erreicht hatte, hievte die sterblichen Überreste gemeinsam mit ihrem Kollegen in das korbähnliche Geflecht darunter.

»Erledigt. Wir machen uns auf den Weg.« Sie trat zur Seite, versuchte den See, in den sich fast das gesamte Gelände vor ihr verwandelt hatte, an den seichtesten Stellen zu durchwaten, spürte die Feuchtigkeit vollends in ihre Schuhe dringen. Das Wasser kam jetzt von allen Seiten: von oben, von unten, von einzelnen Windböen gepeitscht von links und rechts. Sie hatte Schwierigkeiten, festen Halt unter den Füßen zu finden, kämpfte sich hin und her schlingernd durch die schlammige Brühe. Dem Kollegen hinter ihr ging es offensichtlich nicht besser. Wann immer sie sich umwandte, hörte sie ihn schimpfen und fluchen. Kurz darauf hatten sie das Gelände hinter dem Haus der Geschichte erreicht. Der leblose Körper war im grellen Licht der Drohne schon von Weitem zu erkennen.

Der kommt nicht vom Friedhof, ging es ihr unwillkürlich durch den Sinn, der ist noch nicht lange tot.

Sie beugte sich nieder, bemerkte die gewaltige Wunde, die sich quer über den völlig deformierten Hinterkopf des Mannes erstreckte. Weite Partien des Schädels schienen mit brutaler Gewalt rasiert, die Überreste der Haare klebten büschelweise, von getrocknetem Blut verschmiert, aufeinander.

»Von hinten niedergeschlagen. Mit mehreren Schlägen«, hörte sie die Stimme Marie-Luise Costas.

»Ah, du bist noch dabei.«

»Irgendwann heute Nacht. Der war noch nicht beerdigt.«

»Nein«, stimmte Ann-Sophie Braig ihr zu. »Der hat mit den beiden anderen nichts zu tun.«

»Was ist mit seinem linken Arm?«

Sie wandte sich zur Seite, nahm die Schulter und die Arme des Mannes ins Visier. Die tiefe Fleischwunde am linken Oberarm ragte wenige Zentimeter weit aus dem Wasser. Eine Verletzung, die sie in ähnlicher Form schon mehrfach in den letzten Jahren zu Gesicht bekommen hatte. Genau so sah es aus, wenn Kriminelle versuchten, die Identität ihrer Opfer zu verschleiern.

»Wurde dem etwa …«

»… der Chip gewaltsam entfernt, ja«, ergänzte sie die Vermutung der Gerichtsmedizinerin. Sie wuchtete die Leiche zwei Handbreit aus dem Wasser, hielt sie in die Richtung der Drohne. »Vor oder nach seinem Tod?«

»Das muss ich mir genauer anschauen. Hoffen wir, dass es erst post mortem erfolgte.«

Ann-Sophie Braig musterte die Wunde, erkannte allein schon an ihrer Tiefe und Größe, dass der Eingriff mit großer Brutalität ausgeführt worden war. Wenige Zentimeter unterhalb entdeckte sie eine Hautpartie, die aussah, als wäre sie verätzt worden. »Was ist das? Kann das von Säure verursacht sein?«

»Das kann ich so nicht beurteilen. Warte bitte meine Untersuchung ab.«

»Können wir trotzdem eine Identifizierung versuchen?«

»Willst du es über die Gesichtserkennung oder den Irisabgleich versuchen?«

Sie folgte dem Vorschlag der Gerichtsmedizinerin, hob den Kopf des Toten vorsichtig hoch. Auch sein Gesicht war von Verletzungen gezeichnet. Sie holte tief Luft, betrachtete die von unzähligen heftigen Schlägen gezeichnete rechte Wange. Aufgeplatzte Lippen, Risse vom Kinn bis zum Auge, Schwellungen rund um die Nase. Die Haut …

»Der wurde wirklich übel zugerichtet«, erklärte Marie-Luise Costa. »Aber wir können es versuchen. Moment.«

Ann-Sophie Braig wartete auf weitere Anweisungen, wagte einen neuen Blick auf den Toten. Die Haut … Sie zögerte einen Moment. Das grelle Kunstlicht der Drohne hatte ihre Wahrnehmung im ersten Moment verzerrt, deshalb hatte sie es nicht von Anfang an bemerkt. »Ich glaube, der Mann hat migrantischen Hintergrund«, sagte sie. »Oder er liebt ausgiebige Sonnenbäder. Ich bin mir nicht sicher. Das grelle Kunstlicht ...«

»Möglicherweise mediterraner Herkunft also.«

»Aber kein Illegaler. Der Wunde am Oberarm nach.«

»Nein, kein Illegaler. Der war gechipt.«

»So. Ich glaube, es hat geklappt.« Die Gerichtsmedizinerin machte sich an irgendwelchen Geräten zu schaffen, meldete sich dann mit deutlich vernehmbarer Genugtuung in der Stimme zurück. »Wir haben ihn. Die Gesichtserkennung hat nichts ergeben, dafür aber der Irisabgleich.«

»Wenigstens etwas. Dann hätte sich der Verbrecher die Entfernung des Chips ersparen können.«

»Ein Murat Stegner. Klingt aber nicht gerade mediterran.«

»Wo gemeldet?«

»In Stuttgart. Werastraße. Ursprünglich als Murat Bulaida seit 2051 in Deutschland. Staatsbürgerschaft und Heirat mit einer Lea Stegner 2060. Daher der deutsche Name. War als Ingenieur tätig. Familienstand: geschieden. Mehr habe ich nicht.«

Werastraße, überlegte sie, das ist ja gleich in der Nähe. Nur ein Stück den Hang hoch. »Schickst du mir bitte die Daten?«

»Sofort. Aber schau auch bei euch nach. Wir verfügen nur über das normale Register.«

»Das werde ich tun. Und die Kollegen beauftragen, sich um den Transport zu euch zu kümmern.« Sie hörte Marie-Luise Costas verhaltenes Brummen, was wohl deren Zustimmung zu ihrem Vorschlag zum Ausdruck bringen sollte, nannte ihre Personalnummer, um erneut mit der Einsatzzentrale verbunden zu werden. Es dauerte mehrere Sekunden, bis sie die Stimme des Kollegen wieder am Ohr hatte.

»Tut mir leid«, entschuldigte er sich. »Aber zurzeit herrscht hier totales Chaos. Die halbe Stadt ersäuft im Wasser. Sämtliche Alarmsysteme laufen heiß.«

»Der Tote muss in die Gerichtsmedizin. Eindeutig Mord. Außerdem benötige ich sämtliche Kamera-Aufzeichnungen von ihm. Wo wurde er zuerst erfasst?«

»Moment. Ich schicke zuerst eine Lastendrohne. Und dann überprüfe ich das PIP.«

Sie hörte, wie der Beamte die genauen Daten für den Transportauftrag eingab, hatte dann wieder seine Stimme am Ohr. »Also. Der Tote hinter dem Haus der Geschichte. In der Eugenstraße hat ihn das PIP entdeckt. Da taucht er zum ersten Mal auf.«

»Eugenstraße? Das ist doch in meiner Nähe. Wo genau?«

»An der Ecke zur Werastraße, oberhalb der Treppe.«

»Dort ist er gemeldet. Wie kommt er auf die Straße? Ist eine andere Person zu sehen?«

»Oh, verdammter Mist!« Der Kollege fluchte laut vor sich hin. »Da tut sich nichts! Die Kamera ist ausgefallen. Vor etwas mehr als drei Stunden. Und die anderen …« Er schimpfte erneut. »Nein, da ist nichts zu erkennen, überhaupt nichts. Nur eine undurchdringliche, schwarzgraue Wand. Es regnet einfach zu stark.«

»Und sonst? Nicht noch eine andere Kamera in der Nähe?«

»Tut mir leid. Das System zeigt nichts an. Eugenstraße oberhalb der Treppenstufen Ecke Werastraße, da taucht er zum ersten Mal auf. Um 1:32 Uhr. Sonst habe ich nichts. Leider.«

»Dann ist es möglicherweise in seiner Wohnung oder in ihrer unmittelbaren Nähe passiert«, überlegte sie. »Über seine Identifikationsnummer müsste das herauszufinden sein. Wenn Sie die bitte überprüfen. Sie können das besser als ich hier draußen in diesem Unwetter. Der Mann heißt Murat Stegner.«

»Murat Stegner«, wiederholte der Beamte den Namen. »Das haben wir gleich. So, da ist seine Nummer. Zuletzt aufgezeichnet in der Werastraße. Bis 1:15 Uhr. Dann plötzlicher Abbruch.«

»Plötzlicher Abbruch. Das heißt, der Chip wurde ihm gewaltsam aus der Haut gerissen und dann zerstört.«

»Um seine Identität zu verschleiern.«

»Genau. 17 Minuten bevor seine sterblichen Überreste an der Ecke Werastraße Eugenstraße oberhalb der Treppe vom PIP erfasst werden.«

»Dann muss es in seiner Wohnung oder am Rand der Straße passiert sein. Im Bereich der defekten Kamera.«

»Wann ist sie ausgefallen?«

»22:50 Uhr«, antwortete der Beamte.

»Ist das Zufall oder gibt es da einen Zusammenhang? Eine gute Stunde vor Mitternacht gibt die Kamera ihre Funktion auf. Und um 1:32 Uhr wird die Leiche zum ersten Mal vom PIP erfasst.«

»Der Zeitraum scheint mir etwas lang. Wenn es der Täter wirklich auf die Kamera abgesehen hatte … Der wartet doch nicht über zweieinhalb Stunden, bis er dann zuschlägt. Vorausgesetzt, er hat die Tat wirklich genau geplant.«

»Es sei denn, es kam etwas dazwischen. Irgendetwas Unvorhergesehenes hinderte ihn daran, sein Opfer sofort anzugehen. Er war gezwungen, zu warten. Und dann klappte es doch noch.« Sie hörte das laute Surren über sich, informierte ihren Gesprächspartner. »Die Lastendrohne. Ich gebe ihr den Toten mit. Für die Gerichtsmedizin.«

»Wird erledigt. Die Kamera-Aufzeichnungen habe ich Ihnen gemailt.«

Sie bedankte sich, warf einen letzten Blick auf die sterblichen Überreste des Mannes und hievte sie gemeinsam mit ihrem Begleiter in das Geflecht unter der Drohne. Wer hat dir so übel mitgespielt, ging es ihr durch den Kopf, wer war derart von Sinnen, dass er dir erst das Leben raubte und dann noch versuchte, deine Identität zu verschleiern?

Sie sah die beiden Drohnen im Dunkel der Nacht verschwinden, beschloss, die Wohnung des Mannes aufzusuchen. Die undurchdringliche Wolkenwand hatte sich nicht einen Spaltbreit gelichtet, die Menge der vom Himmel stürzenden Wassermassen eher zu- als abgenommen. Wohin sie sich auch wandte, die gesamte Umgebung schien in dem reißenden Nass zu ertrinken.

»Die Wohnung des Toten«, erklärte sie ihrem Begleiter. »Es kann nicht weit sein. Okay?«

Eckert nickte, wischte sich die Nässe aus dem Gesicht.

Sie stapften vorsichtig die Eugenstraße hoch, genau dem Weg folgend, den die Flut den Aufzeichnungen des PIP gemäß den Toten mit sich gerissen hatte, kamen nur langsam vorwärts. Die den Hügel aufwärts und etwas weiter oberhalb in eine steile Treppe übergehende Straße schien sich in einen wilden Gebirgsbach verwandelt zu haben. Wieder und wieder geriet sie ins Schlingern, selbst die Versuche, sich an den Hauswänden entlang in die Höhe zu tasten, drohten zu scheitern. Mülleimer, Kisten, Teile von Fahrrädern schossen ihr entgegen. Kein Wunder, dass es die Leiche hier mitgerissen hatte. Sie starrte auf die dunkle Brühe vor sich, erkannte die Gefahr erst, als Eckert hinter ihr laut aufschrie. Der große Müllcontainer ragte auf der Seite liegend mit zerbeulten Flanken aus dem Wasser, vom Strudel der Flut hin und her katapultiert. Er nahm einen Teil der Straße und den gesamten Bürgersteig ein, schlitterte mit ohrenbetäubendem Lärm an der Hauswand entlang. Sie warf sich zur Seite, spürte das scharfkantige Monstrum eine Handbreit entfernt an sich vorbeischießen.

Ihr Puls jagte, als sie sich wieder aufzurichten versuchte. Für zwei, drei Sekunden verlor sie den Halt, kam von der Flut mit sich gerissen erst mehrere Meter abwärts wieder auf die Füße. Zitternd vor Schreck und Erschöpfung hielt sie einen Moment inne.

»Grade noch mal gutgegangen …« Die Stimme ihres Begleiters erstarb mitten im Satz.

Das unheimliche, alles andere übertönende Grollen und Donnern setzte ohne jede Vorwarnung ein. Urplötzlich war die gesamte Umgebung von dem archaisch anmutenden Geräusch erfüllt. Ein intensives, sowohl aus den Tiefen der Erde wie aus den Anhöhen über ihr erschallendes Rumpeln und Dröhnen, wie sie es noch nie vernommen hatte.

Sie starrte die Straße hoch, glaubte sich in einen Alptraum versetzt. Die gesamte Häuserfront am Hang über ihr schien zu wanken, ein Gebäude nach dem andern in tausend Teile zu zerbersten. Steine, Fenster, ganze Wände lösten sich aus den Fassaden, alles schien in Bewegung. Mit einem Mal kamen die Fundamente ins Rutschen, Stockwerk für Stockwerk verlor seinen Halt, die oberen Etagen schienen sekundenlang in der Luft zu schweben.

»Weg! Wir müssen sofort weg!«, tönte es hinter ihr.

Sie benötigte mehrere Atemzüge, um zu begreifen, dass es sich nicht um einen üblen Traum, sondern die unverblümte Realität handelte, was sich da keine fünfzig Meter vor und über ihr abspielte, stürzte sich bergab in die reißende Flut, ihrem Begleiter hinterher. Sie sah, wie er hin und her schwankte, versuchte, Abstand zu dem Inferno hinter ihr zu gewinnen. Das Donnern und Dröhnen näherte sich dennoch mit immer bedrohlicherer Intensität, von unzähligen schrillen Schreien übertönt. Menschen in höchster Not, denen buchstäblich der Boden unter den Füßen weggerissen wurde, ging es ihr durch den Kopf. Sie sah keine Möglichkeit, Hilfe zu leisten, musste alles tun, sich selbst in Sicherheit zu bringen.

Matschige Lehmklumpen klatschten ihr auf den Leib und ins Gesicht, ihre Schritte wurden größer und schneller. Verwundert nahm sie wahr, dass der reißende Fluss versiegt, der Asphalt stattdessen vollständig von Schlamm und Pflanzenteilen übersät war. Nur feine Rinnsale noch, die sich kreuz und quer ihren Weg durch den Morast bahnten. Für den Bruchteil einer Sekunde wandte sie den Blick zurück, begriff auf der Stelle, was den Fluss des Wassers verhinderte. Wo sie sich eben noch bewegt hatte, gab es jetzt keine Straße mehr. Keine Fahrbahn, keinen Bürgersteig, kein Gebäude. Nur einen gewaltigen, weit in die Höhe ragenden Berg aus Erde, Steinen und Pflanzenresten. Teile zerstörten Mobiliars, Fensterrahmen, Balkongeländer ragten unförmig daraus hervor.

»Scheiße, verdammte Scheiße!«, hörte sie Eckerts Stimme neben sich.

Noch während sie das neu entstandene Gebirge ungläubig betrachtete, verlöschten sämtliche Lichter. Von einem Moment auf den anderen herrschte finstere Nacht. Nur das heftige Prasseln der sintflutartigen Niederschläge übertönte die von überall her erschallenden Hilferufe.

2. Kapitel

Ann-Sophie Braig wusste nicht, wie lange es dauerte, bis die Drohne endlich auftauchte und das Chaos über ihr mit grellen Scheinwerfern ins Licht setzte. Drei oder vier Mal, im Abstand mehrerer Minuten, hatte sie per Handy Hilfe angefordert, dem Kollegen am anderen Ende nur eine verzweifelt gestammelte Antwort entlockend.

»Tut mir leid, aber alle verfügbaren Kräfte sind im Einsatz. Sogar die Notfallreserve. Wissen Sie, was heute Nacht alles passiert ist?«

Bei ihrem letzten Anruf hatte er wie zu seiner Entschuldigung einige der Schreckensmeldungen aufgezählt, die bei ihm eingegangen waren. »Der ehemalige unterirdische Skandalbahnhof wurde von der Flut aus seiner Verankerung gerissen, sämtliche Zulauftunnel stehen unter Wasser. Am Rand Heslachs gab es einen Hangrutsch, der zwei komplette Straßenzüge mit unzähligen Gebäuden in die Tiefe riss. In Freiberg wurden die Fundamente zweier Hochhäuser weggespült, sie befinden sich in Schieflage. Mehrere Straßentunnel sind völlig überspült, wir wissen nicht, wie viele Fahrzeuge und Passagiere davon betroffen sind. Das sind nur die wichtigsten Infos aus Stuttgart, im Umland sieht es nicht besser aus. Und jetzt kommen Sie auch noch mit dieser Hiobsbotschaft. Sie müssen sich gedulden, so leid es mir tut. Es sieht jetzt schon genauso katastrophal aus wie bei der Sache vor zwei Jahren.«

Sie hatte darauf verzichtet, erneut Unterstützung anzufordern, stattdessen gemeinsam mit Eckert mit Hilfe ihrer die Dunkelheit nur wenige Handbreit durchdringenden Handylichter versucht, sich Kenntnis über die Herkunft der verzweifelten Schreie zu verschaffen, die alle paar Sekunden das Prasseln des Regens übertönten. Inzwischen waren sie nicht mehr allein auf der Straße: Eine Handvoll Menschen hatte sich rings um den Fuß der neu aufgetürmten Masse eingefunden, allesamt von den intensiven Niederschlägen innerhalb weniger Sekunden vor Nässe triefend. Unterstützt von zahlreichen, aus den Fenstern der intakt gebliebenen Gebäude starrenden Anwohnern bemühten sie sich, Wege zu den Verschütteten auszukundschaften.

Ein vollkommen unmögliches Unterfangen, war Ann-Sophie Braig sich bewusst. Der durch den Hangrutsch entstandene Berg türmte sich einem hohen Gebäude ähnlich direkt vor ihnen auf. Überall schroff in die Höhe ragendes Mauerwerk, Ansammlungen von Erde mit spitzkantig daraus hervorragenden Holzbalken, nirgends eine abgeflachte Stelle, die es ermöglichte, ihn zu erklimmen. Sie wusste um die Gefahren, es trotzdem zu versuchen, hatte unwillkürlich die Situation vor Augen, in die sie vor wenigen Jahren bei einem völlig missglückten Rettungseinsatz geraten war.

Nach tagelangen sintflutartigen Niederschlägen ähnlich denen der vergangenen Stunden hatte sich damals die Erde in vielen betroffenen Regionen derart mit Feuchtigkeit vollgesogen, dass sie ihre feste Konsistenz verloren und sich in eine schlammige Masse verwandelt hatte. In Gebieten ohne große Niveauunterschiede war das vorerst ohne Folgen geblieben, an Hängen und stark abschüssigen Orten jedoch hatten sich teils gefährliche Rutschungen ergeben. Ann-Sophie Braig erinnerte sich noch gut an den Moment, als sie auf einen der unzähligen Notrufe hin am späten Abend am Rand der Esslinger Altstadt eingetroffen war.

»Fundamentabsenkungen im Bereich der Burg. Mehrere Menschen verschüttet«, war ihr signalisiert worden.

Schon der erste Blick über den im Dunkel der einbrechenden Nacht abtauchenden Marktplatz hatte sie in eine Schockstarre versetzt. Das Mauerwerk des über 500 Jahre alten Treppenwegs, der den Weinberg hinauf zur Burg führte, war nur noch bruchstückhaft vorhanden, der Rand der mittelalterlichen Festungsanlagen in weiten Teilen abgestürzt, einen großen Abschnitt der darunter gelegenen Häuserzeile unter sich begrabend. Selbst der aus dem frühen 16. Jahrhundert stammende Dicke Turm, eines der Wahrzeichen Esslingens, hing schief über dem Abgrund.

Die Schreie unzähliger verschütteter Menschen im Ohr hatten sie, völlig unzureichend mit immer wieder verlöschenden, erbärmlichen Lichtquellen versorgt, den größten Teil der Nacht damit verbracht, sich durch den Schutt und Morast zu graben. Es war ihnen gerade gelungen, zu zwei älteren, unter den Trümmern ihrer völlig zerstörten Häuser verschütteten Frauen vorzudringen, als sich eine weitere Schlammlawine vom Hang über ihnen löste und sie mitsamt den vermeintlich geretteten Opfern unter sich begrub. Ann-Sophie Braig war stundenlang bewegungsunfähig, aber bei vollem Bewusstsein unter der undurchdringlichen Masse gefangen gewesen; dass sie den Alptraum im Gegensatz zu den meisten anderen Verschütteten überlebt hatte, war allein dem stabilen Holzbalken zu verdanken, unter dem sie, in einem winzigen Hohlraum kauernd, schließlich in den späten Stunden des folgenden Tages hervorgezogen worden war.

Sie hatte Wochen benötigt, das Geschehen zu verarbeiten, schreckte jetzt noch ab und an mitten in der Nacht aus dem Schlaf, von der Vorstellung gepeinigt, unter einem Berg von Erde, Schlamm und Geröll begraben zu liegen, ohne Hoffnung auf Rettung, zum sicheren Tod verurteilt. So sehr die verzweifelten Hilferufe sie jetzt auch quälten, sie unterließ jede Aktivität, dem Schutt und Morast zu Leibe zu rücken, versuchte mit beschwörenden Worten auch die Leute um sie herum davon abzuhalten. Mitten im Dunkeln, ohne ausreichende Sicht war die Gefahr viel zu groß, selbst zum Opfer der von Schlamm durchtränkten Ansammlung zu werden.

Dass sie es nicht mit einer stabilen, auf unverrückbaren Fundamenten gegründeten Masse zu tun hatten, war deutlich zu hören. Selbst das kräftige Prasseln des Regens konnte das ständige Rumoren, das Rutschen und Sacken vor und über ihnen nicht übertönen. Die unablässig strömenden Niederschläge sammelten sich in kleinen, mehr und mehr ausufernden Seen, Rinnsalen und Bächen, wuschen Erde, Pflanzen und Steine aus und rissen sie in gewaltigen Wasserfällen und Schlammlawinen mit sich in die Tiefe. Ann-Sophie Braig hörte das Platschen und Prasseln, verharrte in respektvollem Abstand vor dem gefährlichen Monstrum.

Wie sehr sich die gesamte Szenerie verändert hatte, wurde ihr erst in dem Moment klar, als die Drohne fast geräuschlos aus dem Dunkel tauchte und immer neue Teile der Umgebung ins Licht setzte. Die durch den Hangrutsch entstandene Masse nahm die gesamte Straße ein, sie erreichte fast die Höhe der noch existenten, anscheinend unversehrt gebliebenen Gebäude. Mauerreste, Fensterrahmen, ganze Balkone samt Geländer ragten daraus hervor, wasserfallartige Fontänen stürzten in die Tiefe. Da war nicht ein einzelnes Haus, da war ein ganzer Straßenzug samt seinen Fundamenten weggespült worden. Sie wollte gar nicht darüber spekulieren, wie viele Menschen davon betroffen waren, die nach wie vor unaufhörlich erschallenden Hilferufe boten Hinweise genug.

Sie hörte laute Stimmen über sich, wandte ihren Blick dem anscheinend völlig intakt gebliebenen Gebäudekomplex auf der linken Straßenseite zu. Zwei Frauen wedelten aufgeregt mit ihren Armen durch die Luft, auf eine von der Drohne hell ausgeleuchtete Partie auf der Spitze des Hügels weisend. Ann-Sophie Braig versuchte, sich auf die Stelle zu konzentrieren, entdeckte eine ganze Gruppe auf dem morastigen Boden kauernder Menschen. Bewohner der zerstörten Häuser, die es irgendwie nach ganz oben geschafft hatten?

Sie wählte erneut den Notruf, hatte die Stimme des Kollegen sofort am Ohr.

»Die Leute auf der Spitze des Schuttbergs«, nahm er ihr die Worte aus dem Mund. »Der Rettungskopter ist unterwegs. Wir holen alle zu Ihnen runter, damit es möglichst schnell geht.«

Es dauerte tatsächlich keine fünf Minuten, bis das angekündigte Fluggerät auftauchte. Ann-Sophie Braig legte den Kopf zurück, starrte nach oben. Es handelte sich um einen großen, mit vier Pritschen ausgestatteten Kopter, der vorsichtig in die Nähe der oben gestrandeten Menschen niedergelassen wurde, um den ersten vier Personen den Zustieg zu ermöglichen. Kurz darauf hob er wieder ab, schwenkte dann abwärts an den Fuß des Hügels, keine zehn Meter von ihr entfernt.

Ann-Sophie Braig sah vier völlig durchnässte, lehmverschmierte und von Verletzungen im Gesicht und an den Armen gezeichnete Menschen auf die Straße treten, dem Anschein nach alle fortgeschrittenen Alters. Sie trat auf sie zu, erkundigte sich nach der Anzahl der oben verbliebenen Leute.

»Drei«, antwortete eine im gesamten Gesicht mit Schnittwunden übersäte Frau. »Sie hocken direkt unter einer schiefen Mauer. Hoffentlich schaffen sie es.«

»Und Sie? Wohnen Sie in einem der Häuser?«

Die Frau wischte sich übers Gesicht, nickte. »Mein Mann, ich und unsere Nachbarn.« Sie wies auf ihre Begleiter. »Wir wurden im Schlaf überrascht. Dass unsere Gebäude jemals …« Sie verstummte, winkte mit ihrer Rechten ab.

Ann-Sophie Braig verzichtete darauf, ihr länger zuzusetzen, starrte in die Höhe. Der Rettungskopter hatte die Spitze des Hügels wieder erreicht, schwebte im leichten Zickzack hin und her. Wie ihre Gesprächspartnerin erwähnt hatte, erwies es sich offensichtlich als äußerst schwierig, sich den Menschen oben gefahrlos zu nähern. Sie trat mehrere Schritte zurück, verfolgte die unablässigen Bemühungen, den Kopter so zu steuern, dass sich seine Pritschen nicht an einem der aus dem Geröllberg herausragenden Balken verfingen. So grell die Strahler des Geräts die unmittelbare Umgebung auch ausleuchteten, die dichten Kaskaden niedergehenden Regens schränkten die Sicht drastisch ein.

Nach langem Hin und Her schien es endlich zu gelingen. Die erste Person hatte gerade Platz genommen, als der linke Hang des Berges mit dumpfem Ächzen und Grollen in Bewegung geriet und nach vorne sackte. Eine Lawine aus Schlamm, Steinen und Pflanzenteilen stürzte auf Ann-Sophie Braig und die Umstehenden zu. Sie hatte es nur der schnellen Reaktion ihrer Nachbarin zu verdanken, dass sie, von der älteren Frau mitgerissen, nicht unter der plastischen Masse begraben wurde.

3. Kapitel

Kurz nach zehn Uhr an diesem Morgen hatte Ann-Sophie Braig ihr Büro endlich erreicht. Sie hatte darauf verzichtet, nachzuprüfen, ob die Wohnung Stegners noch existierte oder von der zu Tal gehenden Masse mitgerissen und darunter begraben worden war, hatte schnellstens den Weg zur WG ihres Sohnes eingeschlagen, um wenigstens noch ein paar Stunden Schlaf zu finden.

Sie passierte den schmalen Gemeinschaftsraum, sah Noah Klöckner vor dem Kühlschrank stehen und sich einen Energiedrink ausschenken. Augenblicklich beschleunigte sie ihren Schritt, um sich die Konversation mit dem Mann zu ersparen. Vergeblich.

»Oh, unsere geniale Chefermittlerin«, meldete er sich lauthals zu Wort. »War eine aufregende Nacht, höre ich.«

Genervt blieb sie stehen, musterte ihn mit unverhohlen abweisender Miene. Der auffallend kleine, gerade 1,65 Meter große Mann war wie üblich von Kopf bis Fuß in seiner Lieblingsfarbe gekleidet: Muskel-T-Shirt, Hose, selbst die Schuhe in Khaki, was ihm einen militärischen Touch verlieh. Die kurz gescheitelten Haare, seine stramme Körperhaltung mit dem leicht vorstehenden, markanten Kinn, die durch den knappen Stoff deutlich zur Schau gestellten muskulösen Oberarme – die gesamte Erscheinung war darauf abgestellt, seine Gesinnung zum Ausdruck zu bringen. Sie wusste aus jahrelanger Erfahrung nur allzu gut, wie tief verankert das soldatische Wesen in seinem Charakter ruhte. Klöckner war alles, nur kein Schaumschläger. Er täuschte seine stramme Haltung nicht vor, um damit Eindruck zu schinden, praktizierte sie vielmehr in jeder Sekunde seines Lebens, vor allem seiner beruflichen Tätigkeit.

»Eine aufregende Nacht«, zischte sie, ihren Abscheu unüberhörbar auf der Zunge. »Richtig. Nach einem langen Arbeitstag mitten aus dem Schlaf gerissen. Weil der Herr, der zum Dienst eingeteilt war, sich privat amüsierte. Sehr kollegial!«

»Oha, oha! Das eigene Land zu verteidigen, weil sich die Kollegin ständig davor drückt, keine zehn Stunden Ruhe in drei Tagen, dafür eine ganze Horde Terroristen zur Strecke gebracht – das nennt man jetzt privat amüsieren!«

»Mein Mitleid hält sich in Grenzen!«

Klöckner schenkte ihr ein breites Grinsen, war sich offensichtlich darüber bewusst, dass sie das noch mehr in Rage brachte.

»Die Chefermittlerin war aber auch äußerst erfolgreich. Zwei verweste Leichen aus dem alten Fangelsbachfriedhof als Mörder entlarvt. Respekt, Respekt!«, tönte es hinter ihr.

Sie musste sich nicht umdrehen, wusste augenblicklich, wer da in den Raum getreten war. Björn Waitz, Klöckners Adlatus, sein Bruder im Geist. Zwar eine

Dienststufe niedriger als sein Herr und Meister, doch ebenso skrupellos und verkommen, was die Beachtung der Menschenrechte wie die von ihm durchgeführten Polizeimaßnahmen betraf. Sie spürte, wie sich ihre Nackenhaare aufrichteten, hatte Mühe, ruhig zu bleiben. »Sehr witzig!«, maulte sie. »Noch nichts davon gehört, dass es wirklich das Opfer einer Gewalttat gibt?«

»Aber sicher doch! Irgend so ein illegaler Schmarotzer. Aus Afrika, wie? Hat uns jemand Arbeit abgenommen, richtig?«

Ann-Sophie Braig hatte keine Lust, die Unterhaltung fortzusetzen, beeilte sich, in ihr Büro zu kommen.

»Will die Frau Kommissarin nicht wissen, wie viele Kanacken ich aus dem Verkehr gezogen habe?«, rief Klöckner ihr hinterher. Sie hatte die Schwelle noch nicht erreicht, als er auch schon die Antwort auf seine selbst gestellte Frage lieferte. Lauthals und mit Stolz in der Stimme. »24. Bis auf drei alle lebendig.«

Sie feuerte demonstrativ die Tür hinter sich zu, warf sich auf ihren Schreibtischstuhl. Sie ärgerte sich über sich selbst. So sehr sie es auch zu vermeiden suchte, den Idioten gelang es jedes Mal aufs Neue, sie aus dem Gleichgewicht zu bringen. *Bis auf drei alle lebendig.* Natürlich war ihr klar, was das bedeutete. Gemeinsam mit seinen Kumpanen hatte Klöckner wieder drei Menschen in den Tod getrieben und war auch noch stolz darauf. Drei Menschen, die wahrscheinlich aus reiner Verzweiflung aus ihrer Heimat geflohen waren und im Herzen Europas Zuflucht gesucht hatten.

Der Ansturm von Flüchtlingen aus Afrika und Asien wollte kein Ende nehmen, im Gegenteil. Mit zunehmender Unbewohnbarkeit immer neuer Regionen durch die Auswirkungen der stetig fortschreitenden Klimaveränderung schwoll deren Anzahl seit Jahrzehnten unaufhaltsam weiter an. Weite Teile Nord-, West- und Ostafrikas waren in den vergangenen Jahren durch die drastische Ausdehnung der Wüsten unbewohnbar geworden. Niederschläge hatten sich fast vollkommen verflüchtigt, stattdessen reihten sich für Mensch und Natur unerträgliche Hitzewellen fast pausenlos aneinander. Temperaturen um die 45 Grad Celsius machten den Aufenthalt im Freien tagsüber unmöglich, nachts kühlte es kaum ab. Alle paar Wochen tobten tagelange Sandstürme. Sie hatten nicht nur das Leben der Menschen und Tiere zur Hölle werden lassen, sondern auch die gesamte Vegetation unter sich begraben und erstickt.

Alle Versuche, den alten Grüngürtel im Bereich des Sahel durch intensive Neuanpflanzungen wieder aufleben zu lassen, waren so ad absurdum geführt, die Investitionen unermesslich großer Summen buchstäblich in den Sand gesetzt worden. Die Wüste war weiterhin unaufhaltsam auf dem Vormarsch, sowohl nach Norden als auch nach Süden. Viehzucht und Ackerbau waren fast im gesamten nördlichen Bereich des Erdteils nicht mehr möglich; obwohl aus Europa ständig Unmengen synthetisch erzeugter Nahrungsmittel zugeführt wurden, hungerte der Großteil der verbliebenen Bewohner. Der Weg in den Süden war versperrt, litt das Zentrum Afrikas doch unter derartigen Hitzewellen, dass die Menschen von dort längst Reißaus nahmen. Weite Teile des einstmals üppigen tropischen Regenwalds waren abgebrannt oder in dürre Grassteppen verwandelt, die sich unterbrochen von riesigen Sandwüsten bis fast in den äußersten Süden Afrikas erstreckten.

Wohin sollten sie fliehen, wenn nicht nach Europa? Asien hatte sich in seinem südlichen Bereich vollends in eine gigantische Wüste verwandelt, die inzwischen nicht nur den arabischen Raum, sondern auch weite Teile Indiens und Pakistans überzog. Meeres-nahe Gebiete waren, sofern sie nicht erhöht auf Gebirgen lagen, längst vom zunehmenden Druck des Grundwassers oder dem steigenden Meeresspiegel versalzen oder überflutet, ganze Länder wie Bangladesch mit einst 200 Millionen Einwohnern im Ozean verschwunden. Unzählige Millionen waren deshalb auf der Flucht, voller Verzweiflung nach einer neuen Heimat irgendwo in der nördlichen Hemisphäre des Planeten suchend.

Dabei war nicht einmal Europa von den Folgen der Klimaveränderung verschont geblieben. Auch der Süden des Kontinents war fast nur noch in Küstennähe bewohnt; große Teile des Landesinneren sowohl Spaniens als auch Italiens waren weitgehend entvölkert. Staubtrockene Steppen, teilweise sogar Wüsten erstreckten sich dort, wo jahrtausendelang Menschen verschiedenster Kulturen gelebt hatten. Madrid etwa, mit gerade noch einem Drittel der Einwohner im Vergleich zu 2025, sah sich auf allen Seiten von einer steril grauen Felseinöde umringt. Die Trinkwasser spendenden Stauseen in der gesamten Umgebung seit Jahren komplett ausgetrocknet, Bäume, Büsche, Gärten, die gesamte Vegetation von den ersten Tagen im Mai an verkümmert oder abgestorben.

Ann-Sophie Braig war nicht so naiv zu glauben, Deutschland oder das »Kerneuropa«, das sich gemeinsam mit Frankreich, Österreich, Italien, Slowenien, Spanien, Portugal, Belgien, Luxemburg, den Niederlanden sowie den vier skandinavischen Ländern vor Jahrzehnten als gemeinsamer Staatenbund gegründet hatte, könne all diese Menschen aufnehmen. Annähernd 70 Prozent der in Kerneuropa lebenden Bevölkerung hatte inzwischen migrantischen Hintergrund, war der Erdteil doch seit den späten Zwanzigerjahren von Klimaflüchtlingen regelrecht geflutet worden.

Einem Teil der Zuwanderer war es gelungen, sich mit unermüdlichem Fleiß die jeweilige Landessprache anzueignen, einen anerkannten Beruf zu ergreifen und sich mit der ganzen Familie in der neuen Heimat zu integrieren. Angesichts der unaufhörlich wachsenden Anzahl der Flüchtlinge waren die Chancen der meisten Menschen, akzeptable Lebensbedingungen zu erlangen, jetzt jedoch weitgehend erschöpft: Die meisten Städte und Dörfer, soweit sie aufgrund der sich ständig verschärfenden klimatischen Verhältnisse überhaupt noch bewohnbar waren, platzten aus allen Nähten. Die Zahl der Arbeitslosen erreichte immer neue Rekorde, der ganz normale Alltag zeigte sich zunehmend von unerträglichem Stress und Aggressionen sowie allseits steigender Kriminalität geprägt. Kein Wunder, dass auch das politische Geschehen längst von der Dauer-Krise geprägt war: Fast überall hatten Rechtspopulisten ihre mit dummdreisten Parolen gegen die Flüchtlingsfluten erzielten Wahlerfolge dazu genutzt, demokratische Strukturen, wo immer es möglich war, zu demontieren und zugunsten der eigenen Machtausübung zu manipulieren.

So unaufhaltsam sich die sozialen, ökonomischen und ökologischen Lebensbedingungen in Kerneuropa in den letzten Jahrzehnten zum Schlechten verändert hatten, im Vergleich zu den meisten anderen Ländern, auch denen des erweiterten Europa, herrschten in ihnen immer noch geradezu paradiesische Verhältnisse. Bürgerkriegsähnliche Zustände prägten fast überall den Alltag, von Schießereien miteinander um die Macht und wirtschaftliche Profite konkurrierender Banden bis hin zu militärischen Auseinandersetzungen verschiedener Nationen um Bodenschätze, Süßwasserreservoire, bewohnbares oder für die Erzeugung von Nahrungsmitteln nutzbares Land. Kein Wunder, dass immer mehr Menschen diesem Alltag zu entkommen und ihre Zuflucht in einer der wenigen einigermaßen heil gebliebenen Regionen wie Kerneuropa zu finden suchten.

So sehr sie diese Beweggründe nachvollziehen konnte, Ann-Sophie Braig war längst klar, dass ihre Heimat diese Wünsche nicht erfüllen konnte. Kerneuropa hatte inzwischen selbst mit zu vielen Problemen zu kämpfen, als dass es länger Auffangbecken all der Menschenmassen sein konnte, die von allen Seiten Einlass begehrten. Wollte Kerneuropa sich das Schicksal des größten Teils der anderen Länder ersparen, musste es der Zuwanderung weitgehend Einhalt gebieten – allerdings in zivilisierter Weise und nicht mit den brachialen Methoden, die inzwischen an vielen der schwer bewachten Grenzabschnitte praktiziert wurden. Klöckner und Waitz brachten oft genug unverhohlen zum Ausdruck, wie sie und andere Frontiere »sich um das Wohlergehen des eigenen Landes kümmerten und gewisse Probleme lösten«, wie sie es zu formulieren pflegten. Etwa aufgespürte Flüchtlinge auf exponierte Hügel oder Berge zu treiben und sie dann mit Scheinangriffen bewaffneter Drohnen zum Sprung in den Abgrund zu zwingen. »Abschreckung«, nannten sie derlei Methoden, die inzwischen stillschweigend geduldet und nur noch von wenigen Wagemutigen kritisiert wurden.

Zuletzt allerdings schien es zwischen Klöckner und seinem Gesinnungsgenossen zu einer gewissen Verstimmung gekommen zu sein. Ursache dafür war nicht etwa die Tatsache, dass es Waitz bei einem seiner Einsätze brutal übertrieben, sondern dass er anschließend auch noch lauthals mit seinen Heldentaten geprahlt hatte. Dem Gerücht nach war es ihm gelungen, eine Gruppe dunkelhäutiger Flüchtlinge aufzuspüren, die mit mehreren Kindern versucht hatten, den normalerweise nur wenige Meter breiten und ruhig dahinfließenden Grenzfluss zu durchqueren. Durch tagelange, intensive Niederschläge stark angeschwollen, war das Gewässer selbst für gute Schwimmer zu einem fast unüberwindbaren Hindernis geworden. Hilflos im reißenden Wasser treibend, hatten sich die Flüchtenden bemüht, ans rettende Ufer zu gelangen, waren aber von Waitz mit gezielten Schüssen daran gehindert worden. Angeblich soll die gesamte Gruppe von annähernd zwanzig Menschen deshalb ertrunken sein.

Ann-Sophie Braig war davon überzeugt, dass derlei Ereignisse inzwischen zum alltäglichen Geschehen an den Grenzen Kerneuropas gehörten. Die große Zahl der am Ufer des Grenzflusses angelandeten Kinderleichen hatte dann gemeinsam mit Waitz' prahlerischen Worten zu einem Aufschrei in einem Teil der freien Medien geführt. Wohl um die unerfreuliche Diskussion zum Ende zu bringen, war der Mann als der für das Geschehen allein Verantwortliche präsentiert worden – eine Tatsache, der er sich mit stolz geschwellter Brust gestellt hatte, zumal es keinerlei Konsequenzen für ihn nach sich zog. Ob Klöckner bei der Aktion beteiligt gewesen war oder nicht, seit ihrem Bekanntwerden achtete er auf eine gewisse Distanz zu seinem ehemaligen Intimus, ging seiner Tätigkeit als Grenzwächter auch nicht mehr in dessen Gesellschaft nach.

Ann-Sophie Braig wandte sich dem Monitor ihres Computers zu, um sich endlich von den Gedanken um das Treiben ihrer Kollegen zu lösen, sah sich mit unzähligen Aufnahmen der Folgen der katastrophalen Niederschläge konfrontiert. Zusammengestürzte Häuser, abgerutschte Berghänge, schiefstehende Wohnblocks, aufgewölbte Straßen, zermalmte Autos und Omnibusse, bis zur Decke unter Wasser stehende Tunnel. Dazu Schlagzeilen wie:

Hangrutsch unterhalb der Uhlandhöhe: Bisher 15 Leichen geborgen.

Eingestürzte Gebäude in Heslach: Rettungskräfte haben bisher 12 Tote, davon 9 Illegale entdeckt.

Sie wollte gerade auf Murat Stegner umschalten, als eine Eilmeldung über den Bildschirm flimmerte: *Seitenflügel des Neuen Schlosses in Stuttgart von Wassermassen unterspült und eingestürzt: Bisher mindestens 10 Tote.* Dazu die bekannte Aufnahme des Neuen Schlosses samt seinem Vorplatz mitten im Zentrum der Landeshauptstadt, jetzt allerdings auf der rechten Seite eher einer völlig lädierten Ruine als einem ehemals herrschaftlichen Gebäude gleich.

Sie konnte es nicht glauben, starrte wie gebannt auf den Monitor. Das über 250 Jahre alte Wahrzeichen der Stadt – in Teilen verunstaltet wie die Häuser in einer der zahlreichen von Bürgerkriegen zerstörten Regionen der Welt, die Tag für Tag in den Nachrichtenkanälen präsentiert wurden.

Erst als die Kamera auf den Orangenhain am Rand des Schlossplatzes hielt, in dessen Nähe sie sich heute Nacht kurz aufgehalten hatte, fiel ihr wieder ein, weshalb sie vor dem Bildschirm Platz genommen hatte. Sie gab Murat Stegners Namen ein, fand die nächtlichen Informationen bestätigt.

Seit 2051 als Murat Bulaida im Land, Staatsbürgerschaft und Heirat mit Lea Stegner 2060. Seit 2068 geschieden. Wohnung in der Werastraße in Stuttgart. Geologie- und Bauingenieur-Studium in Algier, Paris und Köln. Spezialisiert auf Endlagerung von Kohlenstoff und weiteren Klimagasen in Kohlenstoffsenken und anderen Gesteinsschichten. Tätigkeit bei derartigen Projekten in Belgien, Norwegen, dem Schwarzwald. Seit 2070 Leiter der Kohlenstoff-Versenkung im Oberrheingraben. 2071 Havarie mit unbemerktem Kohlendioxid-Austritt: siebzehn Tote im benachbarten Krummenheim.

Ann-Sophie Braig hielt überrascht inne. Sie erinnerte sich noch gut an das Geschehen. Die meisten Opfer waren im Schlaf gestorben, nichtsahnend von dem wenige hundert Meter entfernt unbemerkt ausströmenden heimtückischen Gas aus dem Leben gerissen, Erwachsene und Kinder. Die Fotos der toten Minderjährigen hatten einen solchen Aufschrei hervorgerufen, dass sich die Regierung gezwungen gesehen hatte, das ohnehin umstrittene Unternehmen zu stoppen. Unzählige Kritiker hatten von Anfang an vor den Gefahren gewarnt, zudem darauf hingewiesen, dass es sinnvoller sei, Klimagase verursachende Prozesse prinzipiell zu verbieten als die Gase dann mit unbeherrschbaren Risiken irgendwo abzulagern, von wo sie jederzeit, etwa durch Erdbeben, wieder den Weg zurück in die Atmosphäre finden konnten. Ann-Sophie Braig erinnerte sich an die langanhaltenden politischen Auseinandersetzungen, die das Unglück ausgelöst hatte, wandte sich wieder dem Bildschirm zu.

2071 Anklage gegen Stegner als Projektleiter. 2072 Stegner vom Gericht freigesprochen. Keine Beweise für eine Schuld, weder des Unternehmens noch seiner Leitung. Sabotage konnte trotz vieler Drohungen weder nachgewiesen noch endgültig ausgeschlossen werden.

Stegner wurde also vor etwas mehr als einem Jahr freigesprochen, überlegte sie. Waren hier die Hintergründe für den Mord an dem Mann zu finden?

Siebzehn Tote, ohne jede Warnung aus dem Leben gerissen. Erwachsene und Kinder. Hatte sich ein Angehöriger am vermeintlich Schuldigen gerächt?

Stegner war freigesprochen worden, aber was sagte das schon? Gerichte urteilten heute im Jahr 2073 nicht mehr objektiv und unabhängig wie früher einmal in diesem Land. Sie waren Marionetten der regierenden Rechtspopulisten, dienten deren Interessen und Freunden, hielten ihnen Kritiker vom Leib. Das Verklappen des Kohlenstoffs war von der Regierung in die Wege geleitet worden, somit war klar, wo die Prioritäten lagen. Stegner war einer von ihnen; kein Wunder, dass man ihn freigesprochen hatte. War er jetzt einem Angehörigen, der diese Zusammenhänge begriffen hatte, zum Opfer gefallen?

Ann-Sophie Braig suchte nach einer Liste der Opfer, druckte sie sich aus. Die Namen sagten ihr nichts, keiner war irgendwie aktenkundig geworden. Sollte sich ein Angehöriger heute Nacht am Tatort aufgehalten haben, müsste sich das per PIP feststellen lassen. Sie beauftragte die Techniker, sich darum zu kümmern, sah anhand der Fotos im Netz, dass das Wohnhaus Stegners dem Hangrutsch nicht zum Opfer gefallen war.

Endlich mal eine erfreuliche Nachricht, überlegte sie. Blieb so doch die Chance, sich den vermeintlichen Tatort selbst anzuschauen und auf etwaige Spuren zu überprüfen.

4. Kapitel

Das Gebäude mit der Wohnung Murat Stegners lag keine hundert Meter vom Rand des durch die Hangrutschung zerstörten Areals entfernt. Geologen waren gerade dabei, das Gelände in der Umgebung auf seine Stabilität zu überprüfen, als Ann-Sophie Braig gemeinsam mit ihrem Kollegen Nils Lindler dort eintraf.

Der sportliche, groß gewachsene Mann Mitte dreißig arbeitete seit mehreren Jahren in ihrer Abteilung. Sie schätzte seine ruhige, bedächtige Art, wusste aus Erfahrung, dass er im Gegensatz zu vielen anderen Ermittlern nie zu allzu schnellen, emotional bedingten Urteilen neigte und sich auch nie zu zynischen oder von Jähzorn bedingten Ausfällen hinreißen ließ. Sein Fleiß war ohnehin legendär; mehrmals schon hatte sie ihn im Verlauf mühsamer Ermittlungen aufgefordert, eine Pause einzulegen und sich eine Auszeit zu gönnen. Seit etwas mehr als einem Jahr lebte er in einer festen Beziehung, wie er ihr mehrfach begeistert erzählt hatte; seine Bereitschaft, sich mit unzähligen Überstunden in die jeweils aktuellen Untersuchungen einzubringen, hatte das kaum gedämpft. Auch sein Wille, stets auf dem neuesten Stand der für ihre Arbeit notwendigen Technik, etwa im Bereich des PIP und anderer Überwachungssysteme zu sein, war kaum zu bremsen. Soweit möglich besuchte er alle paar Wochen Fortbildungsseminare gerade zu dieser Thematik, was ihn zu einer immer wichtigeren Stütze ihrer Ermittlungen hatte werden lassen.

Woher er bei diesem beruflichen Engagement und seiner privaten Liaison die Zeit nahm, Menschen seiner Umgebung mit selbst gebackenen Kuchen, Torten oder anderen Köstlichkeiten zu beglücken, war ihr ein Rätsel. Alle paar Tage überraschte er sie und andere mit immer neuen Kreationen seiner Kunstfertigkeit.

»Ich will nicht nur den halben Tag im Morast wühlen und die Folgen von Aggression und Zerstörung begutachten«, hatte er ihr gegenüber seine außergewöhnliche Passion begründet. »Wenigstens ab und an mal was Produktives tun, mit einfachen Mitteln etwas erschaffen, das uns hilft, diesen ganzen Mist zu ertragen – einfach so zum Ausgleich.« Hinzugefügt hatte er: »Backen ist mein Leben.«

Ann-Sophie Braig hatte nichts gegen sein Hobby einzuwenden, auch nichts gegen die Leidenschaft, mit der er es betrieb – im Gegenteil. Sie konnte schon gar nicht mehr zählen, wie oft er sie mit wohlschmeckendem Backwerk überrascht und ihr den Alltag damit ein Stück weit angenehmer gestaltet hatte. Heute allerdings schmeckten die Mohnschnitten leicht angebrannt – ein Malheur, das ihm bisher, jedenfalls soweit sie sich erinnerte, noch nie passiert war. Sie ließ sich ihre Verwunderung darüber jedoch nicht anmerken, lobte stattdessen seine sonst immer so vorzüglich präsentierte Kunst.

Lindler an ihrer Seite zu wissen, war in jeder Hinsicht ein beruhigendes Gefühl.

Das von Kollegen weiträumig abgesperrte Gebiet vor ihnen wurde von einer fast unübersehbaren Menge neugieriger Gaffer belagert, deren Geschrei alle anderen Geräusche übertönte. Die Werastraße war eine jener Asphalttrassen, die immer noch nicht an den Klimawandel angepasst worden waren, obwohl das die einzige Chance darstellte, die vom April bis in den Oktober währende Heißzeit ohne gravierende Gesundheitsschäden zu überstehen.

Schon in den Zwanzigerjahren des Jahrhunderts hatten unzählige Wissenschaftler darauf hingewiesen, dass die Überhitzung von Städten und Dörfern gegenüber ihrer ohnehin immer heftigeren Temperaturextremen ausgesetzten Umgebung nur dadurch reduziert werden könne, dass sämtliche Straßen und Plätze von Asphalt und Beton befreit und in renaturierte Grünzonen verwandelt würden. Seither waren Stadtplaner und Architekten in allen Regionen der Welt darum bemüht, Straßen zurückzubauen und an ihrer Stelle schmale Fahrspuren für Fußgänger, Radfahrer und den Anlieferverkehr zu errichten, die beidseits von üppig begrünten Pflanzstreifen gesäumt wurden. Je mehr versiegelte Flächen aufgebrochen und in Grünareale verwandelt wurden, desto nachhaltiger konnten die Temperaturen in den bewohnten Regionen gesenkt werden. Neu entstandene Frischluftschneisen sorgten ebenso wie Schatten spendende Bäume und Pflanzen für Abkühlung. Weil das Niederschlagswasser nicht mehr ungenutzt abfloss, sondern an Ort und Stelle im Erdreich versickerte, wurde die Temperatur durch die Verdunstungswirkung des Laubs der Vegetation zusätzlich gesenkt.

Obwohl dieser Umbau der Siedlungsinfrastruktur inzwischen die einzige Chance darstellte, die heißen Monate in bebauten Gebieten einigermaßen unbeschadet zu überstehen, gab es doch immer noch Existenzen, die sich entgegen aller Vernunft dagegen wehrten, auf ihre Energie verschlingenden Blechkarossen zu verzichten. Ann-Sophie Braig hatte für diese verantwortungslosen Egomanen kein Verständnis, erschlossen doch seit Langem schon automatisierte, von Computern gesteuerte Bahnen im Abstand weniger Minuten fast alle Teile des gesamten Landes.

Angewidert von den sensationsheischenden und dämlichen Kommentaren der neugierigen Gaffer ersparte sie sich den Blick auf das verwüstete Areal, wandte sich stattdessen dem Haus des getöteten Mannes zu. Auch wenn es vor mehr als einer Stunde endlich aufgehört hatte zu regnen, waren der Boden wie auch die Hauswände überall noch von der Nässe gezeichnet. Pfütze reihte sich an Pfütze, auf dem Asphalt wie auch den Steinplatten der Bürgersteige kündeten lehmige Schlieren von den nächtlichen Fluten. Sollte es in der Nacht hier draußen eine heftige Auseinandersetzung gegeben haben, die zum Tod des Mannes geführt hatte, war jetzt nichts mehr davon zu sehen – die intensiven Niederschläge hatten der gesamten Umgebung schließlich über Tage hinweg in erheblichem Ausmaß zugesetzt.

Sie sah ihren Kollegen einen Blick zu der wenige Meter entfernten, kurz vor Mitternacht außer Betrieb gegangenen Kamera am oberen Ende des Laternenpfahls werfen, konnte keine Beschädigung erkennen. Noch war nicht geklärt, wodurch sie ihre Funktion eingebüßt hatte; möglicherweise war der Täter gar nicht dafür verantwortlich, sondern hatte von ihrem Ausfall überhaupt nichts gewusst und einfach Glück gehabt. Ann-Sophie Braig bemerkte Lindlers Kopfschütteln, mit dem er die Kamera bedachte.

»Nichts. Die scheint unversehrt.«

Sie stimmte ihm stillschweigend zu, beobachtete, wie der Himmel aufriss und die ersten Sonnenstrahlen zum Vorschein kamen. Das Wetter schien sich grundlegend zu ändern. Sollte sich die Prognose der Meteorologen bestätigen, war das Schlimmste vorerst überstanden. Für die folgenden Tage jedenfalls waren keine weiteren Niederschläge, dafür aber hohe Temperaturen angekündigt.

Sie klappten ihre faltbaren Pedelecs zusammen, mit deren Hilfe es ihnen gelungen war, die meisten durch den Starkregen verursachten Hindernisse kleinräumig zu umfahren, wandten sich der Haustür zu. Auch wenn die Räder mit individuellen Identifikationsmarken ausgestattet waren, die jederzeit ihre genaue Ortung ermöglichten, und sich ihr Elektromotor nur in Verbindung mit dem persönlichen Chip des Besitzers in Betrieb nehmen ließ – Vandalen, die aus purer Zerstörungswut über gut funktionierende Gegenstände herfielen, fanden sich überall und zu jeder Zeit. Ihre Pedelecs deren Willkür auszusetzen, wollten sie nicht riskieren, war ihnen die Häufigkeit derartiger Delikte aufgrund ihrer beruflichen Tätigkeit doch zur Genüge bekannt.

Sie betätigte die Glocke an Stegners Namensschild, wartete auf eine Reaktion. Offiziell war der Mann als alleinlebend in den amtlichen Unterlagen vermerkt, ob das jedoch wirklich den Tatsachen entsprach, konnte sie nicht beurteilen. Nachdem sich fast zwei Minuten nichts gerührt hatte, gab sie seine Personalnummer ein. Sie hörte, wie sich die Haustür entriegelte, folgte gemeinsam mit Lindler der Treppe ins zweite Obergeschoss. Das Innere des Mehrfamilienhauses roch leicht muffig nach Regen, nasser Erde und feuchter Luft, war den unübersehbaren Schlieren im Erdgeschoss nach zeitweise wohl ebenfalls von der Flut überrascht worden.

Ann-Sophie Braig machte vor der Tür mit dem Namen des Mannes Halt, verschaffte sich nach erneut vergeblichem Läuten mit der Eingabe von Stegners Personalnummer Zutritt zu der Wohnung. Schon der erste Blick in die schmale Diele offenbarte, dass hier eine heftige Auseinandersetzung stattgefunden hatte. Verschiedene Kleidungsstücke wie eine Jacke und ein Regenumhang lagen auf dem Boden, dazu die zersplitterten Überreste mehrerer Schubladen. Deren Inhalt: Handschuhe, Mützen, Schals waren kreuz und quer über die ganze Diele verstreut. Sie gab sich mit kräftiger Stimme als Polizeibeamtin zu erkennen, lauschte. Keinerlei Geräusche, lediglich von der Etage darunter waren Stimmen zu hören. Mehrere lauthals miteinander diskutierende Personen.

»Vielleicht teilen wir uns hier«, wandte sie sich ihrem Begleiter zu. »Wir sollten sämtliche Nachbarn auf etwaige Beobachtungen befragen. Heute Nacht und auch in den Tagen und Wochen zuvor. Könntest du schon mal damit anfangen? Ich schaue mir derweil die Wohnung an. Wenn etwas wäre, sind wir nicht weit voneinander entfernt.«

Sie sah Lindlers zustimmendes Nicken, dokumentierte den Eingangsbereich und die Diele mit ihrer Kamera.

Anschließend streifte sie sich Schutzkleidung über und stakste mit großen Schritten in die Wohnung. Das Brett mit dem großen, dunklen Fleck fiel ihr erst ins Auge, nachdem sie die Wohnungstür geschlossen und sich auf die einzelnen Gegenstände konzentriert hatte. Es lag unmittelbar neben dem kleinen Garderobenschrank und stellte wohl den Überrest eines Schubladenbodens dar, die bei der Auseinandersetzung als Waffe benutzt worden war. Farbe wie Schattierung des Flecks kamen ihr von anderen Tatorten her nur allzu bekannt vor; sie zweifelte keine Sekunde, dass er blutigen Ursprungs war. Hatten der oder die Täter mit der Schublade auf Murat Stegner eingeschlagen?

Sie dokumentierte die Lage des Bretts und den Fleck ausgiebig mit ihrer Kamera, wandte sich dem Raum an der zur Straße hin gelegenen Seite der Diele zu, dessen Tür offenstand. Er war mit einem hellen, unifarbenen Teppich ausgelegt, hatte dem Mann wohl als Wohn- und Arbeitszimmer gedient. Links ein schmaler Schreibtisch mit einem Regal zur Aufbewahrung verschiedener elektronischer Geräte, der dazu gehörige Drehstuhl auf dem Boden darunter liegend; rechts und vor dem Fenster in der Mitte des Raumes ein Zweisitzersofa samt Sessel und gläsernem Tisch; an der Innenwand ein riesiger Bildschirm. Auch hier Spuren der Verwüstung: Die Glasplatte des Tisches fast in ihrer gesamten Breite von einem hässlichen Sprung gezeichnet, das Sofa von der Wand weg zur Seite geschoben und umgekippt, auf dem Boden die Reste von Gläsern und Flaschen und – unübersehbar und sofort als solcher zu erkennen – mitten auf dem Teppich ein großer, dunkler Blutfleck. Von dem Fleck ausgehend eine Art Schleifspur, an der Wand direkt unter dem Fenster endend.

Sie musste nicht lange überlegen, hatte den Gedanken sofort parat: Hatte der Mörder seinem Opfer hier den Chip aus dem Arm geschnitten, es dann quer durch den Raum geschleppt und …

Sie hielt inne, stakste vorsichtig zum Fenster. Eine kräftig ausgeprägte, dunkle Schliere mitten auf dem Sims und an seinem Rand. Sie öffnete beide Flügel. Die Straße lag direkt unter ihr, die Laterne mit der defekten Kamera keine fünf Meter entfernt. Außen ebenfalls ein dunkler Streifen quer über den Sims, wenn auch nicht so ausgeprägt wie in der Wohnung. Wahrscheinlich vom intensiven Regen teilweise verwaschen.

Sie konzentrierte sich auf die auffälligen Verunreinigungen, fotografierte sie ausführlich, erstellte dann eine gründliche Dokumentation des gesamten Zimmers. Das auf die Seite geworfene Sofa, die Reste der Gläser und Flaschen, der Blutfleck. Dazu die auf einer Breite von etwa vierzig Zentimetern blutverschmierten Fasern des Teppichs, quer durch den Raum bis zum Fenster. Sie konnte sich bis ins Detail vorstellen, was hier geschehen war, sah es in einer Art Rückblick vor sich. Der Mörder hatte den Mann in der Diele niedergeschlagen, ihm hier mitten im Zimmer den Chip entrissen und ihn dann zum Fenster geschleift, um ihn dort zu entsorgen. Die heftigen Niederschläge, die Wassermassen auf der Straße hatten den Rest besorgt. Und nirgends eine funktionierende Kamera zur Aufzeichnung des Verbrechens, hier, mitten in der Stadt …

Hatte der Täter einfach Glück gehabt oder war er über den Ausfall der Kamera informiert gewesen? Hatte er sie vielleicht selbst vorher außer Betrieb gesetzt?

Sie wandte sich dem Schreibtisch auf der linken Seite des Raumes zu, musterte den dazu gehörigen, schief auf dem Boden liegenden Drehstuhl. Der leicht verbogenen Sitzfläche nach war er wohl ebenfalls Opfer der Auseinandersetzung geworden. Sie nahm das Regal zur Aufbewahrung elektronischer Geräte ins Visier, sah, dass es vollkommen leer war. Nicht ein einziges lag auf seinem Platz. Auch sonst im Zimmer keine Spur davon. Dabei offenbarten die auf dem leicht verstaubten Untergrund sichtbaren Abdrücke nur allzu deutlich, dass hier vor kurzer Zeit noch ein ganzes Instrumentarium digitaler Technik aufbewahrt worden war.

Ann-Sophie Braig zählte alles sorgsam durch, kam auf fünf verschiedene Geräte. Waren sie die Ursache für dieses Verbrechen? Hatte der Täter alle an sich genommen, weil er auf der Suche nach irgendwelchem brisanten Material nicht wusste, wo genau es zu finden war? Material, das Stegners Schuld am Tod der Kohlendioxid-Opfer belegte?

Sie seufzte leise auf, ahnte, welcher Berg an Arbeit auf sie wartete. Wenn sie eine Chance haben wollte, herauszufinden, worauf es der Mörder abgesehen hatte, musste sie das komplette Netz durchsuchen. Eine Aufgabe, die selbst unter Mithilfe ihrer halben Abteilung niemals in wenigen Tagen zu erledigen sein würde. Und das in einer Situation, in der alle relevanten Kräfte durch die Naturkatastrophe bis zur letzten Person gefordert waren.

Ann-Sophie Braig fotografierte den Schreibtisch samt Regal, schaute sich im Rest der Wohnung um. Küche, Schlafzimmer, Bad und Toilette schienen auf den ersten Blick nicht von der Auseinandersetzung betroffen. Sie überflog den Inhalt der Küchen- und Kleiderschränke, fand alles sauber aufgereiht an seinem Platz. Geschirr, Besteck, Spül- und Waschmittel, Hosen, Hemden, Unterwäsche, Schuhe. Der Mann schien penibel auf Ordnung und Hygiene geachtet zu haben. Zum Glück hatte er die Verwüstung in seinem Wohnzimmer und der Diele wohl nicht mehr bis zum Ende mitansehen müssen, ging es ihr durch den Kopf.

Sie überprüfte sämtliche Fotos, die sie in der Wohnung aufgenommen hatte, schickte sie dann an die Spurensicherung und die Gerichtsmedizin mit der Bitte um Beurteilung. Dass die Kollegen dort schnell reagierten, war allerdings kaum zu erwarten; deren Kapazitäten waren durch die Bemühungen, Überlebende aus den vielen zerstörten Gebäuden zu retten, wohl vollständig gebunden. Um ganz sicher zu gehen, hüllte sie den blutverschmierten Schubladenboden in eine Folie und nahm ihn an sich. Möglicherweise fand sich an dem Brett nicht nur die DNA des Opfers, sondern auch die des Täters. Und falls die irgendwo gespeichert war …

Sie lief aus der Wohnung, hörte die Stimme ihres Kollegen. Er schien sich ein Stockwerk tiefer mit mehreren Leuten zu unterhalten.

»… Frau laut schreien«, erklärte ein Mann in gebrochenem Deutsch.

Sie kam nicht dazu, das Gespräch weiter zu verfolgen, weil die Tür der gegenüberliegenden Wohnung vorsichtig geöffnet wurde und eine ältere Frau daraus hervorlugte. Sie sah sich einem zutiefst misstrauischen Blick ausgesetzt, bemerkte, dass sich die Nachbarin schnell wieder in ihre Privatsphäre zurückziehen wollte.

Ann-Sophie Braig nahm ihren Ausweis aus der Tasche, streckte ihn der Frau entgegen. »Polizei. Mein Name ist Braig. Hat mein Kollege Sie schon befragt?«

Die Angesprochene zeigte keine Regung, verharrte auf der Stelle.

»Mein Kollege. Hat er Sie schon befragt?«

Die Miene der Frau blieb finster. Die Augen kaum sichtbar zusammengekniffen, schüttelte sie den Kopf.

Wahrscheinlich hatte Lindler mehrfach vergeblich geläutet, überlegte Ann-Sophie Braig. Geläutet, an die Tür geklopft, vielleicht sogar sein Anliegen laut erklärt. Die Frau aber hatte nicht reagiert, stattdessen jedes Geräusch vermieden, um ihre Anwesenheit zu verschleiern. Warum auch immer. Jetzt aber hatte sie sich, von ihrer Neugier getrieben, dazu hinreißen lassen, die Tür zu öffnen und ins Treppenhaus zu lauschen …

»Ihr Nachbar hier, Herr Stegner. Wann haben Sie ihn zuletzt gesehen?«

Die Frau verharrte auf der Stelle, brachte kein Wort hervor.

»Herr Stegner. Sie wissen, von wem ich spreche?«

Die Miene der Angesprochenen verfinsterte sich noch mehr. »Wir haben keinen Kontakt.« Es war mehr ein Brummen als ein Sprechen.

»Warum?«, fragte Ann-Sophie Braig überrascht. Sie streifte die Schutzkleidung ab, wartete vergeblich auf eine Antwort. »Hatten Sie Streit miteinander?«, fügte sie schließlich hinzu.

»Streit?« Die Frau schüttelte den Kopf. »Nein. Keinen Kontakt.«

»Was ist da draußen los?«, rief eine kräftige männliche Stimme irgendwo in der Wohnung. »Mit wem sprichst du?«

»Nichts«, antwortete die Frau, einen Schritt zurücktretend. »Überhaupt nichts.«

Die Kommissarin verstaute die Folie in ihrer Tasche. »Aber Sie haben ihn doch öfter gesehen. Sie oder Ihr Mann. So nah, wie Sie beieinander wohnen.«

Erneutes Kopfschütteln. »Alles voller Ausländer. Mit denen gibt es keinen Kontakt«, maulte sie, sich einen weiteren Schritt in die Wohnung zurückziehend.

»Heute Nacht«, Ann-Sophie Braig ließ sich nicht beirren. »Herr Stegner wurde angegriffen. Sie müssen den Lärm hier in ihrer Wohnung doch gehört haben.«

Das Gesicht der Nachbarin schien vollends zur unbeweglichen Maske erstarrt. »Nichts«, presste sie schließlich hervor. »Überhaupt nichts.«

Ann-Sophie Braig spürte den muffigen Geruch in ihre Nase dringen, war sich nicht sicher, ob er dem Treppenhaus oder dem Umfeld ihrer unwilligen Gesprächspartnerin entstammte.

Die Frau ließ ein letztes verächtlich klingendes »Ausländer« hören, verschloss dann ihre Wohnungstür.

Die Kommissarin versuchte, den Frust von sich abzuschütteln. »Vielen Dank für Ihre freundliche Auskunft«, rief sie ihr hinterher. »Sie haben mir sehr geholfen. Wirklich sehr freundlich!« Auf keinen Fall alles in sich hineinfressen, sondern offensiv mit unverschämtem Verhalten umgehen. Austeilen, nicht einstecken, hatte sie sich zur Devise gemacht, die einzige Chance, in diesem von rauen und rücksichtslosen Charakteren geprägten Berufsumfeld einigermaßen unbeschadet zu überleben. Gerade als Frau.

Sie sah ihren Kollegen die Treppe hochkommen und mit interessiertem Blick zu sich aufsehen.

»Was war das?«, fragte er.

»›Wir haben keinen Kontakt‹«, ahmte sie die Stimme der Nachbarin nach. »›Alles voller Ausländer. Mit denen gibt es keinen Kontakt.‹«

Lindler ersparte sich jeden Kommentar, winkte nur ab. »Bei mir hat niemand geöffnet«, erklärte er, zur Tür der unfreundlichen Nachbarin weisend. »Dabei habe ich mehrfach geläutet und mich laut vorgestellt.«

»Das dachte ich mir.« Sie zeigte ihm die Fotos aus der Wohnung und das blutverschmierte Holz, berichtete, was sie vorgefunden hatte.

»Niedergeschlagen, des Chips beraubt und dann aus dem Fenster geworfen«, meinte Lindler mit gedämpfter Stimme. »Alles im Schutz der ausgefallenen Kamera.«

»Zufall oder Manipulation?«

Er ließ sich mit seiner Antwort Zeit, wog den Kopf hin und her. »Ich neige nicht dazu, an Zufälle zu glauben«, brachte er dann hervor.

»Dann haben wir etwas gemeinsam.« Sie versiegelte die Wohnungstür, erkundigte sich nach seinen Gesprächen mit den Nachbarn.

»Bis auf die Leute im Erdgeschoss und die Frau hier habe ich alle erreicht. Leider ohne großen Erfolg. Mit einer Ausnahme.«

»Ja?« Erwartungsvoll sah sie zu ihm auf.

»Stegner wurde bedroht. Von einem Paar.«

»Frau und Mann?«

Lindler nickte. »Vor drei oder vier Tagen. Genauer konnten sie es nicht sagen. Die Leute, die direkt unter ihm wohnen. Eine Familie Martinovic.«

»Haben sie die Frau und den Mann gesehen?«

»Nicht richtig, nein. Sie hörten Geschrei, als sie nach Hause kamen. Ein heftiger Streit. So aggressiv, dass der Mann ein paar Stufen hochlief und laut fragte, ob Stegner Hilfe benötigte. Er sah nur das Profil der beiden, mehr nicht. Weil sie sich daraufhin beruhigten, beließ er es dabei. Kurz darauf müssen sie verschwunden sein, im Treppenhaus war jedenfalls nichts mehr zu hören. Wundert mich nicht, dass die so schnell abzogen, wenn du mich fragst.«

»Wieso?«

»Dieser Herr Martinovic. Ein Bulle von Mann. An die zwei Meter groß, Bodybuilder. Die müssen den gesehen haben, als er die Treppe hochkam. Seinen Körperumfang zumindest. Deswegen gaben die Ruhe.«

»Aber er kann das Paar weder beschreiben, noch erinnert er sich an den genauen Tag?«

»Mittwoch oder Donnerstag letzte Woche. Kurz vor dem großen Regen. Gegen 18:30 Uhr.«

»Die Uhrzeit weiß er so genau?«

»Seine Frau und er kamen von der Arbeit. Wie immer um diese Zeit.«

»Dann müssten wir das Paar identifizieren können. Über ihre Chip-ID. 18:30 Uhr hier im Haus. An einem der beiden Tage.«

»Dachte ich auch«, stimmte Lindler zu.

»Prima«, lobte Ann-Sophie Braig. »Vielleicht bringt uns das weiter.«

Sie hörten das kräftige Scharren zwei Stockwerke tiefer, folgten den Stufen abwärts. Als sie das Erdgeschoss fast erreicht hatten, erkannten sie die Ursache des Geräuschs. Ein kräftiger Mann um die fünfzig, mit T-Shirt und kurzer Hose bekleidet, war damit beschäftigt, den Eingangsbereich vom gröbsten Schmutz zu befreien. Er scharrte mit einem Wischmopp auf dem Boden, zog ihn hin und her. Die Luft war getränkt vom Aroma eines scharfen Reinigungsmittels.

»Die Folgen von heute Nacht?«, fragte sie.

»Die ganzen letzten Tage«, korrigierte der Mann. »Heute Nacht, das war nur der Rest.« Er wischte die rechte Hand an seiner Hose ab, fuhr sich über die Stirn.

»Aber Sie haben das gehört heute Nacht.« Sie wies zur Straße.

Ihr Gesprächspartner schüttelte den Kopf. »Ich habe gearbeitet. Und meine Frau auch. Rettungsdienst. Da war die Hölle los. Nur meine Schwiegereltern waren da. Sie sind auf unsere Hilfe angewiesen, können nicht mehr raus. Zum Glück hat es das Haus nicht erwischt. Sie hätten keine Chance gehabt.«

»Da haben sie wirklich Glück gehabt, ja. Sie sagen, Ihre Schwiegereltern waren heute Nacht beide hier?«

»Ja, aber sie haben überhaupt nichts mitbekommen. Da rutscht der halbe Berg weg und reißt Straßen und Gebäude mit sich, und die schnarchen um die Wette. Wo sie sonst nachts kaum Schlaf finden. Verrückt, wie?«

»Die haben nichts gehört?«, fragte sie ungläubig.

Der Mann schüttelte den Kopf. »Behaupten sie jedenfalls. Und ich glaube ihnen das. Die kippten beide von den Socken, als ich sie heute Morgen ans Fenster holte.«

»Und das mit Ihrem Nachbarn?« Ann-Sophie Braig wies in die Höhe, stellte sich vor.

»Polizei?«, wunderte er sich. »Wovon sprechen Sie? Wurde er wieder bedroht?«

»Bedroht? Sie meinen Herrn Stegner?«

»Sie müssen entschuldigen. Sein Name ... Ich habe ihn nur zwei oder drei Mal gesehen. Der Mann zwei Stockwerke höher, ja?«

»Genau. Sie sagen, er wurde bedroht?«

»Allerdings. Das war nicht zu überhören.«

»Wann war das?«

Ihr Gesprächspartner lehnte den Wischmopp an die Wand, scharrte mit dem Schuh eine Lehmkruste zur Seite. »Vorletztes Wochenende. Sonntagmittag, um es genau zu sagen. Da hatten wir nämlich unseren Neffen hier.«

»Ihren ...«

»Meinen Neffen. Er hatte drei Tage vorher Geburtstag. Zehn Jahre. Der wollte unbedingt wissen, was da los war«, erklärte er, einen Anflug von verwandtschaftlichem Stolz und intensiver Zuneigung im Gesicht. »Neugieriger Bengel.«

»Und was war da los?«

»Na ja, diese Frau ... Erst keifte sie irgendwas von: ›Da ist der Verbrecher.‹ Und dann wurde sie immer lauter, hier im Treppenhaus. Mein Neffe hörte das, lange vor uns. Er öffnete die Tür, ohne dass wir es bemerkten, und holte uns dann zu sich. So bekamen wir das voll mit.«

»Sie haben die Frau gesehen?«

»Ja, sie stand hier, vielleicht einen Meter von Ihnen entfernt. Und der Nachbar«, er wies in die Höhe, »ein paar Stufen aufwärts. Mitten auf der Treppe.«

»Das Geschrei der Frau galt garantiert ihm?«

»Aber sicher. Sie bezeichnete ihn als Mörder, keifte irgendwas vom Tod ihrer Tochter und dass er dafür büßen würde. Er und seine ganze Bande. Schrie sie jedenfalls.«

»Wie sah sie aus? Können Sie sie beschreiben?«

Der Mann schnappte nach Luft, verdrehte seine Augen. »Au weh, beschreiben. Aber ja doch. Mein Alter, etwa. Fünfzig plus. Kurze, dunkle Haare, kräftige Figur, recht groß. Aber was sage ich ...«

»Ja?«

»Mein Neffe. Sein Tick.«

»Wovon sprechen Sie?«

»Er nahm fast alles auf«, erklärte der Mann.

Ann-Sophie Braig glaubte, nicht richtig zu hören. »Ihr Neffe filmte die Frau?«

»Nicht nur sie. Den Streit. Jedenfalls den größten Teil davon. Der hielt einfach drauf. Ganz ungeniert. Ich glaube, die bekam das überhaupt nicht mit. Die war dermaßen in Rage, das ging an der vorbei. Komplett. Ich winkte Lukas ein paar Mal und wollte ihn in die Wohnung zurücktreiben, aber der reagierte nicht. Hielt einfach drauf, wie ich schon sagte. Wie die Kleinen eben so sind, manchmal.«

»Die Aufnahmen. Sie haben sie noch? Beziehungsweise Ihr Neffe?«

»Ja, sicher«, bestätigte der Mann. »Warum ist Ihnen das so wichtig? Ist mit dem Nachbarn irgendwas …« Er ließ den Rest des Satzes offen.

»Das kann man so sagen, ja«, antwortete sie. »Er fiel einem Verbrechen zum Opfer.«

»Oh nein, das darf doch nicht wahr sein! Aber doch nicht hier im Haus?«

Sie ersparte sich eine ausführliche Antwort, bestätigte seine Vermutung stattdessen nur mit einem kurzen Kopfnicken.

Der Mann riss seine Hände hoch, presste sie auf seine Wangen. »Das dürfen meine Schwiegereltern nicht erfahren.«

»Wieso?«, mischte sich Lindler ins Gespräch.

Ihr Gesprächspartner stöhnte laut auf. »Sonst machen die kein Auge mehr zu, wenn wir Nachtdienst haben. Es passiert doch dauernd was.«

»Dafür gibt es aber keinen Grund«, versuchte Ann-Sophie Braig ihn zu beruhigen. »Wir haben es wohl kaum mit einem missglückten Einbruchsversuch zu tun. Sie haben doch selbst erlebt, wie Ihr Nachbar persönlich bedroht wurde.« Sie bemerkte die nachdenkliche Miene des Mannes, fokussierte sich auf ihr zentrales Anliegen. »Die Aufnahmen Ihres Neffen. Wir benötigen sie, so schnell wie möglich.«

»Lukas. Sein kleiner Film. Moment. Er hat ihn mir überspielt.«

»Oh.« Die Überraschung war beiden Ermittlern ins Gesicht geschrieben. »Darf ich fragen, wieso?«

»Na ja, ich dachte, ich halte das mal fest. Lukas wohnt ja nicht hier. Und man weiß nie, wozu das gut ist.«

»Das war sehr klug von Ihnen«, sagte sie und wandte sich den Aufnahmen zu.

Die Frau in dem Film war in Rage. Sie tigerte einem aggressiven Raubtier gleich am Fuß der Treppe hin und her, brüllte sich die Seele aus dem Leib. Ann-Sophie Braig hatte Schwierigkeiten, ihre Worte zu verstehen. »Mörder«, »Tod meines Kindes«, »das wirst du büßen«, alles andere fiel dem ungebremsten Zorn der Frau zum Opfer. Ihr Aussehen ließ den Eindruck eines kranken, schwer vom Schicksal gebeutelten Menschen entstehen; die trotz ihrer hochgradigen Erregung auffallend bleiche, fast weißliche Haut kontrastierte mit knochigen, ausgemergelten Gesichtszügen. Das unvorteilhafte Bild wurde von den ohne jede Kunstfertigkeit topfmäßig geschnittenen Haaren vervollständigt.

Diese vom Leben gezeichnete Frau derart außer sich zu erleben – jeder Richter hätte ohne lange nachzudenken auf *schuldig* plädiert, noch dazu, wo der Mann auf der Treppe über ihr, der nur in einem einzigen Moment komplett vom Scheitel bis zur Sohle zu sehen war, angeblich für den Tod ihrer Tochter verantwortlich zeichnete.

Sie mussten die Frau identifizieren und sich ausgiebig vornehmen, gleichgültig, ob weitere Verdächtige auftauchten. Die Aufnahmen, die der Nachbar hier präsentierte, waren zu brisant, sie einfach als Werk eines neugierigen Kindes abzutun.

Dienstag, 15. August 2073

Die wichtigsten Nachrichten des Tages in Kürze:

Grenzkontrolleure verhindern Massendurchbruch

Mehrere tausend teilweise schwer bewaffnete Flüchtlinge versuchten gestern, die Grenze Kerneuropas im bayerischen Wald in einer gemeinsamen Aktion zu durchbrechen. Den eilends alarmierten Grenzkontrolleuren gelang es, die Eindringlinge in stundenlangen Gefechten zurückzuwerfen und mehrere der Terroristen unschädlich zu machen. Die Behörden sprechen von weit über 100 Toten.

Waldbrände in Brandenburg, Hessen, Bayern und Italien

Bei den heftigen, teilweise seit Wochen andauernden Bränden wurden wieder mehrere Dörfer und Straßenzüge vernichtet. Versuche, die Brände mit Stickstoffbombenabwürfen einzudämmen, führten nicht zum Ziel. Allein im Umland Berlins fielen ihnen bisher mehr als 200 Menschen zum Opfer.

Terroranschlag auf Wasserstoff-Pipeline Nordafrika – Kerneuropa

Bei dem Anschlag durch bisher unbekannte Terroristen wurde in Süditalien die wichtigste Wasserstoffleitung nach Kerneuropa zerstört. Mehreren großen Industriekonzernen fehlt jetzt der Nachschub. Bei der Explosion starben über 100 Menschen.

Letzte ostfriesische Insel im Meer versunken

Norderney, die letzte noch nicht vom Meer überspülte Insel vor der ostfriesischen Küste, fiel gestern endgültig der verheerenden Hochsommer-Sturmflut und dem stark steigenden Meeresspiegel zum Opfer. Trotz jahrzehntelanger Bemühungen und ständiger Ausbauten der Deiche war die Insel nicht länger zu halten. In Nordfriesland existieren nur noch kleine Teile von Sylt und Föhr.

Sintflutartige Regenfälle in Zentralchina und Nordamerika

Allein in Zentralchina ertranken in den seit Tagen anhaltenden Niederschlägen mehrere hundert Menschen. Im Norden der USA wurden mehrere Großstädte komplett überschwemmt. Da sie von Flüchtlingen aus den Südstaaten der USA völlig überfüllt sind, lässt sich die Zahl der bei den Überflutungen ums Leben gekommenen Menschen nicht ermitteln.

5. Kapitel

Die Liste der bei der Kohlendioxid-Verpressung ums Leben gekommenen Menschen umfasste siebzehn Personen. Ann-Sophie Braig nahm sie sich vor, nachdem sie am Dienstagmorgen in ihr Büro gekommen war.

Sie hatte wieder in der Wohngemeinschaft ihres Sohnes am Rand des Stuttgarter Zentrums übernachtet, weil ihr eigenes kleines Haus am Rand des Ludwigsburger Vororts Oßweil, das sie gemeinsam mit ihrer Freundin bewohnte, durch die heftigen Regenfälle des Wochenendes einen Wasserschaden erlitten hatte. Der durch die monatelange Trockenheit völlig ausgedörrte Boden hatte einen Riss im Mauerwerk des alten Gebäudes verursacht, durch den jetzt Wasser ins obere Stockwerk eingedrungen war.

»Ich bin dabei, den Spalt abzudichten«, hatte ihr Katharina Mander am Vorabend mitgeteilt, »sobald alles getrocknet ist, erledige ich das. Mir ist es aber lieber, ich habe die Bude solange für mich allein, damit ich mich besser bewegen kann. Ich musste mein Arbeitszimmer räumen, du kannst dir vorstellen, wie beengt jetzt alles ist.«

Sie wusste um die handwerklichen Fähigkeiten ihrer Freundin, vertraute darauf, dass es ihr gelingen würde, den Schaden zu beheben. Angesichts der nicht gerade üppigen Wohnfläche, die das alte Haus aufwies, war es sinnvoll, die Baustelle nicht noch zusätzlich mit ihrer Anwesenheit zu belasten. Zumal der Weg nach Oßweil, wie sie im Netz gesehen hatte, über weite Strecken immer noch von Überschwemmungen und Verschlammungen beeinträchtigt war. Solange die Hitze es noch erlaubte, war die Wohnung in Stuttgart akzeptabel.

»Und morgen früh werde ich mit dem Fahrrad-Anhänger einkaufen gehen«, hatte Katharina Mander hinzugefügt. »Es soll wieder Nudeln und Mehl geben. Ich hoffe, dass ich unsere Vorräte auffrischen kann.«

Seit die Ernteerträge fast aller Nahrungsmittel weltweit durch die vielfältigen Auswirkungen der Klimaerwärmung ständig abnahmen, in manchen Jahren auch drastisch einbrachen, kam es auch im immer noch relativ wohlhabenden Kerneuropa zu Angebotslücken bei etlichen Lebensmitteln. Über Wochen hinweg leere Regale in den Läden, was die Versorgung mit Mehl, Nudeln, Reis, aber auch Obst und Gemüse betraf, gehörte inzwischen zur Normalität. Vorräte anzulegen war somit längst zur überlebensnotwendigen Verpflichtung geworden.

Natürlich versuchten viele, dem mangelhaften Angebot durch eigenen Anbau im Garten entgegenzuwirken. Die ständigen Wetterkapriolen mit ihren unberechenbaren lang andauernden Trocken- und Hitzeperioden, Kälteeinbrüchen und Unwetterschäden torpedierten diese Bemühungen jedoch in immer stärkerem Ausmaß.

Ann-Sophie Braig hatte die Ankündigung ihrer Freundin, sich um die Auffrischung ihrer Vorräte zu kümmern, deshalb erfreut zur Kenntnis genommen. Den Abend in der Wohngemeinschaft ihres Sohnes hatte sie zu einem ausgiebigen Telefongespräch mit ihrer Tochter genutzt, die als Bauingenieurin in Norddeutschland mit der Sicherung eines Deichabschnitts an der Küste beschäftigt war.

»Wie sieht es bei dir aus?«, hatte sie sich erkundigt, die Sturmflut in Erinnerung, die vor wenigen Tagen große Teile der Küste in Mitleidenschaft gezogen hatte.

»Schlecht.« Lisas Stimme hatte deprimiert geklungen. »Wir werden schon wieder mehrere Köge aufgeben müssen. Amrum ist endgültig verloren, Föhr wird nicht mehr lange zu halten sein. Sylt besteht nur noch aus Westerland und Wenningstedt mit kleinem Umland; Hörnum und List sind weg. Jetzt geht es darum, wie lange der Bahndamm noch funktionstüchtig bleibt. Wenn wir Pech haben und im Herbst mehrere Sturmfluten lospeitschen, steht das Wasser noch in diesem Jahr direkt vor Niebüll. Dann geht es an die Substanz. Bald ist das komplette Marschland Schleswig-Holsteins mit seinen fruchtbaren Böden verloren. Die neuen Inseln heißen dann Hamburg, Lübeck, Kiel und Flensburg. Fragt sich nur, wie lange wir die halten können.«

»Hamburg scheint es diese Woche ebenfalls schlimm erwischt zu haben. Die Bilder in den Nachrichten sahen übel aus«, hatte sie angemerkt.

»Die gesamte Küste wurde von der Sturmflut böse überrascht. Von Orkanen aufgewühlte Wassermassen in dieser Größenordnung gab es bisher nur im Herbst. Wilhelmsburg, Veddel – in Hamburg wurde die Infrastruktur mehrerer Stadtteile zerstört. Sogar viele Obst-

und Gemüseanbauhallen im Alten Land und eine riesige Meerwasserentsalzungsanlage bei Cuxhaven fielen der Überflutung zum Opfer. Diese Region liefert über ein Drittel des gesamten Obsts und Gemüses Kerneuropas, seit Italien, Spanien und Südfrankreich aufgrund des Wassermangels und der irrsinnigen Hitze dort nichts mehr liefern können. Wir müssen die Deiche noch weiter erhöhen. Fragt sich nur, inwieweit das noch möglich ist. Die Niederlande haben schon über 50 Prozent ihres Landes verloren. Der gesamte Norden und ein großer Teil der Mitte des Landes sind überflutet. Rotterdam und Amsterdam sind auch nur noch wenige Jahre zu halten.«

»In den Nachrichten wiesen sie darauf hin, dass die Niederlande in etwa zehn Jahren nur noch aus der kleinen Region um Maastricht bestehen werden. Die Gegend dort liegt etwas höher.«

»Niedersachsen droht dasselbe Schicksal. Es dauert nicht mehr lange und Hannover liegt keine 150 Kilometer, sondern nur noch 150 Meter von der Nordsee entfernt. Bremen, Oldenburg, Wilhelmshaven, Emden – die Städte müssen bald aufgegeben werden. Mit all ihrer Industrie und ihrer Infrastruktur. Die Schutzmaßnahmen gegen das vordringende Meer sind nicht mehr zu finanzieren.«

»Was ist mit Dänemark?«

»Dasselbe wie mit den Niederlanden. Länder ohne Zukunft, bald überflutet.«

»Lassen wir das«, hatte sie ihre Tochter gebeten. »Es ist alles so deprimierend. Übrigens: Hast du von Mattis gehört?«

»Er ist schon bei dir? Dann hat alles geklappt?«

»Bei mir? Wieso?«

»Er hat dich nicht informiert?«

»Nein. Was ist mit ihm?«

Mattis arbeitete als Forstwirt und Biologe seit zwei Jahren an einem großen Aufforstungsprojekt in der Sahel-Zone, mit dem nicht nur das unaufhörliche Vordringen der nordafrikanischen Wüste, sondern auch kleine Siedlungsinseln in einer immer unwirtlicheren Umgebung geschaffen werden sollten.

»Oh, dann ...« Lisa war verstummt.

»Heraus mit der Sprache! Was ist mit Mattis?«

»Das tut mir leid. Wenn er sich bei dir nicht gemeldet hat, wollte er nicht, dass du davon erfährst. Damit du dir keine Sorgen machst.«

»Dazu ist es jetzt zu spät. Also?«

Ihre Tochter hatte nur zögernd geantwortet. »Jetzt habe ich mich wohl echt verplappert. Aber nun ja ... Es wird sowieso nicht mehr lange dauern, und er wird vor dir stehen.«

»Was ist passiert?«

»Sie mussten das Projekt vorerst stoppen. Drohungen irgendwelcher Idioten.«

»Wegen Drohungen stoppen die nicht das ganze Projekt. Mattis garantiert nicht. Ich kenne meinen Sohn.«

»Ich weiß nur, dass er auf dem Weg nach Europa ist. Genaueres soll er dir persönlich sagen, sobald ihr Kontakt habt. Aber bitte, rufe ihn jetzt nicht an, er wird sich bei dir melden. Und mache dir nicht zu viele Sorgen, Mattis ist erwachsen.«

Natürlich machte sie sich Sorgen, sie kannte schließlich ihren Sohn wie sonst kaum jemand. Mattis war mit derart viel Herzblut bei diesem Projekt im Herzen Afrikas engagiert, dass er es niemals ohne schwerwiegenden Grund aufgeben geschweige denn Hals über Kopf verlassen würde. Und genau dies hatte ihre Tochter soeben angedeutet.

Sofort nach dem Gespräch mit Lisa hatte sie versucht, ihn über einen der gewohnten Kanäle zu erreichen, alles vergeblich. Sie hatte Katharina Mander verständigt und sie gebeten, augenblicklich Bescheid zu geben, sollte sie etwas von Mattis hören.

»Aber bitte, so gern wir ihn beide haben, versuche, Mattis wenigstens ein paar Stunden aus dem Kopf zu bekommen. Du musst dir ein paar Stunden Schlaf gönnen, sonst schaffst du es nicht durch den Tag«, war ihre Freundin verblieben – sie kannten sich schließlich gut genug.

Wie lange sie wirklich Ruhe gefunden hatte, wusste sie nicht zu sagen. Ihren Kopfschmerzen nach auf jeden Fall zu wenig. Sie hatte wieder vergeblich versucht, Mattis zu erreichen, war mit flatternden Nerven ins Büro marschiert.

Von den siebzehn bei der angeblich von Murat Stegner zu verantwortenden Kohlendioxid-Verpressung ums Leben gekommenen Personen waren neun Frauen und Mädchen, acht Männer und Jungen. Sie studierte die Namen, fand keinen, der ihr bekannt vorkam. Hatte der Tod eines oder mehrerer dieser Menschen einen ihrer Angehörigen oder Freunde veranlasst, Stegner als den vermeintlich Schuldigen zur Rechenschaft zu ziehen?

Sie seufzte leise auf, kraulte ihren Nacken. Wenn der Mord an dem Mann auf diesen Hintergrund zurückzuführen war, bei welchem der siebzehn Opfer sollte sie anfangen zu suchen? Wie viele Angehörige, wie viele gute Freunde kamen dafür infrage? Mutter, Vater, Schwester, Bruder, Tochter, Sohn, Oma, Opa, Tante, Onkel, Cousine, Cousin und wie weiter?

siebzehn mal acht oder zehn Personen? 170 potentiell Verdächtige?

Nein, von dieser Seite her war der Sache nicht beizukommen. Dafür fehlte ihr sowohl die Kapazität als auch die Zeit.

Sie musterte den Monitor ihres Computers, sah, dass die Techniker ihr eine Nachricht geschickt hatten. Die Kollegen hatten sich vergeblich bemüht, dem PIP die Identität der Person zu entlocken, die sich zur Tatzeit in Stegners Wohnung aufgehalten hatte.

Wir haben sämtliche Identifikationsnummern überprüft, die in der Mordnacht im Gebäude erfasst wurden. Alle sind dort als Bewohner gemeldet. Somit müsste der Täter unter ihnen zu finden sein.

Es gab in dieser Nacht aber zwei Fehlermeldungen des PIP: Um 22:51 Uhr und um 2:48 Uhr. Es ist anzunehmen, dass die Funktion des PIP an diesen beiden Terminen manipuliert wurde, um die Identität des Täters zu verschleiern, zumal auch die Kamera vor dem Gebäude zur gleichen Zeit, nämlich um 22:50 Uhr ihren Dienst einstellte. Die zweite Fehleranzeige des PIP um 2:48 Uhr weist wahrscheinlich darauf hin, dass der Täter in diesem Moment seinen Eingriff wieder korrigierte. Seine Identität lässt sich somit auf diesem Wege leider nicht ermitteln.

So viel zur großen Hilfe des PIP im Alltag einer Ermittlerin, überlegte Ann-Sophie Braig, die markigen Parolen der regierenden Rechtspopulisten im Ohr, mit denen diese Heuchler Tag für Tag aufs Neue die immense Bedeutung ihrer Kontrollorgien im Kampf gegen die ausufernde Kriminalität betonten. Sie schaute auf, weil es an ihrer Tür klopfte, bemerkte Lindlers heftiges Winken.

»Hallo. Ich würde dir gerne etwas zeigen.« Er wies in sein Büro.

Sie erhob sich, folgte ihm zu seinem Arbeitsplatz.

»Ich habe Stegners Haus im PIP überprüft. An den Tagen, als er den Aussagen der Nachbarn zufolge bedroht wurde. Die Personen, die sich zu der Zeit zusätzlich zu den Bewohnern dort aufhielten. Hier.« Er zeigte auf den Bildschirm. »Das sind sie. Zwei Frauen und ein Mann.«

Jennifer und Pascal Weisser

Maja Bühlert

Na immerhin, überlegte sie, wenigstens die Ermittlung der Leute, die Stegner vor ein paar Tagen vor den Augen und Ohren der Nachbarn bedroht hatten, war ihnen mithilfe des PIP gelungen. »Dann haben wir es mit zwei verschiedenen Frauen zu tun«, meinte sie.

»So sieht es aus, ja.«

Ihre anfängliche Spekulation, es handle sich um ein und dieselbe Frau, die zwei Mal aggressiv gegen den Mann aufgetreten und deshalb besonders verdächtig war, hatte sich damit als falsch erwiesen. Sie überflog die Informationen auf dem Monitor, es schien, dass die beiden Frauen dem Namen und dem Wohnort nach nichts miteinander zu tun hatten. Das Paar, das sich am Donnerstag, dem 10.8., von 18:24 Uhr bis 18:36 Uhr im Treppenhaus vor Stegners Wohnung aufgehalten hatte, erwies sich als Jennifer und Pascal Weisser. Laut PIP waren sie miteinander verheiratet und lebten in Fellbach. Die Frau war als Jennifer Eglin am 10.9.33 in Waldshut geboren, ihr 42 Jahre alter Partner stammte aus Karlsruhe. Beide waren berufstätig, sie als Ärztin am Stuttgarter Zentralklinikum, er als Ingenieur bei der Fellbacher Firma *Bio Pflanzenparadies*.

Weisser, überlegte Ann-Sophie Braig, irgendwo hatte sie den Namen schon gelesen. Sie nahm sich die Liste der Opfer der missglückten Kohlendioxid-Verpressung vor, fand auf Anhieb den Zusammenhang. Ein Manuel Weisser, geboren am 5.6.31, war bei der CO_2-Katastrophe gestorben. Der Bruder des Mannes, wie der Familienstammbaum verriet. Dann hatte Pascal Weisser also persönliche Gründe, Stegner zu attackieren. Der Tod seines Bruders hatte ihn und seine Partnerin dazu bewogen, den Mann an seinem Wohnort aufzusuchen. Nur um ihn mit ihren Vorwürfen zu konfrontieren? Oder um Rache am vermeintlichen Mörder seines Bruders zu verüben?

Aufgrund der persönlichen Betroffenheit des Mannes war es auf jeden Fall geboten, ihn und seine Frau so schnell wie möglich zu überprüfen.

»Könntest du bitte nachschauen, wo sich Jennifer und Pascal Weisser gestern Nacht aufgehalten haben und wo sie im Moment zu finden sind«, wandte sie sich an ihren Kollegen. Sie sah Lindlers zustimmendes Nicken, fokussierte sich auf die Ausführungen zu der anderen Frau.

Maja Bühlert war am 11.5.36 in Freudenstadt geboren. Derzeitiger Wohnort: Heilbronn. Sie arbeitete als Lebensmittelchemikerin bei einer Firma namens *Gourmet*

Döner. Von 2066 bis 2072 mit Luca Lienhardt verheiratet, seit letztem Jahr geschieden. Ihre gemeinsame Tochter Phoebe, geboren 2066, war 2071 durch einen Unfall in einer nahegelegenen Firma gestorben.

Ein Unfall in einer nahegelegenen Firma, ging es Ann-Sophie Braig durch den Kopf, so konnte man die Katastrophe um den CO_2-Austritt auch beschönigen. Dann hatte Maja Bühlert also ihre gerade einmal fünf Jahre junge Tochter verloren und anschließend war auch noch ihre Partnerschaft zu Bruch gegangen. Durch den Verlust des Kindes? Wahrscheinlich, überlegte sie. Schicksalsschläge dieses Ausmaßes führten fast immer zur Zerrüttung der familiären Strukturen.

Umso größer wohl die Wut, die die Frau auf den vermeintlichen Verursacher der Katastrophe verspürte. Hatte sie Stegner gestern Nacht erneut besucht und sich diesmal nicht mit kritischen Worten und aggressiv vorgetragener Kritik begnügt, sondern sich mit Einsatz all ihrer körperlichen Kraft für den Tod ihrer Tochter gerächt? Sie mussten ihren Aufenthalt zur Tatzeit genauso wie den der Weissers überprüfen, obwohl das angesichts der Manipulation des PIP im Bereich von Stegners Haus keine endgültige Aufklärung bedeutete.

Ann-Sophie Braig suchte ihr Büro wieder auf. Sie holte sich die Liste mit den siebzehn Opfern der Kohlendioxid-Katastrophe auf den Bildschirm, ging die Namen der Reihe nach noch einmal durch. Sollten sie mit den Weissers und Maja Bühlert nicht weiterkommen, mussten sie es wohl über die anderen hier aufgeführten Personen versuchen. Zuerst die nächsten Verwandten per PIP überprüfen, nachschauen, wo sie sich in den letzten Wochen aufgehalten hatten, dann die weitere Verwandtschaft. Sollte sich einer der Wege mit dem Stegners gekreuzt haben …

Lindlers Klopfen riss sie aus ihren Überlegungen.

»Jennifer und Pascal Weisser«, erklärte er. »Ihr Aufenthalt Sonntag auf Montagnacht.« Er wies auf ihren Monitor. »Genauso Maja Bühlert. Ich habe es dir zukommen lassen.«

»Oh, so schnell«, wunderte sie sich. »Auf dich ist einfach Verlass!« Sie merkte, wie der junge Kollege leicht errötete, interpretierte es als eine Mischung von Stolz und Verlegenheit, wandte sich den Ergebnissen seiner Nachforschungen zu.

Jennifer Weisser seit 12.8.73 im Bereich Vohenstrauß unterwegs.

»Vohenstrauß?«, überlegte Ann-Sophie Braig. »Was soll das sein?«

»Grenze zu Tschechien. Die Frau ist Ärztin von Beruf. Ich habe sie überprüft. Sie leistet jeden Monat sechs Tage Dienst an der Grenze.«

Dienst an der Grenze, überlegte sie. Seit es an verschiedenen Grenzabschnitten wiederholt zu Schießereien und anderen gewalttätigen Auseinandersetzungen zwischen Flüchtlingen und Grenzwächtern gekommen war, hatte man an mehreren Orten medizinische Stationen installiert, die von Ärzten und Pflegern betreut wurden. »Und dort hält sie sich schon seit dem 12. August auf?«

»Laut Auskunft des PIP, ja.«

»Falls sie es nicht manipuliert hat.«

»Ich werde mich noch genauer über sie erkundigen. Im Moment …«

»Ist okay. Überprüfe sie später noch mal. Wenn sie wirklich an der Grenze tätig ist, lässt sich ihre Anwesenheit dort ja wohl bestätigen.«

»Das denke ich auch.«

Sie wandte sich wieder dem Bildschirm zu.

Pascal Weisser. Vom 13.8.73 um 7:25 Uhr bis 14.8.73 um 22:25 Uhr in Fellbach Industriegebiet Firma Bio Pflanzenparadies.

»Pascal Weisser«, überlegte sie. »Der Bruder eines der Opfer. Sehe ich das richtig: Der soll sich von Sonntagmorgen bis Montag am späten Abend in einer Firma aufgehalten haben? Da stimmt doch was nicht!«

»Das sieht seltsam aus, ja. Was diese Firma Bio Pflanzenparadies betrifft: Er arbeitet dort, ich habe die Adresse überprüft. Aber so lange, zwei Tage und eine Nacht?«

»Zwei Tage und eine Nacht! Das schreit doch nach Manipulation!«

»Es sei denn«, überlegte Lindler.

»Was?«

»Das Wetter. Der katastrophale Regen. Vielleicht kam er nicht nach Hause.«

Unschlüssig wog sie ihren Kopf hin und her. »Sonntag auf Montag. Seltsam, wirklich sehr seltsam.«

»Wir müssen ihn auf jeden Fall genau überprüfen.«

Ann-Sophie Braig nickte. »Auf jeden Fall. Und dann noch diese Frau Bühlert.« Sie studierte die Information auf dem Monitor.

Maja Bühlert. Am 13.8.73 in Schwaigern bis zum 14.8.73 um 7:21 Uhr. Ab 7:21 Uhr Richtung Heilbronn unterwegs, wohl per Stadtbahn. Ab 7:48 Uhr in Heilbronn in der Firma Gourmet Döner.

»Schwaigern? Das liegt bei …«

»Heilbronn«, antwortete Lindler, noch bevor sie ihre Überlegung zu Ende gedacht hatte. »Wenige Kilometer westlich.«

»Dort war sie laut diesen Daten die ganze Nacht. Ist sie dort gemeldet?«

»Nein. Laut unserer Datenbank wohnt sie in Brackenheim.«

»Aber dort hielt sie sich weder am Sonntagnachmittag noch in der Nacht auf. Falls die Daten nicht manipuliert wurden jedenfalls. Und diese seltsame Firma Gourmet Döner …«

»Dort arbeitet sie. Als Lebensmittelchemikerin.«

»Gourmet Döner. Was immer das bedeuten mag.«

»Wir sollten sie uns ebenfalls genauer vornehmen. Sie hat ihre Tochter verloren. Wie sie glaubt, durch Stegners Schuld.«

Ann-Sophie Braig nickte. »Setz dich mit beiden in Verbindung! Pascal Weisser und Maja Bühlert und vereinbare Termine mit ihnen. Möglichst bald. Aber nicht unter unserer Firma, um sie nicht vorzuwarnen. Erkläre ihnen …«

»Wir sind von der Gewerbeaufsicht«, schlug er ihr vor. »Routinekontrolle.«

»Genau. Gute Idee«, stimmte sie ihm zu.

6. Kapitel

Fellbach schien mitten in einem großen See zu liegen. Kaum eine Straße, nirgends eine freie Fläche, die nicht von Wasser bedeckt war. Sogar der über der Stadt aufragende Kappelberg zeigte sich völlig verändert: Weite Teile der Orangen- und Olivenhaine sowie der Weinreben waren den tagelangen Sturzfluten zum Opfer gefallen; statt wie gewohnt im August mit prallen, orangefarbenen und kleinen, grünen Früchten sowie herbstlich gelb leuchtendem Weinlaub aufzuwarten, präsentierte das Wahrzeichen der Stadt weitgehend kahle, graubraune Flächen.

Wenigstens die Fahrt mit der seit Jahrzehnten vollautomatisch, ohne jedes menschliche Personal im Abstand von wenigen Minuten verkehrenden Stadtbahn hatte gut geklappt. Die Mitarbeiter der Bahn hatten durch die ständige Abfolge der verschiedensten Naturkatastrophen inzwischen fast schon Routine darin, deren Folgen aufs Schnellste zu reparieren, so gut es ging. So war es ihnen überraschend schnell gelungen, die durch Zäune von der Umgebung abgegrenzten Schienen von allerlei Ballast zu säubern und Störungen der Elektronik zu beheben.

Ann-Sophie Braig wähnte sich in einem üblen Traum, als sie gemeinsam mit Lindler in Fellbach den Zug verließ. Die Hänge des Kappelbergs wirkten wie kahl rasiert. Nichts als braune Erde, nur ab und an Reste der ursprünglichen Vegetation. Und das jetzt, Mitte August, wo seit Jahren immer die heiß ersehnte Orangen- und Olivenernte wie auch die Traubenlese voll im Gang waren!

Voller Wehmut dachte sie an die vielen Ausflüge in die Stadt zurück, das geradezu traumhaft wirkende Panorama, das sie jedes Mal in seinen Bann gezogen hatte. Eingebettet in ein fast unübersehbares Meer im warmen Licht der Sonne leuchtender, sanfte Hügel erklimmender Weinreben hatte sich die bewaldete Anhöhe des Kappelbergs in ihrer Kindheit erhoben. Später dann, so etwa ab 2035 waren die Traubenhänge im Verlauf der zunehmenden Klimaveränderung Orangen- und Olivenhainen gewichen. Die noch in den Zwanzigerjahren mit vielen nationalen und internationalen Preisen ausgezeichneten Fellbacher Winzer hatten wie ihre Kollegen in den übrigen Weinbaugebieten des Landes ihre Rebsorten zwar im Verlauf der Zeit gegen hitzebeständigere Sorten ausgetauscht, waren aufgrund der immer extremeren Temperaturen jedoch bald dazu gezwungen gewesen, völlig neue Wege einzuschlagen.

Ann-Sophie Braig erinnerte sich noch gut an den Aufruhr in der Stadt und im ganzen Remstal, als die ersten Weinreben gerodet und an deren Stelle Orangenbäume gepflanzt worden waren. Einer der berühmten Winzer hatte sein Weingut mit tatkräftiger Unterstützung des dortigen Staates nach Schweden verlegt, wo er jetzt schon seit vielen Jahren in der Nähe der alten Universitätsstadt Lund internationale Preise für seine dort angebauten Weine einheimste. Schweden, Norwegen und Finnland waren in den vergangenen Jahrzehnten gemeinsam mit Schottland zu den erfolgreichsten Weinanbauländern des gesamten Kontinents geworden.

Ann-Sophie Braig richtete ihren Blick etwas weiter in die Ferne, wo das filigrane Gebäude der Grabkapelle der Königin Katharina über den Dächern zu schweben schien. Hier, wo die Ausläufer Stuttgarts und Fellbachs kaum merklich ineinander übergingen, bot sich normalerweise eine landschaftliche Szenerie, die ihresgleichen suchte. Malerisch sanfte Hügel voller Orangen- und Zitronenhaine, letzte Reste von Weinbergen. Ein fast überirdisch schönes pittoreskes Postkartenidyll. Jetzt allerdings …

Schockiert wandte sie ihren Blick, bemerkte, dass Lindler nicht weniger verunsichert war als sie selbst.

»Das sieht ja grauenvoll aus!«, stöhnte er. »Und ich dachte, das Unwetter hätte nur zwischen Stuttgart und der Alb getobt.«

»Dort war es wohl am Schlimmsten, wenn ich die Nachrichten richtig verfolgt habe. Esslingen, Nürtingen, Metzingen sind kaum wiederzuerkennen. Zum Glück hat es Ludwigsburg nicht ganz so schwer erwischt.«

Lindler schaute überrascht auf. »Oh, deine Bananen, ja? Du musst entschuldigen, ich habe vergessen, danach zu fragen.« Seine Miene wirkte ehrlich besorgt.

Sie hob ihren linken Arm, wies auf die Bildschirmfolie. »Hier, ein Live-Bild. Direkt aus unserem Gewächshaus. Die Früchte sind schon ganz schön weit, wie?«

Der Kollege betrachtete die kräftig grüne Staude, die ein kleines Bündel dunkler Früchte trug. »Ihr hattet genug Wasser für die Pflanzen?«

»Wir haben alles dafür getan, dass es reicht«, fiel sie ihm ins Wort. »Letztes Jahr, im September, unmittelbar nach der wochenlangen Hitzewelle, vielleicht erinnerst du dich noch daran? Wir erweiterten unsere Auffangbecken auf dem Dach und im Garten. Unsere Zisterne war im Februar fast zur Hälfte gefüllt.«

Sieben Wochen lang hatte das Land unter vollkommener Trockenheit und Temperaturen von 45 Grad Celsius, in einzelnen Regionen, etwa entlang des Oberrheins, noch mehr, gelitten. Keine einzige Abkühlung, auch nachts stets über 25 Grad, nur schwache Luftbewegungen – wer es sich hatte leisten können, war die meiste Zeit im Keller oder anderen unterirdischen Behausungen geblieben. Ganze Regionen hatten sich in hitzeglühende Treibhäuser verwandelt, was noch unter freiem Himmel angebaut wurde, war vertrocknet oder wie viele Wälder in Brandenburg, Thüringen, Sachsen, Nordrhein-Westfalen, Rheinland-Pfalz, Bayern und dem Südwesten abgebrannt. Die Sterberaten nicht nur unter älteren Menschen waren geradezu explodiert. Und dann, unmittelbar nach dem heiß ersehnten Abflauen der Hitze, hatte eiskalte Luft Teile des Landes geflutet und mit mehreren Nachtfrösten vielen der die Trockenzeit überlebenden Pflanzen endgültig den Garaus gemacht.

»Und ob ich mich daran erinnere.« Lindler stöhnte leise auf. »Das war kaum mehr auszuhalten.«

»Die Woche nach der grauenvollen Hitze haben etliche Pflanzen nicht überlebt. Unsere Orangen, die Kiwis,

Zitronen und zwei von unseren drei Bananenstauden. Obwohl wir sie in dicke Folien eingewickelt hatten. Der Nachtfrost brachte zweistellige Minustemperaturen. Die Zeiten sind endgültig vorbei, dass du dich mit Pflanzen aus dem Garten versorgen kannst. Ohne künstlichen Schutz funktioniert es nicht mehr.«

»Deshalb habt ihr das Gewächshaus vergrößert.«

Sie nickte. »Soweit es möglich war. Direkt bis zum Haus. Damit konnten wir die geschützte Anbaufläche fast verdoppeln. Bleibt nur die Frage, ob wir auf Dauer genügend Wasser sammeln können. Wir versuchen es. Wenn nicht …«

»Und die Bananen pflanzt ihr nur fürs Bier?«

»Auch fürs Bier«, berichtigte sie. »Aber nur wenige. Die schmecken pur einfach zu gut.«

»Die Ursache war wirklich ein kleiner Joke unter Freundinnen?«

»Eher unter zwei verrückten Weibern«, antwortete sie, obwohl er die Sache genau getroffen hatte.

Bananenstauden am Rand von Ludwigsburg – nie hätte sie sich in ihrer Jugend träumen lassen, dass es einmal dazu kommen, geschweige denn, dass sie selbst diese Pflanzen kultivieren würde. Und der Ausgangspunkt war wirklich auf das Geschäker zweier leicht angetrunkener Frauen zurückzuführen. Noch während ihrer Schulzeit hatte sie sich mit Katharina Mander, der ein halbes Dutzend Jahre älteren Nachbarstochter ihres Elternhauses in Bad Cannstatt angefreundet. Katharina, fasziniert von der ökologisch verantwortungsvollen Lebensweise von Ann-Sophies Eltern wie der Tierarztpraxis Dr. Genkingers, in der Ann-Sophie aufgewachsen war, hatte große Teile ihrer Freizeit bei ihnen verbracht. Und auch während des Studiums und der vielen Jahrzehnte ihres Berufslebens waren sie miteinander in Verbindung geblieben – manchmal über verschiedene Kontinente hinweg.

Katharina Mander hatte Biologie und Forstwirtschaft studiert und sich auf die Aufforstung trockener Steppen- und Wüstenrandregionen spezialisiert und war im Auftrag europäischer Regierungen und verschiedener Stiftungen lange Zeit in Afrika und Asien, später dann in Spanien und Italien unterwegs gewesen, um neue Wälder ins Leben zu rufen und bereits bestehende zu schützen. Ihre Heimaturlaube hatte sie oft im Kreis von Ann-Sophies Familie verbracht und dabei mit den Berichten über ihre beruflichen Aktivitäten Ann-Sophies Sohn Mattis derart fasziniert, dass er beschlossen hatte, in ihre Fußstapfen zu treten. Wie die beste Freundin seiner Mutter hatte er Forstwirtschaft und Biologie studiert und dann, vor wenigen Jahren, eine Stelle im Süden der Sahel-Zone angenommen, wo er, finanziert von einer gemeinnützigen Umweltorganisation, an einem Aufforstungsprojekt arbeitete. Oder gearbeitet hatte, sofern die Aussage ihrer Tochter korrekt war.

Wann genau die Idee mit dem selbst hergestellten Bananenbier aufgekommen war – ihre Erinnerung präsentierte ihr verschiedene Versionen. Nach der einen Vorstellung hatten sie bei einem der gemeinsamen Abende während Katharina Manders Heimaturlaub durch Zufall verschiedene Getränke kombiniert, nach der anderen waren sie beide derart angeheitert, dass sie aus Versehen zermatschte Bananen ins Bier gemischt hatten

– wichtig war nur, dass sie in jenem Moment den Geschmack ihres Lebens gefunden hatten.

»Die ultimative Kombination!«, waren sich die beiden Frauen seither einig. »Schwarzbier mit Bananensaft. Aber keine Weizenplörre! Da muss schon richtig kräftiges Schwarzbier her! Wie unter Männern so üblich!«

Ann-Sophies Partner Michael hatte die erste Bananenstaude mitgebracht, kurz nachdem sie das kleine Haus am Rand des Ludwigsburger Vororts Oßweil erworben hatten. Es lag nur einen Steinwurf von der Haltestelle der Stadtbahn von Ludwigsburg entfernt und grenzte mit seinem Garten direkt an den Ostfriedhof, was in den heißen Monaten wenigstens für einen Hauch von Frischluft sorgte. Michael hatte die Pflanzen bei einer der großen Plantagen gekauft, die sich vor mehreren Jahrzehnten im Alten Land bei Hamburg angesiedelt hatten und seither reiche Erträge erzielten. Schon im ersten Jahr hatten sie die ersten wohlschmeckenden Früchte geerntet, einen Sommer später dann nach Michaels plötzlichem Tod zwei weitere Stauden hinzugekauft.

»Er hätte es gewollt«, hatte Mattis erklärt. »Papa wusste genau, wie viel Spaß du mit deinem Bananenbier aus eigenen Früchten hast.«

Einer der unzähligen, alle paar Jahre irgendwo aus einem der frisch aufgetauten, vorher aber Jahrmillionen lang gefrorenen Permafrostböden der unendlichen Weiten Sibiriens entwichenen Virenstämme hatte ihn wie unzählige andere das Leben gekostet; ohne jede Vorwarnung war er der heimtückischen Seuche erlegen.

Das kleine Haus bewohnten sie inzwischen gemeinsam: Katharina Mander, die nach einem Zeckenbiss von einer periodisch auftretenden Lähmung geplagt, vor wenigen Monaten mit 70 Jahren vorzeitig mit drastischen Abschlägen in Rente gegangen war, und sie selbst, sofern sie nicht während Mattis' Abwesenheit dessen WG-Zimmer benutzte, um schneller an einen potentiellen Einsatzort zu gelangen. Das Gewächshaus nutzten sie seither intensiv, um sich möglichst weitgehend selbst mit frischen Nahrungsmitteln zu versorgen.

Das »Fellbacher Bio Pflanzenparadies«, in dem Pascal Weisser arbeitete, lag zum Glück nicht weit von der Stadtbahn-Haltestelle entfernt mitten in einem äußerst steril wirkenden Gewerbegebiet. Ann-Sophie Braig schaute sich um, suchte vergeblich nach Grünflächen, Feldern oder Glashäusern, in denen Gärtnereien früher in ihrer Jugendzeit Pflanzen hatten wachsen lassen. Stattdessen nichts als graue, von Beton und vertrockneten Wiesen geprägte Flächen, teilweise von weit ausgreifenden Solarzellen-Feldern unterbrochen.

Hinter einer hohen Mauer, die mit der Aufschrift *Fellbacher Bio Pflanzenparadies* drapiert war, erhoben sich zwei riesige Hallen. Aus der Ferne waren sie ihr, jede etwa so lang und so breit wie ein Fußballfeld, von der Höhe einem Gebäude mit etwa sechs Stockwerken gleich, schon oft aufgefallen. Sie hatte sie für gewöhnliche Fabrikanlagen gehalten, in denen irgendwelche technischen Produkte hergestellt wurden. Die auf den Seitenwänden dargestellten überlebensgroßen Bilder üppig grüner Salatköpfe, kräftig roter Tomaten und in verschiedenen Farben leuchtender Gemüsesorten waren ihr als Beispiele einer besonders gut gelungenen Fassadenverschönerung vorgekommen. Dass sich in ihnen die Produktionsstätten einer Art Gärtnerei verbergen sollten, hatte sie nicht erwartet.

Die Pforte des Betriebs wurde von mehreren in der oberen Mauerhälfte eingebauten Kameras überwacht. Sie postierten sich vor der Sprechanlage, wiesen auf ihren Besuchstermin hin. Eine kräftige männliche Stimme versprach, sich sofort um sie zu kümmern.

Als sich das Portal öffnete, sah sie sich einem ausladenden, mit dunkelblauer Arbeitskleidung ausgestatteten Mann gegenüber. Der Name der Firma prangte unübersehbar mitten auf seiner Brust, das von den beiden Hallenwänden her bekannte Motiv mit verschiedenen Pflanzen darunter.

»Herr Weisser ist für Halle eins zuständig«, erklärte er. »Wenn Sie mir bitte folgen.«

Er wandte sich um, lief über einen schmalen, in der Mitte asphaltierten Hof direkt auf die beiden Hallen zu. Im Gegensatz zu den Straßen außerhalb zeigte sich fast das ganze Gelände in überraschend sauberem Zustand. Kein Schlamm, keine Lehmkrusten, keine Vegetationsreste. Nur die kleinen Wasserpfützen, denen sie ab und an ausweichen mussten, wiesen auf das verheerende Wettergeschehen hin.

Sie erreichten die rechte große Halle, betraten sie durch eine Art Schleuse, die von mehreren Schiebetüren aus massivem Metall gesichert war. Sie kamen nur langsam vorwärts; jede Tür schwang erst dann zur Seite, wenn der Mitarbeiter der Firma sich per Gesichtskontrolle am Sensor der jeweiligen Seitenwand ausgewiesen hatte. Als sie die dritte Barriere bewältigt hatten, standen sie plötzlich in einem großen, mit unzähligen Bildschirmen ausgestatteten Raum, der auf drei Seiten riesige, vom Boden bis zur Decke reichende Glasfronten präsentierte. Der Blick richtete sich direkt in die gewaltige Halle, die bis in den letzten Winkel mit breiten und gigantisch hoch wirkenden Regalen bestückt war.

»Chef, die angekündigten Besucher sind hier.«

Sie sahen einen großen, schlanken Mann auf sich zukommen, der sie mit freundlicher Geste willkommen hieß.

»Weisser«, stellte er sich vor.

Ann-Sophie Braig wies sich aus, nannte ihren Namen und den ihres Begleiters.

»Polizei?«, wunderte sich der Mann. »War da nicht die Rede von …«

»Gewerbeaufsicht, ja«, bekannte sie. »Wir wollten Sie nicht unnötig in Aufregung versetzen.« *Nicht vorwarnen,* ging es ihr durch den Kopf, *falls wir es bei dir mit unserem gesuchten Täter zu tun haben sollten.* Sie musterte ihr Gegenüber, konnte auf den ersten Blick keine direkt abweisenden Gesichtszüge oder Verhaltensweisen an ihm entdecken. Er war mit einem saloppen, dunkelgrünen Sweatshirt und schwarzen Jeans bekleidet, hatte kurze, dunkelblonde Haare und einen gepflegten Dreitagebart. Sie folgte seiner Bitte, auf den Drehstühlen vor der Bildschirmgalerie Platz zu nehmen, wartete, bis er sich neben ihnen niedergelassen hatte.

»Was ist der Grund Ihres Besuchs?«, fragte er. Sein Blick glitt von einem der Monitore zum anderen, wandte sich dann voll ihr zu.

»Sie arbeiten hier allein?«, erkundigte sie sich.

»Im Moment, ja. Meine beiden Techniker wurden in Halle zwei gerufen. Es gab ein paar Komplikationen.«

Sie bemerkte, dass auf sämtlichen Bildschirmen ähnliche Motive zu sehen waren, die nur langsam wechselten. Heerscharen von Salatköpfen, mal groß, mal klein, einige im ersten Stadium des Wachstums, andere reif zur Ernte. »Sie züchten Salat?«, fragte sie.

Weisser nickte.

»Hier in der Halle?«

Er wies mit seiner Rechten zu der Glasfront. »Hier, ja.«

Sie musterte die Regale, versuchte ihre Anzahl zu schätzen. Mindestens zwanzig bis fünfundzwanzig, überlegte sie, wenn nicht noch mehr. »Die ganze Halle – nur Salat?«

Weisser bemerkte ihre zweifelnde Miene, blieb freundlich. »Die ganze Halle, ja«, bestätigte er.

»Wie viel ist das, so etwa?«, fügte sie zögernd hinzu.

Erneut zeigte er zu der Glasfront. »Die Pflanzen wachsen in dreißig Etagen, wie Sie sehen. In einem speziellen, den Vitamingehalt des jeweiligen Salatkopfes fördernden Granulat. Kein Kunstdünger, keine Pestizide oder Fungizide, nur natürliche Substanzen. Computergesteuerte Luftfeuchtigkeit und Temperatur, vollständig Energie-neutral. Die Hallen sind auf allen Flächen mit Solarfolien überzogen.«

»Sie haben genügend Wasser?«

»Aus eigenen Quellen. Beste Qualität.« Er bemerkte ihre zweifelnde Miene. »Ohne diese Quellen könnten wir hier nicht produzieren. Wir sind einer der letzten Betriebe in Süddeutschland. Alle anderen sitzen im Norden an der Küste.«

»Und wie viele Salatköpfe wachsen hier?«

»In dieser Halle etwa 60.000.«

»60.000«, wiederholte sie überrascht. »Pro Jahr?«

»Im Verlauf von etwa zehn Tagen, wenn alles korrekt funktioniert.« Der Anflug eines Lächelns überzog sein Gesicht. »Im Jahr über zwei Millionen.«

»Aha.« Ann-Sophie Braig schluckte. Sie hatte von den neuen Produktionsmethoden der Landwirtschaft gehört, allerdings bei Weitem nicht mit Größenordnungen dieser Art gerechnet. Der Anbau im Freien war für sämtliche Obst- und Gemüsesorten aufgrund der ständigen Wetterkapriolen längst viel zu riskant geworden, sie hatte es selbst erlebt. Wochenlange, viel zu warme Temperaturen im Januar und Februar, tagelange, drastische Kälteeinbrüche im April und Mai, verheerende Starkregen mit Hagel und Überschwemmungen, unkalkulierbare Trocken- und Hitzeperioden, Unwetter bis hin zu Hurrikans und Tornados, die ganze Regionen verwüsteten, waren inzwischen auch in Mitteleuropa zu völlig normalen, immer wiederkehrenden Naturereignissen geworden. Jahreszeitlich bedingtes Aussähen, Wachsen und Ernten war zur Ausnahme mutiert. Erst vor Kurzem hatte sie einen Beitrag über mehrere Äpfel-, Kirsch- und Aprikosenplantagen gesehen, die in riesigen Hallen im Alten Land bei Hamburg untergebracht waren. Dort an der Küste gab es noch genügend Wasser, das in riesigen Meerwasserentsalzungsanlagen mithilfe von preiswertem Offshore-Strom gewonnen wurde. Noch, ging es ihr durch den Kopf, das Gespräch mit ihrer Tochter am Vorabend im Sinn. »Und was wird in der anderen Halle produziert?«, fragte sie.

»Gemüse aller Art. Blumenkohl zum Beispiel, Rosenkohl, Karotten, Tomaten.«

»Sie versorgen halb Stuttgart.«

Weisser ließ ein leises Lachen hören. »Den gesamten Großraum. Stuttgart, ja. Unser Kundenkreis reicht bis Ulm, Biberach, Rottweil. Möglichst kurze Transportwege«, erklärte er, setzte dann, nach kurzer Pause hinzu: »Aber deshalb sind Sie nicht gekommen.«

»Nein.« Sie schüttelte den Kopf, konzentrierte sich auf seine Mimik. »Murat Stegner«, nannte sie den Namen des Ermordeten.

Seine Miene verlor augenblicklich jeden freundlichen Anflug. Er holte tief Luft, legte seine Stirn in Falten. »Der schon wieder.«

»Sie haben ihn bedroht.«

»Na, und?«, fauchte er. »Der hat ganz anderes verdient!«

»Was, wenn ich fragen darf?«

Weisser wandte sich von ihr ab, starrte auf einen der Monitore. »Das wissen Sie doch selbst. Der hat siebzehn Menschen auf dem Gewissen. Zehn Erwachsene und sieben Kinder. Darunter mein Bruder. Er ist erstickt, wissen Sie das? Nur weil der Kerl bei seiner Arbeit schluderte. Seine Aufsichtspflicht vernachlässigte. Sie haben es garantiert mitbekommen.«

»Murat Stegner wurde vor Gericht freigesprochen. Das Urteil fiel eindeutig aus: Ihn trifft keine Schuld an dem Unglück. Er ist seiner Arbeit gewissenhaft nachgegangen.«

»Märchen, nichts als Märchen.«

»Hatten Sie deshalb geplant, ihn zur Rechenschaft zu ziehen?«

»Er hat meinen Bruder getötet. Da hat er es doch verdient, oder?«

»Ebenfalls getötet zu werden? Auge um Auge, Zahn um Zahn?«

»Sie sind nicht selbst betroffen, deshalb können Sie mich nicht verstehen. Wir hatten zeitlebens ein enges Verhältnis, mein Bruder und ich. Und Stegner, dieser Verbrecher, hat es für immer zerstört.«

»Ich soll nicht betroffen sein?«, widersprach Ann-Sophie Braig. »Sie täuschen sich! Der Anblick von Stegners stark deformierter Leiche lässt mich nicht kalt.«

Weisser schien zu einer leblosen Masse zu erstarren. Er stierte mit großen Augen zu ihr hin, bewegte sich keinen Millimeter. Erst nach mehreren Sekunden ließen sich wieder erste Lebenszeichen in seiner Miene erkennen. Seine Augenlider zuckten, er fing an, schwer zu atmen. »Er ist …«, brachte er mühsam hervor.

»Wo waren Sie Sonntag auf Montag Nacht?«, konterte sie.

Der Mann benötigte eine ganze Weile, wieder zu sich zu finden. »Sonntag auf …« Mitten in seiner Überlegung brach er ab. »Hier. Bis am späten Montagabend.«

»Den ganzen Sonntag und dann noch die Nacht und den nächsten Tag?«

»Es gab Probleme. Wegen der intensiven Niederschläge. Unsere Wasserversorgung machte nicht mehr mit.«

»Und deswegen hocken Sie den ganzen Sonntag, die Nacht danach und noch den ganzen Montag in Ihrer Firma?«

»Allerdings. Haben Sie eine Ahnung, was hier auf dem Spiel steht? Wenn unsere Pflanzen vertrocknen oder mit Keimen belastet werden?«

»Das können Sie belegen?«

»Belegen?«, wiederholte Weisser. Er fuhr sich über seinen Drei-Tage-Bart, kratzte sich an der rechten Wange. »Fragen Sie doch meinen Mitarbeiter, Herrn Felber. Er hat Sie an der Pforte empfangen. Wir waren die ganze Nacht mit den Wasserleitungen beschäftigt.«

»Und was ist mit Ihrer Familie, Ihrem Privatleben?«

»Meine Frau ist zurzeit sowieso nicht hier. Sie arbeitet als Ärztin, hat alle paar Wochen Dienst an der Grenze …«

»Auch von Sonntag auf Montag Nacht?«

Weisser holte tief Luft, richtete sich zu voller Größe auf. »Auch in der Nacht, ja«, betonte er mit kräftiger Stimme. »Sie ist seit Ende letzter Woche dort.«

»Das können Sie ebenfalls belegen?«

Der Mann wirkte leicht gereizt. »Was soll denn das? Wissen Sie nicht, was dort abgeht?« Er bemerkte ihre unnachgiebige Haltung, wies auf sein Handy. »Also gut. Versuchen wir es. Vielleicht ist die Leitung ausnahmsweise nicht gesperrt.«

Kurz darauf erschien das Gesicht einer etwa 40-jährigen Frau, die zwar etwas gehetzt wirkte, aber dennoch freundlich in die Kamera blickte.

»Pascal, du rufst an?«

»Tut mir leid, Jenni. Du hast viel zu tun, ja?«

Trotz des kleinen Bildschirms war deutlich zu erkennen, dass der Frau mehrere Schweißperlen von der Stirn tropften.

»Es gab wieder eine Schießerei. Schusswechsel, wie das offiziell heißt. Du weißt ja, was das bedeutet.« Sie ließ ein sarkastisches Lachen hören. »Die haben wieder ein paar Afrikaner abgeknallt. Über zwanzig Leute. Einfach drauflosgeballert. Da gab's für mich nichts mehr zu tun. Die waren alle hinüber. Aber das darf natürlich nicht bekannt werden. Offiziell fingen die anderen an. Wundert mich, dass wir Verbindung haben.«

»Tut mir leid. Du solltest …«

»Du hast recht«, fiel sie ihrem Mann ins Wort. »In dem Abschnitt hier werde ich nicht mehr arbeiten. Jedenfalls nicht, solange der Dreckskerl das Regiment führt.«

»Endlich!«, stöhnte Weisser laut auf. »Du versprichst mir, zu wechseln?«

»Hundert pro«, erklärte sie, freundlich in die Kamera lächelnd. »Morgen ist mein letzter Tag hier. Endgültig!«

»Dann hat sich der Anruf gelohnt.« Er machte eine kurze Pause. »Ich muss dich aber noch was fragen.«

»Was hast du auf dem Herzen?«

»Hier sind zwei Polizeibeamte. Sie wollen wissen, wo du Sonntagnacht warst.«

»Wie bitte? Polizei? Haben die sonst nichts zu tun?«

»Anscheinend nicht. Keine Ahnung.«

»Und die wollen wissen, wo ich Sonntagnacht war?« Sie lachte laut. »Soll ich Bilder von dem Schlachtfeld schicken? Oder meine blutverschmierte Jacke?«

»Ich glaube …«

»Was wollen die von dir?«

»Es geht um Stegner.«

»Deswegen belästigen die dich?« Jennifer Weisser fing plötzlich an zu schreien. »Die wissen doch genau, dass ich nicht erzählen darf, was hier los ist. Dass Nacht für Nacht unzählige Leute ins reißende Wasser getrieben werden, obwohl sie nicht schwimmen können, dass sie sie mit ihren Drohnen auf die Felsen jagen, damit sie abstürzen, oder dass viele einfach abgeknallt werden, weil sich hier unter den sogenannten Grenzwächtern sämtliche Sadisten des Landes versammeln, um sich auszutoben. Dass wir Ärzte hier völlig überflüssig sind, nur Feigenblätter, für die Lügen, die sie draußen im Land verbreiten. Hier tobt ein Krieg, mit unzähligen Toten jeden Tag. Was wollen die noch …«

Die Frau war mitten im Satz, als plötzlich ein schriller Signalton aufheulte.

»Nein, nicht schon wieder!« Weisser sprang von seinem Stuhl, eilte zur Rückwand, überprüfte einen kleinen Monitor, der dort eingelassen war.

»Was ist passiert?«, hörten sie Jennifer Weissers Stimme.

»Stromausfall«, rief ihr Mann in hektischem Tonfall, »zurzeit fast jeden Tag. Ich muss es über die andere Leitung versuchen.«

»Dann will ich dich nicht länger stören. Falls deine Besucher nicht noch wissen wollen, von wie vielen Kugeln die bösen Eindringlinge zersiebt wurden.«

Ann-Sophie Braig winkte ab.

Weisser machte sich an dem Monitor an der Wand zu schaffen, verabschiedete sich von seiner Frau. Mit sarkastischem Lachen brach sie die Verbindung ab.

Die Bemühungen des Mannes schienen ohne Erfolg. Leise vor sich hin schimpfend, lief er zu seinem Arbeitstisch zurück. Er nannte einen Namen, hatte kurz darauf seinen Kollegen am Ohr. »Stromausfall«, sagte er. »Wenn ich in zehn Minuten nicht durch bin, benötigen wir das Notaggregat. Stehst du zur Verfügung?«

»Ich warte, ja.«

Weisser wies auf einen der Bildschirme, wandte sich seinen Besuchern zu. »Jetzt können wir nur hoffen, dass es doch noch klappt.«

»Haben Sie uns vorhin nicht erzählt, der Betrieb sei Energie-autark?«, fragte Lindler.

Ihr Gesprächspartner verzog keine Miene. »Sie wissen doch, was in den letzten Tagen los war«, erwiderte er. »Die Wassermassen haben alles überschwemmt und mit sich gerissen. Tausende von Autos, unzählige stationäre Akkus und Batterien. Haben Sie mal überlegt, welche Massen an Chemikalien dabei ins Grundwasser geschwemmt wurden? Das dauert Wochen, bis unsere Quellen wieder sauber sind. Solange dieses Problem nicht gelöst ist, sind wir auf die Fernleitungen angewiesen. Aber deren Pumpen funktionieren nicht; Stromausfall. Das Netz ist mal wieder völlig überlastet.«

»Weil zu viel Strom unnötig vergeudet wird«, meinte Lindler.

»Wem sagen Sie das?«, konterte Weisser.

Ann-Sophie Braig wusste nur allzu gut um die ständigen Probleme der Energieversorgung; sie waren in den Medien oft genug präsent. Alle paar Tage kam es in irgendeiner Region des Landes zu weitflächigen Ausfällen der Stromversorgung; wer dann nicht über eine eigene Energiequelle etwa in Form von Solarfolien oder Windrädern verfügte, wartete oft stundenlang auf das korrekte Funktionieren des Netzes.

Die Ursachen dieser Probleme wurzelten im völligen Versagen der Politik beim Ausbau und der Kontrolle der Energie-Infrastruktur: Anstatt den Stromverbrauch durch staatlich vorgegebene Effizienzprogramme einzudämmen, hatten die regierenden Rechtspopulisten der Energieverschwendung Tor und Tür geöffnet: Nicht die vollständige Isolierung sämtlicher Gebäude im Land gegen unwirtliche Außentemperaturen wurde gefördert, sondern der Einbau stromfressender Klimaanlagen für die immer heißeren Monate. Nicht die komplette Verlagerung des Verkehrs auf ein energiesparendes Netz aus Bussen, Bahnen und E-Bikes wurde angestrebt, sondern die verantwortungslose Verschwendung irrsinniger Stromkapazitäten durch klobige Luxuskarossen wie SUVs und andere Blechpanzer ähnlich der Praxis in den völlig verkommenen ersten drei Jahrzehnten des Jahrhunderts.

Der immer längere Aufenthalt von immer größeren Bevölkerungsanteilen in den Kunstwelten der verschiedenen Metaversen erhöhte den Energiehunger schier ins Unendliche. Der Anteil der Bevölkerung, der fast die gesamte frei verfügbare Zeit in einem Metaversum verbrachte, stieg von Jahr zu Jahr. So war es vollkommen logisch, dass auch der ständige Zubau neuer Stromproduzenten wie Windparks, Solarfarmen und – trotz aller katastrophalen Ereignisse der vergangenen Jahrzehnte – Kernreaktoren und fossilen Kraftwerke keine Versorgungssicherheit brachte, solange nicht der sinnlos ausufernde Verbrauch auf seine Notwendigkeit hin überprüft wurde.

Musste man sich wirklich darüber wundern, dass immer mehr um ihr Leben und ihre Zukunft besorgte Menschen angesichts der verantwortungslosen Untätigkeit der Regierenden mit gezielten Eingriffen dafür sorgten, Energieverschwendung in ihren schlimmsten Formen wenigstens zeitweise einzudämmen? *Terroristische Attacken jenseits aller Legalität*, schäumte die regierende Clique, *die mit aller Härte des Gesetzes verfolgt werden muss.*

Ann-Sophie Braig neigte eher der Auffassung zu, diese Eingriffe als *unkonventionelle, aufgrund der Untätigkeit und Verkommenheit der Herrschenden aber dringend notwendige Notwehr* zu bezeichnen.

Sie verabschiedeten sich von Pascal Weisser, machten sich auf den Weg zur Stadtbahn.

»Und? Was hältst du von den beiden?«, fragte sie.

»Ihre Aussagen stimmen mit den Angaben des PIP überein.«

»Sofern da nichts manipuliert wurde.«

»Du traust es ihnen zu?«

»Ich frage dich«, konterte sie.

Lindler setzte gerade zur Antwort an, als er den Eingang einer Mail bemerkte. Er musterte seinen Monitor, wandte sich ihr wieder zu. »Nein«, sagte er dann. »Was Weisser und seine Partnerin betrifft: Ich glaube ihnen. Die schienen mir authentisch.«

»Was ist mit der Mail?«, fragte sie.

»Das PIP. Heute Nacht von 23:58 Uhr bis 0:00 Uhr schalten sie es kurz aus. Software-Wechsel, mal wieder. Damit wir Bescheid wissen.«

Von 23:58 Uhr bis 0:00 Uhr, überlegte sie. Heute Nacht. Sie seufzte leise auf.

»Fährst du heute mal wieder nach Ludwigsburg zu deinen Bananen?«, erkundigte er sich.

Sie schüttelte den Kopf. »Heute nicht, nein.« Katharina wird enttäuscht sein, wenn ich ihr nachher absage, überlegte sie. Es ging aber nicht anders. Sie musste es Meyerle persönlich mitteilen, nicht übers Netz. Nur so konnte sie sicher sein, dass ihre Botschaft nicht in unbefugte Ohren gelangte.

7. Kapitel

Emil Meyerle war seit mehreren Jahren einer der besten Freunde ihres Sohnes. Wie Ann-Sophie Braig wusste, hatte er Mattis während ihrer gemeinsamen Tätigkeit für ein von verschiedenen Naturschutzverbänden getragenes Unternehmen kennengelernt, das in noch existierenden, aber wie die gesamte Region ebenfalls von baldiger Überflutung durch den steigenden Meeresspiegel bedrohten Gebieten im Rest Bangladeschs Deiche und andere Befestigungsanlagen errichtete, um den Verlust des Landes so zu verhindern oder wenigstens noch hinauszuzögern. Emil Meyerle hatte Physik und Informatik studiert und arbeitete heute für eine internationale Organisation, die sich für Ausgleichszahlungen der die Klimakatastrophe verursachenden Länder an die von den Veränderungen am meisten betroffenen Staaten in Afrika einsetzte. Er hatte die Wohngemeinschaft mit Mattis und zwei befreundeten jungen Frauen gegründet, war die meiste Zeit im Home Office tätig. Wie ihr Sohn und die beiden Mitbewohnerinnen engagierte er sich in zahlreichen Umweltverbänden.

»Du bist dir absolut sicher?«, hatte er sie begrüßt.

»Absolut. Es kam vorhin. Wir haben uns gerade unterhalten.«

»Deine Freundin weiß Bescheid?«

»Alles klar. So langsam ist sie es gewohnt, allein im Haus zu übernachten. Sie freut sich über dein Engagement.«

»Unser«, betonte er.

»Unser«, wiederholte sie, obwohl sie sich bewusst war, nur eine kleine Rolle bei der Sache zu spielen. Die der Informantin, sozusagen. Während er wieder tage-, vielleicht sogar wochenlang daran gearbeitet hatte.

Katharina Mander war sofort einverstanden.

»Es ist wirklich höchste Zeit«, hatte ihre Freundin sie ermuntert.

Gemeinsam mit Meyerle hatte sie zu Abend gegessen. Das übliche Prozedere. Er hatte die Sache voll im Griff.

»Wenn sie wieder zuschalten, läuft die Sache«, meinte er. »Ab null Uhr.«

»In welchem Umfang?«, erkundigte sie sich.

»Alles über zehn Kilowatt. Die fahren keinen Zentimeter mehr. Aus und vorbei. Dafür benötigen sie eine komplett neue Software.«

»Dein neuer Rekord«, lobte sie ihn. »Das ist gut. Sehr gut sogar.«

»Ich habe lange daran gearbeitet. Mehrere Wochen.«

Sie wusste, was das bedeutete. Meyerle war ein Genie, Informatik seine Welt. Die hatten keine Chance. Wenn er von sofortigem Stillstand sprach, dann kam es tatsächlich so. Und eine komplett neue Software? Das dauerte Monate, bis sämtliche Karossen wieder funktionierten. Und es war schweineteuer. Das beste

Energiesparprogramm seit Langem. Das war wirklich hervorragend.

Sie war gerade dabei, sich fürs Bett herzurichten, als die Geräusche an ihr Ohr drangen. Schläge, Schreie, dann wieder Ruhe. Sie lauschte, klopfte an Meyerles Tür. »Hast du das gehört?«

»Es kam von unten«, sagte er. »Alle paar Tage.«

»Und?«

»Nichts. Zwei Mal rannten wir runter, schlugen an die Tür. Mattis war auch dabei. Keine Reaktion. Irgendwann später sahen wir eine der Frauen. Verschleiert, wie immer. Religiöse Spinner. Das Pflaster mitten im Gesicht konnten wir trotzdem erkennen. Wir sprachen sie an, aber sie wich uns aus. Darf wohl mit keinem fremden Mann Kontakt haben.«

»In der vorletzten Nacht«, fiel es Ann-Sophie Braig wieder ein. »Als ich rausmusste ... Eine verschleierte Frau, sie trug ein Pflaster.«

»Dann war sie wohl eines der Opfer.«

»Wie viele Leute wohnen da?«, fragte sie.

»Mindestens zehn. Wenn nicht noch mehr.«

»Illegale?«

»Keine Ahnung. Letzte Woche war Kontrolle. Bekam ich zufällig mit. Die zogen aber wieder ab.« Im gleichen Moment war es wieder zu hören. Ein, zwei Schläge, dann ersticktes Schreien.

Sie holte ihre Waffe, folgte der Treppe ins Erdgeschoss. Zuerst schien alles ruhig, dann zerschnitten laute Schläge, barsches Schimpfen einer männlichen Stimme und schrille Schmerzensschreie erneut die Stille der Nacht.

Ann-Sophie Braig zögerte keine Sekunde, lief zu der Tür, hinter der die Geräusche zu hören waren, hämmerte mit beiden Fäusten dagegen. Im gleichen Moment verstummte das Geschrei. »Aufmachen, Polizei!« Sie drückte auf die Glocke, hörte deren nervendes Surren, trat mit beiden Füßen an die Tür. »Fünf Sekunden, oder wir kommen rein!« Ihre Stimme hallte durchs ganze Treppenhaus. »Letzte Chance! Entweder …« Sie verstummte, als die Tür einen Spaltbreit zurückschwang.

Eine vermummte, nur Teile des Gesichts zeigende Frau blinzelte ins Licht. »Ja?«

Ann-Sophie Braig musterte sie streng, konnte keinen Hinweis auf eine Misshandlung erkennen. »Wo ist der Schläger?«, brüllte sie ins Dunkel der Wohnung.

»Nix schlagen«, behauptete die Frau.

Ann-Sophie Braig schob die Tür zurück, sah die Frau in eines der Zimmer abtauchen. Sie machte einen Schritt ins Innere, hatte augenblicklich den miefigen Geruch verschwitzter Körper in der Nase. Alles war dunkel, nichts zu erkennen. Sie schaltete ihre Handy-Lampe ein, sah eine mit unzähligen Möbeln, Kisten und Kartons vollgestellte Diele vor sich. Mitten in dem Chaos zwei an die Wand gepresste, nur spärlich bekleidete, junge Frauen, die Gesichter von Wunden und Verletzungen übersät. »Wer hat das getan?«, donnerte sie.

Den muskulösen, mit einem Knüppel bewaffneten Mann, der sich unmittelbar vor ihr geräuschlos in die Diele schob, bemerkte sie erst in letzter Sekunde. Sie schnellte zwei Schritte zurück, riss ihre Waffe hoch, leuchtete ihm mitten ins Gesicht. »Polizei!«, schrie sie. »Eine falsche Bewegung …«

Der Muskelmann blieb mit hoch erhobenem Schlagstock mitten in der Diele stehen, starrte wutentbrannt zu ihr her. Sie sah, wie sich seine Lippen bewegten, hatte die Worte im Ohr, obwohl er nur flüsterte. »Du Hure, dir werde ich es geben!«

Sie musste an sich halten, spürte den Zorn wie eine Flutwelle über sich hereinbrechen. Der Kerl hatte es verdient, um den war es nicht schade, schoss es ihr durch den Kopf. Hielt sich mehrere junge Frauen wie einen Harem, malträtierte sie, wie es ihm passte. Sie kämpfte mit sich selbst, gewann nur langsam wieder die Kontrolle über sich zurück. Es gab einen anderen Weg, den Frauenschläger büßen zu lassen, was er seinen wehrlosen Opfern angetan hatte. Einen wesentlich effektiveren Weg. »Wird's bald!«, brüllte sie.

Er wusste nicht, wie er reagieren sollte, gab erst in letzter Sekunde nach. Sein Gesicht drohte vor Wut zu platzen, die Lippen wiederholten die bereits geflüsterte Drohung, dann ließ er den Knüppel sinken.

Seinen dunklen Teint vor Augen, hob sie ihren linken Arm, nannte ihre Personalnummer. »Wer hat Nachtdienst?«, fragte sie.

»Waitz«, antwortete der Kollege.

Sie hatte es gehofft, spürte die Genugtuung. »Massenschlägerei«, erklärte sie. »Mehrere Menschen schwer verletzt. *Migrantischer* Täter.« Sie nannte die Adresse, wusste, dass es nicht lange dauern würde. Sie hatte das Zauberwort genannt, das den General persönlich aufs Schlachtfeld lockte, mehr war nicht zu tun. Der widerliche Kerl vor ihr würde jeden Schlag, den er jemals einer Frau versetzt hatte, büßen. Doppelt und dreifach.

Sie mussten keine zehn Minuten warten, bis draußen der Personenkopter landete. Drei Mann stürmten ins Haus, Waitz allen voran. »Wo ist die Drecksau?«, brüllte er.

Ann-Sophie Braig gelang es gerade noch, die Treppe hoch zu entkommen.

Das Gemetzel im Erdgeschoss währte an die fünfzehn Minuten.

»Die Polizei, dein Freund und Helfer«, meinte Meyerle. »Ein Slogan aus den Anfängen dieses Jahrhunderts, oder?«

»Du willst mir doch nicht sagen, der Kerl hätte das nicht verdient?«

»*Migrantischer* Täter.« Mit grinsender Miene und süffisantem Ton nahm Meyerle ihre Wortwahl auf. »Das Stichwort für euren Schläger. Ganz schön sadistisch. Diese Seite an dir kannte ich bisher noch nicht.«

»Die Wunden und Verletzungen in den Gesichtern der Frauen«, konterte sie. »Und dann bezeichnete er mich noch als Hure. Ich bin kein Engel, verstehst du?«

Mittwoch, 16. August 2073

Die wichtigsten Nachrichten des Tages in Kürze:

Krieg zwischen Kanada und USA immer blutiger

Die seit Jahren andauernden Auseinandersetzungen zwischen dem kanadischen Militär und ins Land eindringenden US-Amerikanern nehmen immer größere Ausmaße an. Mittlerweile gibt es vom Großraum Vancouver im äußersten Westen bis zur Region um den US-Bundesstaat Maine im Osten fünf zentrale Schauplätze der Kämpfe. Die kanadische Regierung droht mit dem Bau einer Mauer sowie einem vorgelagerten Minengürtel, um die weitere Zuwanderung zu stoppen. Bisher sind ca. 100 Millionen US-Amerikaner ins Nachbarland geflohen, weil ihre Heimat entweder vom Meer überflutet (u. a. Florida, weite Teile von Texas, Süd- und Nord-Carolina, Virginia, Louisiana), in Feuerstürmen verbrannt (Teile von Kalifornien) oder durch Trockenheit und Hitze in unbewohnbare Steppen und Wüsten verwandelt wurde (mehrere zentral gelegene Bundesstaaten).

Kerneuropa: Hacker zerstören die Software großvolumiger Pkws

Gezielter Angriff auf die Software großvolumiger Fahrzeuge in Kerneuropa: Unbekannten Hackern ist es gelungen, die Software der Fahrzeuge derart zu manipulieren, dass sie fahruntauglich sind. Alle Fahrzeuge benötigen völlig neue Software-Systeme. Experten gehen davon aus, dass dies Monate in Anspruch nehmen und Kosten in dreistelliger Millionenhöhe verursachen wird.

Bürgerkrieg in Sahel-Zone vernichtet aufgeforstete Wälder

Eskalation in den ständig neu aufflammenden Auseinandersetzungen in Nordafrika: Rebellen entflammten an mehreren Stellen die von europäischen Experten neu bepflanzten Wüstenrandgebiete. Seither brennen tausende Hektar mühsam aufgeforsteter Wälder. Der größte Teil der europäischen Wissenschaftler konnte sich durch Flucht retten. Nordafrika droht damit endgültig der Ausbreitung der Wüste zum Opfer zu fallen und vollends unbewohnbar zu werden.

Massensterben durch Milzbrand-Erreger im von Chinesen eroberten Teil Sibiriens

Chinesisches Militär riegelt Teile Sibiriens ab: An Milzbrand-Erregern, die offenbar durch das Auftauen jahrtausendelang gefrorener Böden in die Luft gelangen konnten, starben in Chinesisch-Sibirien in den letzten Wochen mehrere tausend Menschen. Wissenschaftler warnen vor der Verbreitung der Viren durch Flüchtlinge.

8. Kapitel

Heilbronn war immer noch von dem verheerenden Brand gezeichnet, der Teile der Stadt und ihrer Umgebung vor zwei Wochen über mehrere Tage hinweg in Atem gehalten hatte. Die einst von malerischen Weinbergen, Orangen- und Zitronenhainen gesäumte Stadt wurde jetzt von einem Meer schwarzverkohlter Hügel eingerahmt, die – dem beißenden Brandgeruch nach, der in fast allen Straßen in der Luft lag – immer noch einzelne, nicht gelöschte Glutnester in sich bargen.

Wohin sie auch sahen, als sie am Hauptbahnhof in die Stadtbahn wechselten, vom Stiftsberg im Norden bis zu den an Flein angrenzenden ehemaligen Weinlagen Hagelsberg und Staufenberg, alles schien dem Flammenmeer zum Opfer gefallen. Sogar die Olivenhaine nördlich von Lauffen, die die Bahn dem gewundenen Lauf des zu einem mickrigen Rinnsal ausgetrockneten Neckars folgend passiert hatte, waren bis auf die Baumstümpfe niedergebrannt. Ann-Sophie Braig erinnerte sich noch gut daran, wie man die Oliven vor etwa zwei Jahrzehnten angepflanzt hatte, um die der immer aggressiveren Sommerhitze nicht mehr gewachsenen Weinreben dort zu ersetzen; jetzt waren auch sie vernichtet. Die gesamte Landschaft: Alles nur Grau in Grau.

Der Anblick dieser Verwüstung wirkte nicht gerade aufmunternd, auch wenn sie nach einer in Sorge um das Wohlergehen ihres Sohnes teilweise schlaflosen Nacht dringend einen Stimmungsaufheller benötigt hätte. Die Nachricht vom neu aufgeflammten Bürgerkrieg in der Sahelzone, die seit dem frühen Morgen über die Informationskanäle flimmerte, hatte ihr die Gefahr, in der Mattis möglicherweise steckte, weiter verdeutlicht. Dass er nichts von sich hören ließ, nicht ein einziges Lebenszeichen sandte, steigerte ihre Besorgnis ins Uferlose. Sie hatte Mühe, sich auf ihre Ermittlungen zu konzentrieren, versuchte, sich von der trostlosen Umgebung nicht noch mehr entmutigen zu lassen.

Was den gewaltigen Feuersturm verursacht hatte, war noch nicht abschließend geklärt, das Gerücht potentieller Brandstiftung nach wie vor im Umlauf. Ein großer Teil der Vegetation östlich der Stadt war zerstört, Weinberge, Orangen- und Zitronenhaine, große Areale des Mischwalds Richtung Weinsberg und Lehrensteinsfeld vom Brand dahingerafft. In allen angrenzenden Orten hatte man ganze Straßenzüge evakuiert; mehrere Häuser samt umliegender Hütten und Garagen waren den Flammen erlegen.

Der Brandgeruch begleitete sie durch ganz Heilbronn, er setzte sich in ihren Haaren und ihrer Kleidung fest, dominierte jeden Atemzug.

»Zum Glück müssen wir hier nicht übernachten«, meinte Lindler nach heftigem Husten, »ich würde das nicht aushalten.«

Ann-Sophie Braig nickte zustimmend. Sie erinnerte sich noch gut an den verheerenden Brand im Sommer vor zwei Jahren, dem weite Teile des Favoriteparks in Ludwigsburg zum Opfer gefallen waren. Der sorgsam behütete, sogar von hohen Zäunen umhegte Wald rund um das im Norden der Stadt gelegene filigrane Gebäude des Favoriteschlosses hatte innerhalb weniger Stunden lichterloh gebrannt, nachdem sich die Batterie eines Servicefahrzeugs von Waldarbeitern entzündet hatte und in Flammen aufgegangen war. Trotz aller Löschversuche war sogar eine Partie der Grünanlagen des mitten in der Stadt gelegenen Barockschlosses wie auch des benachbarten Märchengartens dabei zerstört worden. Der beißende Rauch hatte die Teil-Evakuierung des unweit errichteten Kreiskrankenhauses und mehrerer anderer Gebäude nach sich gezogen; selbst im Vorort Oßweil, gute zwei Kilometer weiter östlich, hatte man tagelang unter den beißenden Rauchschwaden gelitten. Drei Tage, sie erinnerte sich noch genau daran, hatten sie ihr Haus nicht mehr betreten, stattdessen in Mattis WG übernachtet.

Die Atmosphäre hier in Heilbronn war wohl genau wie damals in Ludwigsburg noch für mehrere Wochen von den Folgen des verheerenden Ereignisses geprägt. Auch die Luft in der Umgebung der nur an einem kleinen, mit ihrem Namen beschrifteten Schild erkennbaren Firma *Gourmet Döner* kündete davon. Sie bemerkten, dass es sich um ein überraschend weitläufiges Anwesen handelte, dessen Hauptgebäude von einem schmalen Vorgarten mit mehreren großen Palmen und matt blühenden Bougainvillea-Stauden flankiert wurde. Bei genauerem Hinsehen war deutlich zu erkennen, dass viele der Blüten ganz oder teilweise verwelkt waren. Eine junge, mit einer Art Uniform bekleidete Frau war gerade dabei, das Beet mit einer Gießkanne zu wässern.

»Die freuen sich über jeden Tropfen«, meinte Lindler, als sie den Eingang neben dem etwas mitgenommenen Blütenmeer erreicht hatten.

Die junge Frau schaute auf, schwenkte die inzwischen leere Kanne durch die Luft. »Woher sollen wir es nehmen?«, antwortete sie mit einer Geste der Hilflosigkeit. »Trinkwasser ist streng verboten und die Zisternen sind so gut wie leer. Im Mai hat es zum letzten Mal geregnet. Jetzt haben wir Mitte August.«

»Das kann ich so nicht sagen. Wir kommen aus Stuttgart.«

»Oh je, mir reichen die Bilder im Netz. Muss ganz schön heftig gewesen sein. Aber es hat ja nicht mal gereicht, den Wasserspiegel des Neckar länger anzuheben. Der trocknet schon wieder aus.«

Ann-Sophie Braig verstand sofort, wovon die Frau sprach. Unterwegs, beim Blick aus dem Zug auf weiten Strecken dem alten Lauf des Neckar folgend, hatte sie sich gewundert, dass sich das Rinnsal, das vor Jahrzehnten einmal ein Fluss war, trotz der heftigen Sintflut, die über Stuttgart hereingebrochen war, nur wenig vergrößert hatte. Nicht der Hauch einer Spur des alten Wasserlaufs, auf dem große, mit Lasten aller Art beladene Schiffe tagein, tagaus unterwegs gewesen waren. Sowohl die Stuttgarter als auch die Heilbronner Hafenanlagen hatten längst ihre Funktion verloren; sie waren mit Erde aufgefüllt und in per Bahn oder Straße erreichbare Gewerbeflächen umgewandelt worden. Selbst das Flussbett des Neckars hatte man an vielen Stellen auf die Hälfte seiner ehemaligen Breite reduziert, die Schleusen entfernt oder in meist nur zeitweise tätige kleine Wasserkraftwerke umfunktioniert.

»Aber wir müssen zufrieden sein«, setzte die junge Frau hinzu. »Die Wasserversorgung unserer Produktion ist gesichert. Mit acht neuen Quellen von Weinsberg bis hoch zum Odenwald.«

»Sie arbeiten bei *Gourmet Döner*?« Ann-Sophie Braig wies auf das winzige, kaum lesbare Emblem auf der Uniform der Frau.

Ihre Gesprächspartnerin stellte die Gießkanne ab, machte sich an den welken Blüten einer der Bougainvillea-Stauden zu schaffen. »Da arbeite ich, ja«, bestätigte sie. »Als geschäftsführende Gesellschafterin.«

»Oh, Sie müssen entschuldigen …«

»Kein Problem«, meinte die Frau. »Pflanzen sind mein Hobby. Auch wenn sich bald alles um uns herum in eine Wüste verwandelt …« Sie wies auf die Sträucher vor ihnen, konzentrierte sich auf die beiden Besucher. »Ilka Müller. Sie wollen zu uns?«

Ann-Sophie Braig stellte sich und Lindler vor, erklärte ihr Anliegen.

»Frau Bühlert.« Ilka Müller wies zu der kleinen Halle im Innenbereich des Firmengeländes. »Sie ist für die Qualitätsüberprüfung unserer Produktion zuständig. Wenn Sie einen Moment warten, begleite ich Sie.« Sie stopfte die verwelkten Blütenblätter in die Kanne, wischte sich die Hände sauber, trat dann auf den schmalen Gehweg.

»Ihre Firma ist auf Döner-Fleisch spezialisiert?«, erkundigte sich die Kommissarin.

»Seit über zwanzig Jahren«, antwortete die Frau. »Mein Vater und mein Onkel haben lange daran gearbeitet und die Qualität immer weiter optimiert. Vor drei Monaten haben wir eine neue Produktionslinie aufgezogen, wesentlich schnelleres Wachstum in viel kürzerer Zeit. Unsere Stammzellen-Kulturen schaffen zwei Tonnen Döner-Fleisch innerhalb von etwa 45 Stunden, und das bei bester Qualität und hervorragendem Geschmack. Verstehen Sie, was das bedeutet? Das entspricht dem Fleisch von über 6.000 Rindern. Innerhalb von zwei Tagen. Da darf wirklich nichts passieren, sonst waren alle Anstrengungen umsonst. Die Versorgung mit absolut sauberem Wasser muss korrekt funktionieren, ohne jedes Problem.«

Sie hatten das Eingangstor erreicht, warteten, bis ihnen Ilka Müller über das automatische Gesichtserkennungssystem Zutritt zu dem Anwesen verschaffte, liefen dann quer über einen schmalen, von einzelnen, üppig wachsenden Palmen gesäumten Hof auf die kleine Halle zu.

»Sie züchten nur Rindfleisch?«, fragte Ann-Sophie Braig.

»Wir haben uns darauf spezialisiert, ja. Mehr war finanziell nicht zu stemmen.«

»Für Döner-Restaurants?«

»Restaurants, Imbisse, mobile Verkaufsstellen, alles. Wenn Sie irgendwo im Umkreis von zwei-, dreihundert Kilometern einen Döner essen, stammt das Fleisch von uns.«

»Hauptsache, es müssen keine Tiere mehr leiden«, meinte Lindler. »So wie früher. In diesen grauenvollen Riesenställen, in denen sie massenweise eingepfercht waren. In engen Käfigen, ohne dass sie sich bewegen konnten. Sofort nach der Geburt ihren Müttern entrissen, nie draußen auf einer Weide. Vollgestopft mit Kraftfutter und Medikamenten. Und dann, nach wenigen Monaten, ab ins Schlachthaus! Ich erinnere mich noch genau an die schrecklichen Bilder. Was waren die Menschen damals doch für widerliche Barbaren!«

Ann-Sophie Braig bemerkte den verwunderten Gesichtsausdruck der Frau, wandte sich ihrem Kollegen zu. »Du sprichst von unseren Eltern und Großeltern«, sagte sie. »Auch von deinen.«

»Das ist mir durchaus bewusst. Es ändert aber nichts an dem unendlichen Leid, das Millionen von Tieren erdulden mussten«, ereiferte sich Lindler. »Es handelt sich um Lebewesen mit der Intelligenz kleiner Kinder. Sie wurden millionenfach in enge Ställe gepresst, um sie möglichst schnell schlachtreif zu bekommen. Billiges Fleisch, das war ihre Moral. Aber sie verstanden sich allen Ernstes auch noch als zivilisierte Gesellschaften. Was für eine Heuchelei!«

Ann-Sophie Braig erinnerte sich an Lindlers begeisterte Berichte über die Tiere im Umfeld seiner Freundin. Soweit sie wusste, hatte sich irgendjemand in deren Bekanntenkreis auf die Betreuung herrenloser Hunde, die von Flüchtlingen an den Grenzen zwangsweise zurückgelassen wurden, spezialisiert. Die Erlebnisse mit den Tieren schienen ihn nachhaltig beeindruckt zu haben.

»Das ist zum Glück endgültig vorbei«, erklärte Ilka Müller. »Jedenfalls bei uns.« Sie steuerte auf die Tür der kleinen Halle vor ihnen zu, unterzog sich erneut der gründlichen Prozedur der Gesichtserkennung, bat ihre Besucher dann ins Innere. »Ich hoffe, Frau Bühlert hat nichts angestellt«, erklärte sie mit einem Augenzwinkern. »Sie ist eine wichtige Mitarbeiterin. Wir können sie nicht entbehren.«

Ann-Sophie Braig sparte sich jeden Kommentar, sah die Tür mit der Aufschrift *Qualitätskontrolle* vor sich. Ilka Müller betrat den Raum, rief nach ihrer Angestellten, winkte ihre Begleiter zu sich. Es handelte sich um ein typisches, mit unzähligen Messapparaturen, hellen Arbeitstischen und hohen Glasschränken ausgestattetes Labor. Es zischte und fiepte, die Luft schien von einem scharfen Reinigungsmittel getränkt.

»Maja, hier möchte Sie jemand sprechen.« Ilka Müller verabschiedete sich mit kurzem Winken.

Ann-Sophie Braig sah die Frau um die Ecke treten, erkannte sie sofort. Vom Leben gezeichnet, genau wie auf dem Video-Mitschnitt, ging es ihr durch den Kopf. Auch wenn sie jetzt viel ruhiger, aber dennoch keineswegs entspannt wirkte. Maja Bühlert war von Kopf bis Fuß in Weiß gekleidet. Mit weißem T-Shirt, Jacke, Hose, sogar weißen Schuhen. Ob das ihrer Tätigkeit hier im Labor geschuldet oder Ausdruck ihres persönlichen Kleidungsstils war, konnte sie nicht beurteilen. Knochige, von bleicher Haut geprägte Gesichtszüge, kurze, unvorteilhaft topfmäßig geschnittene Haare, strenger Blick. Die Frau schien ihren Schicksalsschlag oder wie immer man den Verlust ihrer Tochter nennen sollte, nicht verarbeitet zu haben. Wie auch, überlegte Ann-Sophie Braig, wenn einer Mutter ihr gerade einmal fünf Jahre junges Kind gewaltsam entrissen wird.

»Mein Name ist Braig«, stellte sie sich vor. »Und hier sehen Sie meinen Kollegen Lindler. Wir sind von der Polizei.«

»Polizei?«, wunderte sich ihr Gegenüber. »Sagten Sie nicht irgendwas von Gewerbeaufsicht?«

»Wir wollten Ihnen nicht unnötig Stress bereiten.«

»Verstehe ich nicht«, erklärte Maja Bühlert. Sie musterte sie fragend.

»Sie haben einen Moment Zeit?«

»Wenn es nicht zu lange dauert.« Die Frau wies auf die kleine Sitzecke hinter einer Glaswand, nahm gemeinsam mit ihren Besuchern Platz.

Ann-Sophie Braig kam sofort zum Thema. »Es geht um Murat Stegner.«

»Stegner.« Maja Bühlert seufzte laut auf. »Hat er Sie geschickt?«

»Weshalb sollte er?«

»Weil ich letzte Woche bei ihm war.«

»Sie haben ihn bedroht.«

»Da glaubte ich noch, sein neues Engagement sei reine Heuchelei.«

Ann-Sophie Braig hielt verwundert inne. »Wovon sprechen Sie?«

»Na ja, seine Kehrtwende in Bezug auf die CO_2-Verklappung.«

»Seine Kehrtwende?« Die Kommissarin blickte stirnrunzelnd zu ihrem Kollegen, bemerkte auch dessen Verblüffung.

»Vom Manager der Energieverschwender zum Mahner vor genau diesen Leuten. Finden Sie das nicht seltsam?«

»Allerdings«, gestand Ann-Sophie Braig. »So hat er sich vor Ihnen dargestellt?«

»Was heißt *vor mir*? In den Medien. Ich sah seine Sendung, schaltete zufällig auf seinen Kanal. Stegner im Kreis der grünen Energiespar-Apostel. Ausgerechnet er. Deshalb war ich ja so in Rage. Ich setzte alle Hebel in Bewegung, seine Adresse auszukundschaften, suchte ihn auf. Natürlich nicht mit freundlichen Gedanken.«

»Sie dachten an Rache. Für das, was er Ihnen und Ihrem Kind angetan hat.«

Maja Bühlerts Augen verschwanden hinter schmalen Schlitzen. »Sie haben keine Kinder, wie?«

»Doch«, erwiderte Ann-Sophie Braig. »Eine Tochter und einen Sohn.«

»Also. Dann sollten Sie sich nicht lustig über mich machen.«

»Ich mache mich nicht lustig.«

»Wenn es Ihnen passiert wäre … Vielleicht könnten Sie mich dann verstehen.«

»Ich kann Sie verstehen. Ein Stück weit jedenfalls. Vor Gericht wurde er allerdings freigesprochen.«

»Vor Gericht, pah!« Die Frau prustete abfällig. »Tun Sie doch nicht so. Wir wissen doch, wie solche Urteile zustande kommen!«

Ann-Sophie Braig verzichtete auf eine Antwort, gab ihrer Gesprächspartnerin insgeheim recht. Die Justiz in diesem Land war mit dem Rechtssystem früherer Jahrzehnte nicht mehr zu vergleichen. Seit es den rechtspopulistischen Parteien mit gezielten Hetzkampagnen gegen jede Toleranz dem unaufhaltsam anschwellenden Flüchtlingsstrom gegenüber gelungen war, mehr als zwei Drittel der Sitze der meisten Parlamente zu erlangen, hatten sie ihre Macht dazu genutzt, den Justizapparat derart umzubauen, dass nur noch der jeweiligen Regierung genehme Richter in Amt und Würden waren. Fast alle Urteile zeugten inzwischen davon, dass sie von folgsamen Marionetten der herrschenden Clique gesprochen worden waren. Und die hatten nur ein Interesse: die Profite der Wirtschaft und ihrer Freunde um jeden Preis zu steigern. Rücksicht auf ökologische oder klimatologisch wichtige Sachverhalte spielte nur noch eine Nebenrolle.

»Sie waren auf jeden Fall so wütend auf Herrn Stegner, dass Sie nur noch Rache im Sinn hatten. Rache für den Tod Ihrer Tochter.«

Maja Bühlert wedelte mit ihren Händen durch die Luft. »Ich war total wütend, ja, der Kerl ist schließlich am Tod meines Kindes schuld, Gerichtslüge hin oder her. Er war einer der Hauptverantwortlichen für diesen CO_2-Wahnsinn, das hat er selbst zugegeben. Meine Tochter würde heute noch leben ohne diese Verbrecher …« Sie hielt einen Moment inne, riss ihre Augen weit auf. »Ja, ich wäre ihm am liebsten an die Gurgel gegangen. Und ihn so nah vor mir zu sehen, brachte mich noch mehr in Rage. Ich packte ihn am Kragen, er stieß mich von sich weg. Sein Hemd, ich hatte es noch in der Hand, es riss mittendurch und … Plötzlich sah ich die verätzte Haut, direkt vor mir …« Sie schwieg einen Moment, holte tief Luft, fuhr dann fort. »Und dann seine seltsame Reaktion. ›Tut mir leid‹, stammelte er. ›Ich hätte Ihnen den Anblick gern erspart.‹ Er war völlig ruhig bei diesen Worten, hielt meinem Blick auf seinen entstellten Arm und die Partie auf seiner Brust ruhig stand. Keine Ahnung, warum mich das so traf, aber diese riesige Wunde … Was passiert sei, fragte ich ihn. Und dann erzählte er mir von dem Attentat.«

»Was für ein Attentat?«

»Zwei Wochen vorher. Nach seiner dritten oder vierten Sendung. Ein Säure-Anschlag. Und dann kam er auf die Drohungen zu sprechen.«

»Welche Drohungen?«

»Dass es sich bei dem Säure-Anschlag nur um den Anfang handle und dass bald der nächste Schlag erfolge, wenn er nicht von seiner Hetze abrücke.«

»Und das haben Sie ihm geglaubt?«

»Zuerst war ich total skeptisch«, bekannte die Frau. »Ich dachte, er wolle nur ablenken. Mit dem angeblichen Attentat und überhaupt, mit seiner Kehrtwende. Seine Verantwortung für das Verbrechen überspielen, nicht mehr länger den Täter, sondern das Opfer darstellen. Aber dann, diese Wunde … Er hatte sie nicht demonstrativ zur Schau gestellt, im Gegenteil, er hatte seinen Arm extra mit einem langärmligen Hemd verhüllt, trotz der Hitze dieses Tages. Ich bekam sie nur zu sehen, weil ich ihn am Hals packte und den Stoff zerriss, ich habe es erwähnt. Und dann gab er seine Schuld auch noch zu. Normalerweise … Krokodilstränen, hätte ich geurteilt, nichts als Show. In dem Moment aber … Keine Ahnung, wieso mich das so traf. Er behauptete, er könne verstehen, dass ich ihn hasse und ihm Tod und

Teufel wünsche, aber ... Diese Wunde, vielleicht war es der Anblick dieser Wunde, und als er dann auch noch mit seiner Angst um seine Freundin kam ...«

Ann-Sophie Braig wusste nicht, wovon die Frau sprach. »Er hatte Angst um seine Freundin? Weshalb?«

»Seine neue Tätigkeit bei diesen Umweltverbänden. Die anonymen Drohungen zielten nicht nur auf ihn, sondern auch auf seine Freundin, meinte er. Das klang ziemlich überzeugend. Er fing richtig an zu stammeln, als er darauf zu sprechen kam. Ich glaube, er hat wirklich Angst um sie.« Maja Bühlert verstummte, musterte die Mienen ihrer Besucher. »Ihr ist doch nichts passiert, oder?«

Lindler streckte beide Hände von sich, wies auf seine Kollegin.

»Sind Sie deshalb gekommen?«, insistierte die Frau.

»Wir kennen nicht einmal den Namen dieser Freundin«, bekannte Ann-Sophie Braig. »Können Sie uns da weiterhelfen?«

»Ihren Namen?« Maja Bühlert schüttelte den Kopf. »Woher denn?«

»Er hat ihn nicht erwähnt?«

»Tut mir leid, nein.«

»Wo sie wohnt, was sie arbeitet?« Ann-Sophie Braig erntete nur weiteres Kopfschütteln. »Wo waren Sie Sonntagabend?« Sie konzentrierte sich auf die Mimik ihrer Gesprächspartnerin, bemerkte deren Erstaunen.

»Jetzt am Sonntag?«

»Am Abend, ja.«

»Bei meinem Ex«, antwortete Maja Bühlert, ohne zu zögern. »In Schwaigern.« Sie schaute ihr geradewegs in die Augen, wandte den Blick keine Sekunde ab.

Genau wie das PIP es aufgezeichnet hatte, wusste Ann-Sophie Braig. Falls sie oder irgendjemand in ihrem Umkreis es nicht manipuliert hatte. »Wie lange?«

»Bis zum nächsten Morgen«, erklärte die Frau. »Wieso fragen Sie?«

Ann-Sophie Braig wollte ihr gerade antworten, als ihre Gesprächspartnerin einen weiteren Satz hinzufügte.

»Sie als Polizistin sollten das doch längst überprüft haben.«

»Haben wir«, gab sie zu. Sie wandte sich an ihren Kollegen, nickte ihm zu.

»Murat Stegner wurde ermordet«, erklärte Lindler. »Sonntag in der Nacht.«

Maja Bühlerts ohnehin bleiche Miene verlor den letzten Rest an Farbe.

9. Kapitel

Die Hitze war kaum zu ertragen. Obwohl die nächste Station der Stadtbahn kaum mehr als 500 Meter von Maja Bühlerts Firma entfernt lag, waren sie nassgeschwitzt, als sie in die Bahn stiegen. Die Züge verkehrten vollautomatisiert im Abstand von wenigen Minuten.

»43 Grad Celsius«, erklärte Lindler, auf seine Klima-App konzentriert. »Und morgen erwarten sie noch mal vier oder fünf Grad mehr. Und dann, gegen Abend, schwere Unwetter.«

Ann-Sophie Braig schielte auf ihren Monitor, suchte nach einer Nachricht ihres Sohnes. Vergeblich. Wo steckte er, war er überhaupt noch am Leben? Sie musste sich zusammenreißen, auf die Worte ihres Kollegen einzugehen. »Ein normaler Sommer also«, kommentierte sie.

»Völlig normal, ja.« Er wischte sich den Schweiß von der Stirn, wandte sich ihr zu. »Ein Säureanschlag«, nahm er Bühlerts Aussage auf. »Dir ist klar, was das bedeutet?«

Sie betrachtete die immer noch von dem großflächigen Brand gezeichnete Landschaft am Rand Heilbronns, die vor dem Fenster vorbeiflog, wusste sofort, was er meinte. In den vergangenen Monaten waren mehrere Säureanschläge verübt worden, meist im Schutz der Nacht und ausnahmslos auf Frauen und Männer, die sich in Menschenrechtsorganisationen oder Natur- und Klimaschutzverbänden engagiert hatten. Ein einziges dieser Attentate war bisher aufgeklärt worden, alle anderen Untersuchungen dümpelten vor sich hin.

Mehreren Studenten einer für den Klimaschutz kämpfenden Münchner Professorin war es gelungen, den Attentäter, der die Frau mit einer Säureampulle angegriffen hatte, auf ihre Chips zu bannen und im Internet zu seiner Identifizierung aufzurufen. Auch wenn das PIP im Ortsbereich der Attacke vorher funktionsunfähig gemacht worden war, konnte der Täter auf diese Weise ermittelt und auf etwaige Hintermänner überprüft werden. Ann-Sophie Braig erinnerte sich nur allzu gut an den Bericht eines ihr bekannten Münchner Kollegen, der sich bitter beklagt hatte, von den zuständigen staatlichen Behörden wie der Staatsanwaltschaft und der Bezirksregierung in seiner Arbeit nicht wie gewohnt unterstützt, sondern im Gegenteil ständig sabotiert worden zu sein. »Konkrete Ermittlungsergebnisse sind an höherer Stelle nicht erwünscht«, hatte er ihr erklärt, »ein Wunder, dass es uns trotz aller Widerstände und Schikanen gelungen ist, den Zusammenhang zwischen dem Täter und seinen Auftraggebern zu dokumentieren.«

Ein Anwaltsbüro hatte dem Mann kurz vor und nach der Tat große Summen überwiesen, die mit den durchsichtigen Ausreden »Anzahlung« und »für erfolgte Dienstleistung« begründet worden waren. Das Büro arbeitete ausschließlich für zwei Autokonzerne, deren großvolumige Fahrzeuge allen Klimaschutzbemühungen Hohn sprachen. Es war ein offenes Geheimnis, dass weite Teile der Politik wie der Ermittlungsbehörden derart korrumpiert waren, dass sie das Treiben der Konzerne nicht nur duldeten, sondern, wo nötig, auch noch unterstützten.

»Die Arbeitsmethode uns allen bekannter Unternehmen«, erklärte Ann-Sophie Braig deshalb. »Wenn das mit Stegners angeblicher Kehrtwende stimmt, scheint er ihnen gefährlich geworden zu sein.«

»Dann ist es unsere Aufgabe, herauszufinden, wem genau er gefährlich wurde«, stimmte Lindler ihr zu.

»Es sei denn …«

Er bemerkte ihre nachdenkliche Miene, verfolgte, wie sie sich mehrfach durch die Haare fuhr. »Ja?«

»Mein Bauchgefühl.«

»Was ist damit?«

»Mein Vater hat mir aufgetragen, mich nicht nur von logischen Schlussfolgerungen, sondern auch von meinem Bauchgefühl leiten zu lassen.«

»Und was sagt dir dein Bauchgefühl?«

»Die Säureattacke«, erklärte sie. »Wir dachten sofort an die Konzerne.«

»Weil es sich nachweislich um deren Vorgehen handelt. In schwierigen Fällen.«

»Vielleicht will uns der reale Täter aber genau das suggerieren?«

»Das scheint mir weit hergeholt.« Lindler schüttelte den Kopf. »Wenn das mit der Kehrtwende Stegners stimmt, wurde er den Geschäften dieser Konzerne gefährlich. Die wollen möglichst viele ihrer Monsterkarren verkaufen, gleich, wie viel Energie die verbrauchen. Sie haben also allen Grund, gegen ihn vorzugehen und ihn auszuschalten. Wenn der Täter aber aus einer anderen Motivation heraus gehandelt haben sollte, muss der sich aber irre viel Mühe gemacht haben, Stegner umzubringen. Zuerst die Säure-Attacke, dann ein paar Wochen später die finale Tat. Und alles mit dem Risiko, trotz aller Vorkehrungen entlarvt zu werden. Etwas viel auf einmal, oder?«

Ann-Sophie Braig schaute aus dem Fenster des Zuges. Vertrocknet wirkende Olivenhaine, kahle Flächen ohne jeden Bewuchs, dorniges Gestrüpp zogen an ihr vorbei. Sie erhaschte einen Blick auf den letzten Wagen, bemerkte die gewaltige Sand- und Staubwolke, die der Zug aufwirbelte, fühlte sich müde und verbraucht. Immer noch kein Lebenszeichen von Mattis, arbeitete es in ihr, warum tut er mir das an? Von Minute zu Minute fiel es ihr schwerer, sich auf ihre Ermittlungen zu konzentrieren.

»Vielleicht haben beide Taten überhaupt nichts miteinander zu tun«, versuchte sie es dennoch. »Möglicherweise handelt es sich um zwei verschiedene Verbrechen. Hier die Säureattacke, dort der Mord. Unabhängig voneinander. Von uns nur deshalb miteinander in Verbindung gebracht, weil sie in relativ kurzer zeitlicher Abfolge geschahen.«

Lindler winkte ab. »Wir dürfen uns jetzt nicht selbst verrückt machen. Deine Theorien in Ehren, aber sie sind doch recht vage. Wichtig ist, dass wir uns auf das Naheliegende konzentrieren, das aus logischen Gründen geboten scheint: Und das ist nun mal der Zusammenhang mit den Säureattacken der letzten Monate.«

»Okay«, erklärte sie. »Ich gebe dir ja recht. Was schlägst du vor?«

»Stegners Kehrtwende. Wir müssen überprüfen, was dahintersteckt und mit wem es deshalb Konflikte gab. Falls er sich wirklich so verändert hat.«

»Tun wir das, ja«, stimmte Ann-Sophie Braig ihm zu. »Nicht zu vergessen: Seine Freundin. Wir sollten versuchen, sie zu identifizieren. Vielleicht kann sie uns weiterhelfen.«

10. Kapitel

Sie hatten das Landeskriminalamt noch nicht erreicht, als die dienstliche Mitteilung auf Ann-Sophie Braigs Monitor aufleuchtete.

KHK Braig, KHK Klöckner: Erneute Pkw-Software-Manipulationen. Fahrzeuge über 10 Kilowatt betroffen. Software komplett zerstört.

»Nein, nicht das jetzt auch noch bei der Hitze!«

Lindler schaute überrascht auf, als er ihr Schimpfen hörte, warf ihr einen fragenden Blick zu.

»Die Hacker waren wieder am Werk«, erklärte sie.

Er wusste sofort, wovon sie sprach. »Hat es etwa unseren sympathischen Kollegen wieder erwischt?«, fragte er.

»Keine Ahnung. Hoffentlich nicht. Er tut mir langsam wirklich leid.«

»Ja, das sind schon besonders üble Schicksalsschläge, die da über den guten Mann hereinbrechen«, meinte Lindler süffisant grinsend. »Falls es ihn wirklich schon wieder getroffen hat, werde ich ihm mein Mitgefühl aussprechen.«

»Lieber nicht«, winkte sie ab. »Ich fürchte, der Herr könnte das falsch verstehen.«

Lauthals lachend betraten sie das Amt.

Die bewusste Manipulation Firmen-eigener und behördlicher Software-Systeme gehörte seit Jahrzehnten zu den kriminellen Delikten mit den größten Schadensfolgen. Im Lauf der Zeit hatte es sich ergeben, dass die überwiegende Anzahl der Täter aus erpresserischen Motiven handelte: Gegen die Zahlung hoher Summen erklärten sie sich bereit, ihre Aktivitäten einzustellen. War es den Untersuchungsbehörden anfangs schwergefallen, den oft international agierenden Hackern auf die Schliche zu kommen, gelang es ihnen in den letzten Jahren durch gemeinsame, viele Ländergrenzen überwindende Aktionen immer häufiger, sowohl die Erpresser als auch deren Hintermänner zu identifizieren.

Problematisch wurde es meist nur, wenn es sich um Attacken verfeindeter Staaten handelte. Ihnen war nur schwer zu begegnen, riskierte man bei allzu aggressiver Gegenwehr im schlimmsten Fall doch militärische Auseinandersetzungen. Als kaum weniger gefährlich hatten sich die Aktionen terroristischer Banden erwiesen, agierten sie doch fast immer aus dem Hinterhalt und ohne jeden Skrupel, das Leben und die Gesundheit potenzieller Opfer betreffend.

Eine Sondergruppe bildeten ideologisch motivierte Täter: Ihre Manipulationen zielten nicht auf die Erpressung hoher Summen, sondern auf die Realisierung bestimmter Überzeugungen. Religiöse Fundamentalisten waren hier genauso zu finden wie fremdenfeindliche Nationalisten, deren Aktionen die Verwirklichung ihrer im Wahn erdachten Welten herbeiführen sollten.

Eine weitere Kategorie stellten die Attacken unbekannter Hacker dar, die seit vielen Jahren die Software von Fahrzeugen derart manipulierten, dass diese ihre Betriebsfähigkeit verloren und nicht mehr zu nutzen waren. Oft betraf es jedoch nicht alle Fahrzeuge, sondern überwiegend großvolumige Karossen wie SUVs. Was die Identifizierung der Täter eminent erschwerte, war die Tatsache, dass ihre Aktionen meist nur alle paar Wochen und ohne jede Vorankündigung erfolgten, zudem, wie die Ermittler längst festgestellt hatten, von ständig wechselnden Orten aus inszeniert wurden.

Nachdem unzählige regionale Polizeidienststellen über Jahre hinweg ohne jedes Ergebnis um die Identifizierung der unbekannten Hacker bemüht gewesen waren, hatte man die Verfolgung der Täter im Bereich Baden-Württemberg in einer Sonderkommission im Landeskriminalamt konzentriert, die gemeinsam von Ann-Sophie Braig und Noah Klöckner geleitet wurde. Außer der Erkenntnis, dass die Hacker von ständig wechselnden Orten aus agierten, war der Einsatzgruppe bisher noch kein Erfolg gelungen. Entsprechend gereizt war die Stimmung einiger der an den Ermittlungen beteiligten Kollegen.

»Da haben anständige Bürger Probleme, an ihren Arbeitsplatz zu gelangen, aber die zuständige Kommissarin gondelt derweil relaxt durchs Land«, keifte Waitz, kaum dass er Ann-Sophie Braig im Eingangsbereich seines Büros entdeckt hatte. »Höchste Zeit, dass ich mich wieder in die Sache einmische.«

»Du? Wer knallt denn dann die Horden von Mördern und Vergewaltigern ab, die ohne deine todesmutigen

Einsätze in unser Land eindringen und uns alle abschlachten?«

Waitz lief vor Wut rot an. »Verwechselst du mich jetzt schon mit dem?« Er deutete in die Richtung von Klöckners Büro. »Ich war vergangenes Wochenende nicht dabei!«

»Du hast dir die Gelegenheit, Leute ungestraft abzuballern, entgehen lassen?« Ann-Sophie Braig konnte ihre Überraschung nicht verbergen. »Was war da los? 42 Grad Fieber?«

Waitz ersparte sich jede weitere Bemerkung, warf stattdessen seine Bürotür mit voller Kraft hinter sich zu.

»Au weh, ich fürchte, ich hatte recht mit meiner Vermutung. Der Kollege konnte heute seinen SUV nicht benutzen, sondern musste auf dieselbe Art wie wir Normalsterbliche zu seinem Arbeitsplatz kommen«, feixte Lindler. »Das dient nicht gerade einem besseren Betriebsklima.«

Ann-Sophie Braig lachte leise. »Das dient ihm nicht, nein. Zum Glück muss ich ihn nicht dabeihaben, wenn ich mich mit Klöckner abspreche, was wir zur Identifizierung dieser Hacker weiter unternehmen. Könntest du dich bitte um Stegner kümmern? Seine angebliche Kehrtwende, die Freundin und so?«

»Ich bin zu allem bereit«, erklärte Lindler. »Solange mir die Zusammenarbeit mit einem bestimmten Kollegen erspart bleibt.«

Eine halbe Stunde später, Ann-Sophie Braig hatte mit Klöckner der Hitze wegen in aller Eile eine gemeinsame Strategie zum weiteren Vorgehen in der Sache der gehackten Fahrzeug-Software entwickelt und die hierzu notwendigen Aufgaben an die Kollegen verteilt, sah sie Lindlers Ermittlungsergebnisse vor sich.

»Du kannst dich freuen«, hatte Klöckner ihr mitgeteilt. »Du musst mich nur noch bis morgen Abend ertragen. Ab Freitag schiebe ich wieder Wache an der Grenze.«

»Dann lass es doch deinen Adlatus machen«, schlug sie vor. »Oder fährt der mit? Angeblich war er letztes Wochenende nicht dabei.«

»Waitz? Bist du des Wahnsinns? Der steht doch vollkommen neben sich, seit er seine Freundin mit ihrem neuen Lover erwischte. Der ist im Moment gemeingefährlich. Eine geladene Testosteronbombe kurz vor der Explosion. Ich weigerte mich letzte Woche, ihn mitzunehmen. Du kannst mir glauben, ich weiß warum. Der ist nicht mehr zu bremsen. Wenn der so weitermacht, bringt der noch beide um.«

»Wen meinst du?«

»Wen wohl?«, fauchte Klöckner. »Den neuen Lover und seine Ex. Wundert mich nur, dass er es nicht schon getan hat. Angedroht hat er es ohne Ende.«

»Na ja, heute Nacht hatte er Gelegenheit, sich abzureagieren.«

»Er war bei mehreren Einsätzen persönlich dabei, habe ich mir sagen lassen. Und hat jedes Mal ordentlich zugelangt. Hoffentlich hatten es die Typen verdient.«

Überrascht von Klöckners deutlicher Distanzierung zu seinem früheren Adlatus hatte sie ihr gemeinsames Vorgehen besprochen und sich dann Lindlers Ermittlungsergebnissen zugewandt. Der Kollege hatte ihr einen Ausschnitt aus Stegners Videokanal zukommen lassen, in dem dieser tatsächlich die Verklappung von Klimagasen prinzipiell als hochgefährlich und verantwortungslos anprangerte und stattdessen ein generelles Verbot Klimagase erzeugender Prozesse sowie drastische Energiesparmaßnahmen in allen Bereichen des Lebens verlangte.

Zudem war es Lindler über das PIP gelungen, zwei Frauen aufzuspüren, mit denen Stegner in den letzten Wochen intensiven Kontakt gehabt hatte: Eine Meike Kliemann in Ulm und eine Dr. Heli Beer in Reutlingen.

Eine der beiden sei wohl seine neue Freundin, hatte Lindler angemerkt. »Weil ich davon ausgehe, dass du mit beiden Frauen persönlich sprechen willst, habe ich Termine mit ihnen verabredet: Mit Meike Kliemann morgen früh zehn Uhr in Ulm. Dr. Beer ist erst am Freitag wieder im Land. Einverstanden?«

Sie bedankte sich bei dem Kollegen für seine Bemühungen, mailte ihm ihre Zustimmung zum gemeinsamen Besuch der Frau. Vielleicht hatten sie ja Glück und sie konnte ihnen Hintergründe zum Tod Stegners aufzeigen.

Donnerstag, 17. August 2073

Die wichtigsten Nachrichten des Tages in Kürze:

Nordrhein-Westfalen beschließt den Bau großer Meerhafenanlagen in Köln

Nach den riesigen Landverlusten in den Niederlanden und Norddeutschland durch die letzten Sturmfluten und den weiter drastisch ansteigenden Meeresspiegel wird Köln zur neuen Meerhafenmetropole Kerneuropas ausgebaut. Weil Rotterdam, Antwerpen, Amsterdam ebenso wie Bremen, Wilhelmshaven und Hamburg bald vollständig im Meer versunken sein werden und die Nordsee in wenigen Jahren bis an die Mittelgebirge heranreichen wird, müsse man sich rechtzeitig auf diesen Zustand vorbereiten, argumentiert das Wirtschaftsministerium. Auch große Teile des Ruhrgebiets sowie Düsseldorf werden in wenigen Jahren im Wasser der Nordsee verschwinden.

Klima-Tribunal in New Delhi verurteilt Kerneuropa als schlimmsten Klimasünder

Die Versammlung fast aller südasiatischen und afrikanischen Staaten im indischen New Delhi weist auf die Verantwortung der schlimmsten Klimagasverursacher hin: Die USA, Großbritannien, Deutschland, Frankreich und Russland als die Hauptschuldigen, deren Industrialisierung bereits seit dem frühen 19. Jahrhundert Klimagase freisetzte; die Golfstaaten sowie Australien, Japan und China, die dem westlichen Vorbild ungehemmt nacheiferten, werden dazu verpflichtet, für die fast vollkommene Vernichtung der Lebensgrundlagen der Afrikaner wie vieler Südasiaten zukünftig Jahr für Jahr mehrere Billionen Dollar für Wiedergutmachungsleistungen aufzubringen. Sollten sich die genannten Länder weigern, werde man sie mit gezielten Attacken dazu zwingen.

Rassisten überfallen Menschen migrantischer Herkunft

Aus mehreren Städten Kerneuropas werden erneut rassistisch motivierte Überfälle auf Menschen mit migrantischem Hintergrund gemeldet. In Dresden, Würzburg, Toulouse, Nantes und Linz kam es zu organisierten, von großen Gruppen inszenierten Anschlägen auf Geschäfte und Veranstaltungen zugewanderter Menschen.

Riesige Ernteausfälle in Schweden: Kornkammer Europas meldet Alarm

Erneut droht Pilzbefall die für ganz Europa lebenswichtige Korn-Ernte in Schweden zu beeinträchtigen. Alle Versuche, die Seuche mit neu entwickelten Herbiziden einzudämmen, schlugen bisher fehl. Es drohen Ertragseinbußen bis zu 80 Prozent. Damit wäre auch Kerneuropas Versorgung mit Nahrungsmitteln in Gefahr. Schweden ist neben Finnland und Schottland eines der wenigen Länder in Europa, in denen der Anbau von Getreide klimatisch noch möglich ist.

11. Kapitel

Kurz nach 20 Uhr am Mittwochabend hatte er sich endlich gemeldet. Ann-Sophie Braig hatte es kaum fassen können, als seine Stimme nach der Gesprächsankündigung einer unbekannten Nummer an ihr Ohr drang.

»Ich bin es. Mir geht es gut. Hoffentlich habt ihr euch keine Sorgen gemacht.«

»Na ja, du weißt ja …« Sie hatte mit den Tränen gekämpft, mühsam um Fassung gerungen.

Katharina Mander war ins Zimmer getreten, hatte augenblicklich begriffen, wer gerade in der Leitung war. Gemeinsam hatten sie seinen Worten gelauscht.

»Tut mir leid. Ich habe nur Lisa verständigt, weil ich mir dachte …« Mattis' Stimme war für wenige Sekunden nicht mehr zu ihnen gedrungen. »Ich hatte keine Ahnung, dass du es über sie erfahren hast. Aber jetzt ist alles gut. Ich bin schon in Europa. In Lissabon, um es genau zu sagen. Spätestens am Freitag müsste ich bei euch sein, okay?«

»Du bist wirklich gesund?«

»Alles okay, Mama, wirklich. Nur ziemlich k.o., weil alles so schnell gehen musste. Aber ich bin unterwegs zu euch. Sag Katha viele Grüße. Ich muss aufhören. Bis spätestens Freitag, okay?«

Schweren Herzens hatte sie die kurze Unterhaltung beendet, danach Katharina Mander umarmt. »Du hast alles gehört?«

»Hauptsache, er ist gesund. Und unterwegs nach Hause.«

So wenig ihr Sohn ihr auch mitgeteilt hatte – zum ersten Mal seit Langem hatte sie in dieser Nacht wieder ausreichend Schlaf gefunden.

Nils Lindler dagegen wirkte müde und irgendwie abwesend, als sie sich am Donnerstagmorgen am Bahnhof trafen.

»Du hattest eine kurze Nacht, wie?«, begrüßte ihn Ann-Sophie Braig, als er nach mehreren vergeblichen Versuchen, sich durch kräftiges Blinzeln ein wacheres Aussehen zu verschaffen, dazu überging, sein Gesicht mit beiden Händen zu massieren.

»Ist das so deutlich zu erkennen?«, fragte er.

»Na ja, in meinem Beruf sollte ich schon über einen Hauch Menschenkenntnis verfügen, meinst du nicht?«, frotzelte sie. »Ich nehme an, du warst mit deiner Freundin beschäftigt?«

Lindler winkte verlegen ab, machte sich an seiner Tasche zu schaffen. »Ich, also, wir haben gebacken«, erklärte er. »Aber … Also, ich weiß nicht, ob ich es dir anbieten kann.« Er zog eine Dose vor, schob den Deckel weg, hielt sie ihr hin. »Kiwi-Streusel.«

»Für mich?«

»Wie gesagt, es gab Komplikationen.«

Sie nahm sich ein kleines, etwas dunkel geratenes

Stück des Kuchens, hatte den leichten Geruch nach angebranntem Backwerk in der Nase. »Was für Komplikationen?«, stellte sie sich unwissend.

»Tu doch nicht so, du hast es längst bemerkt. Ich sehe es an deiner Mimik. Der Kuchen ist mir angebrannt. So ein Mist! Ich habe noch versucht, die dunklen Stellen abzukratzen, aber … Wenn es dir nicht schmeckt, lege es einfach zurück.«

Ann-Sophie Braig schüttelte den Kopf. »Die Kiwi-Füllung schmeckt hervorragend. Und die Streusel ebenfalls. Sehr würzig. Dass die Kruste etwas angebrannt ist, fällt da kaum ins Gewicht.«

Wie um die Aufrichtigkeit ihrer Worte zu beweisen, nahm sie sich ein neues, wesentlich größeres Stück des Kuchens, biss herzhaft in den Teig. Der Blick aus dem Zugfenster offenbarte die Zerstörungen, die die Sintflut am vergangenen Wochenende angerichtet hatte. Esslingens südlich des Neckar gelegene Stadtteile zeigten deutliche Spuren des Unwetters. Im Bereich zwischen der Pliensauvorstadt und Zollberg war der Hang in einer Länge von mindestens 100 Metern mitsamt etlichen Gebäuden und Straßen bis in die Mitte des Flussbetts abgerutscht. Zum Glück führte der Neckar, wie sie gestern schon bemerkt hatten, nur wenig Wasser. Die gewaltigen Niederschläge waren wohl überwiegend im monatelang ausgetrockneten Boden versickert oder schnell abgeflossen. Wie viele Häuser bei dem Erdrutsch zerstört worden waren, konnten sie nicht erkennen: Die zahlreich über den Hang und das Flussbett verstreuten Stein- und Mauerreste allerdings ließen Schlimmes erahnen.

Esslingens Zentrum dagegen schien nicht ganz so stark in Mitleidenschaft gezogen. Der dicke Turm der Burg über der Altstadt ragte zwar immer noch genauso schief in die Höhe wie seit mehreren Jahren schon, als es bei einem ähnlich verheerenden Unwetter in diesem Bereich der Stadt zu mehreren Hangrutschungen gekommen war, schien seine Standfestigkeit jedoch nicht eingebüßt zu haben.

Wenige Kilometer hinter Esslingens Stadtgrenze allerdings schien eine andere Vegetationszone zu beginnen. Graubraune, weitgehend kahle Hänge erstreckten sich links und rechts des Rinnsals, das früher ein Fluss gewesen war. Die Mündung der Fils, früher in ein florales, sogar als Landesgartenschaugelände genutztes Umfeld gebettet, war zu einer von tiefen Trockenrissen gezeichneten, üble Gerüche ausdünstenden Ansammlung grober Erdklumpen verkümmert. Statt weitläufiger, um diese Jahreszeit mit ausgereiften Kichererbsen, Rispenhirse oder Sojabohnen bewachsener Felder erstreckte sich jetzt eine farblose, bestenfalls von verdorrten Grasresten bestandene Steppe im Vorland der Alb. Die einst üppig grünen Wälder am Rand des Gebirges waren längst abgestorben oder verbrannt; an ihrer Stelle ragten jetzt graue, zernarbte Felsformationen in die Höhe. Die früher von unzähligen Dichtern gepriesene *Blaue Mauer* des Albtraufs war zu einem gigantischen, nicht enden wollenden Steinbruch verkommen. Hier hatte es seit Ewigkeiten nicht mehr geregnet, die vor wenigen Jahrzehnten noch grüne Region war dabei, ihren steppenartigen Charakter zu verlieren und sich in ein wüstenähnliches Gebiet zu verwandeln.

Ulm dagegen zeigte sein seit jeher gewohntes Bild: Der gewaltige und doch filigran wirkende Turm des Münsters ragte, die Veränderungen der neuen Zeit scheinbar überdauernd, in altgewohnter Anmut weit über das Häusergewirr seiner Umgebung hinauf in die Höhe. Der Münsterplatz, vor Jahrzehnten schon in ein grünes, von unzähligen Büschen, Blumen und Bäumen dominiertes Paradies verwandelt, das von schmalen, nur Fußgängern vorbehaltenen Wegen durchzogen wurde, trug ebenso wie die angrenzenden, von Pflanzen bewachsenen Straßen zu einer trotz der Hitze angenehmen und lebenswerten Atmosphäre bei. Zwar zeigten viele Hecken und Stauden deutliche Spuren der langanhaltenden Trockenheit, die Verbannung des motorisierten Privatverkehrs aus der kompletten Innenstadt jedoch verlieh Ulm einen besonderen Zauber, den Ann-Sophie Braig an vielen Ecken und Enden in Stuttgart immer noch vermisste.

Erst als sie sich der Donau näherten und das kümmerliche Rinnsal bemerkten, das dort in dem viel zu breiten Flussbett vor sich hinplätscherte, wurde ihr bewusst, in welchem Ausmaß auch diese Region von der fortschreitenden Klimaveränderung betroffen war.

Sie erreichten den Rand des Zentrums, standen kurz darauf vor der angegebenen Adresse. Ein älteres, vierstöckiges Gebäude, dessen Front wie die fast aller Häuser mit Solarpaneelen zur Stromproduktion beschichtet war. Den Schildern nach schienen hier mehrere Vereine und Verbände zu Hause.

Sie läuteten im zweiten Obergeschoss, vernahmen nach kurzer Vorstellung an der Sprechanlage das leise

Surren des Türöffners. Das Haus wirkte gepflegt, jedes Stockwerk im Treppenhaus mit verschiedenen Kübelpflanzen geschmückt. Ann-Sophie Braig bemerkte den überraschten Blick ihres Kollegen, als sie den Eingangsbereich des Umweltverbandes erreichten: Die ohnehin sehr stabil wirkende Tür aus massivem Metall war mit drei verschiedenen Schlössern gesichert. Lindler pfiff leise, sah sich einer aufmerksam ihre Besucher musternden Frau gegenüber, als die Tür zögernd einen Spaltbreit geöffnet wurde.

»Sie gehen auf Nummer Sicher, wie?«, meinte er.

»Drei Einbrüche im letzten halben Jahr«, konterte die Frau. »Da ist Vorsicht geboten.«

Ihre tiefe Stimme kontrastierte mit ihrer schlanken, drahtigen Figur. Sie hatte kurze, braune Haare, war mit einem schwarzen T-Shirt und dunklen Jeans bekleidet. Ann-Sophie Braig schätzte sie auf Mitte dreißig.

Sie stellte sich und ihren Kollegen vor, versuchte, dem prüfenden Blick ihres Gegenübers standzuhalten.

»Sie sehen wirklich so aus, wie auf den Seiten Ihrer Behörde dargestellt. Meike Kliemann«, erklärte die Frau, gab die Tür dann frei.

Sie betraten den kleinen Raum, dem eine schmale Küchenzeile und eine Toilette angegliedert waren, sahen sich einem breiten Tisch gegenüber, der mit unzähligen Papierstapeln und einem Notebook vollgestellt war. Wie früher, ging es Ann-Sophie Braig durch den Kopf, als wäre die Zeit stehen geblieben. An der rückwärtigen Wand erstreckte sich eine massive Bank, auch sie mit Papieren, Kartons und verschiedenen Geräten belegt.

Meike Kliemann schob einen Teil des Materials zur Seite, bat ihre Besucher, auf der Bank Platz zu nehmen. »Anbieten kann ich Ihnen leider nichts. Unsere Wasserleitung ist außer Betrieb«, entschuldigte sie sich.

»Danke, wir sind versorgt.« Ann-Sophie Braig zeigte auf die Wasserflasche, deren Hals aus ihrem kleinen Rucksack ragte, musterte die Tür. »Unsere Kollegen hatten keinen Erfolg?«

Die Frau stemmte ihre Arme in die Hüfte, wartete mit misstrauischer Miene, bis sich ihre Besucher auf der Bank niedergelassen hatten. »Wollen Sie das wirklich thematisieren?«

Die Kommissarin hörte ihren Kollegen leise aufstöhnen, wusste, was die Worte Meike Kliemanns zu bedeuten hatten. Organisationen, die sich für eine lebenswerte Umwelt engagierten, durften den ungeschriebenen politischen Vorgaben nach von der Polizei keinerlei Unterstützung erwarten.

»Wir wissen doch alle, wie es bei vielen Ermittlungen läuft, oder?«

»Das tut mir leid«, erklärte Ann-Sophie Braig. »Ich möchte aber klarstellen: Ich gehöre nicht zu denen. Mir geht es um die Aufklärung eines Verbrechens und die Überführung eines Täters, gleich, wer verantwortlich ist. Und ich denke, ich spreche auch für meinen Kollegen.«

Meike Kliemann nahm auf einem wackligen Hocker neben ihrem Schreibtisch Platz, verzog trotz Lindlers zustimmendem Nicken keine Miene. Ihr Gesichtsausdruck spiegelte pure Skepsis.

»Murat Stegner«, erklärte Ann-Sophie Braig. »Sie wissen, was passiert ist.«

Ihr Gegenüber verharrte regungslos auf dem Hocker, wandte den Blick nicht von ihr ab. »Der Verlautbarung Ihrer Behörde nach haben Sie eine recht hohe Position. Murat muss wirklich internationale Aufmerksamkeit genießen, wenn man Sie losschickt.«

»Mich schickt niemand. Ich suche den Mörder von Herrn Stegner, um ihn vor Gericht zu stellen. Ich hoffe, Sie können uns dabei helfen.«

»Wenn Sie meinen.«

»Herr Stegner hat sich in den letzten Wochen mehrfach hier aufgehalten. In Ihrer Gesellschaft.«

»Handy-Ortung und PIP.«

»So arbeiten wir nun mal. Auch, um Verbrecher aufzuspüren.«

»Dass er gefährdet war, wusste er selbst. Seit er sich entschieden hatte, die Seiten zu wechseln, stand er auf deren Abschussliste.«

»Von wem sprechen Sie? Wir benötigen konkrete Namen, keine pauschalen Verdächtigungen.«

»Konkrete Namen, pah«, fauchte Meike Kliemann. »Sie kennen sie doch. Jeder von uns weiß, um wen es hier geht. Aber die sind unantastbar. Die stehen außerhalb von Recht und Gesetz, können sich alles erlauben. Sie wissen genau, von wem ich spreche.«

»Woran arbeiten Sie im Moment? Ihre Organisation, meine ich?«

»Wir versuchen, den Gesetzgeber dazu zu bringen, die Produktion von Klimagasen prinzipiell zu verbieten und sie nicht durch fadenscheinige, völlig untaugliche Ausreden immer weiter zu tolerieren. Die offizielle Leitlinie etwa, die Verursachung neuer Kohlendioxid-Mengen durch die Zahlung größerer Summen für Aufforstungsprojekte zu kompensieren, stellt eine grandiose Täuschung dar. Wir können nachweisen, dass fast alle Baumpflanzungsaktionen weltweit letztendlich scheitern. Sei es, dass die Aufforstungen durch Wassermangel oder zunehmende Hitze verkümmern, dass die neu wachsenden Wälder durch Überflutung oder Versalzung des Bodens infolge des steigenden Meerwasserspiegels vernichtet oder im Zusammenhang mit dem Bevölkerungswachstum oder mit Bürgerkriegen abgebrannt oder anderweitig zerstört werden. Kohlendioxid in Holz oder überhaupt in Pflanzen zu speichern, gelingt nur in kleinräumigen, von der Menge her leider kaum nennenswerten Teilen. Das war schon immer so; das letztendlich unberechenbare Verhalten der Gattung Mensch lässt eine Realisierung leider nicht zu. Praktikabel erscheinen höchstens die Pflanzungen von Seegras auf den küstennahen Meeresböden. Weil aber auch die Temperatur des Wassers in den Weltmeeren immer weiter ansteigt, sterben viele Seegrasweiden ab. Man muss darauf achten, dass nur neue, in der warmen Umgebung überlebensfähige Sorten ausgesät werden. Aber auch die können nur einen kleinen Teil der Klimagase aufnehmen. Ausgleichszahlungen verhindern also keineswegs, dass neue Klimagase in die Atmosphäre gelangen und die Erwärmung zusätzlich beschleunigen, ganz im Gegenteil. Deshalb engagieren wir uns gegen diesen Betrug.«

»Was hat Herr Stegner hier bei Ihnen getan? Hatte er eine besondere Aufgabe?«

»Allerdings. Der andere große Schwindel neben den Ausgleichszahlungen ist die angebliche Vernichtung der Klimagase. Und genau da kommt Stegner ins Spiel. Er trug Beweise zusammen, die genau belegen, dass die Verklappung von Klimagasen keine Lösung für unsere Probleme sein kann. Viel zu viele Risiken, dass es schiefgeht. Keine Garantie, dass das Zeug nicht irgendwann an einer anderen Stelle wieder zum Vorschein kommt. Und selbst, wenn alles optimal funktioniert, es also beim Einpressen keinen Unfall gibt und das Klimagas wirklich für Jahrtausende irgendwo im Erdinneren abgeschottet bleibt, ist der Energieaufwand für diese Prozedur viel zu hoch und die Menge, die der Atmosphäre entnommen wird, viel zu gering, um grundlegende Abhilfe gegen die Erwärmung zu schaffen. Deshalb ist es unverantwortlich von unseren Behörden, immer neue Klimagas-Emissionen mit der Begründung zu erlauben, zum Ausgleich würde wieder eine Menge des Gases irgendwo verklappt.«

»Und mit Herrn Stegner hofften sie, die Gefahren dieser Technologien bis ins Detail zu belegen.«

»Genau. Mit ihm hatten wir endlich einen der führenden Experten an der Hand. Einen Fachmann, der sich seiner Sache absolut sicher war. Klimagase verpressen, in den Tiefen der Erde wegschließen, so schaffen wir es, der immer stärkeren Erhitzung der Atmosphäre vorzubeugen. Sein berufliches Mantra, über Jahre hinweg. Bis ihn die Katastrophe aus der Bahn warf. Siebzehn Menschen erstickten. Er fühlte sich schuldig.« Meike Kliemann machte sich an ihrem Notebook zu schaffen, drehte es dann zur Seite, um ihren Besuchern einen freien Blick auf den Monitor zu ermöglichen. »Hier, das sind die einzelnen Arbeitsbereiche, die er sich für die nächsten Monate vorgenommen hatte«, erklärte sie. »Von der *Klimagas-Verpressung im Basaltgestein* bis zur *Verfüllung ehemaliger Erdgaslagerstätten*. Kritische Auseinandersetzung mit diesen Praktiken.«

»Und Sie planten, seine Ausführungen dann nach dem Motto *Insider packt aus* zu veröffentlichen.«

»Wir arbeiten normalerweise nicht mit derlei reißerischen Schlagzeilen«, betonte die Frau. »Um unseren seriösen Ruf nicht zu verspielen. Aber, zugegeben, dieser Aspekt hätte der Wirkung seiner Arbeit sicherlich nicht geschadet.«

»Ganz im Gegenteil«, mischte sich Lindler ins Gespräch. »Sie hätten die Schlagzeilen dominiert. Tagelang.«

»Das war unsere Hoffnung, ja«, stimmte Meike Kliemann zu. »Und dadurch hätten wir den Druck auf unsere Behörden verstärkt, Klimagas-Verpressung nicht immer wieder zu erlauben, sondern dessen Produktion strenger zu reglementieren.«

»Dann hatten die Vertreter dieser Technologie wirklich allen Grund, ihn aus dem Weg zu räumen«, meinte Lindler. »So schnell wie möglich.«

»Sie nehmen mir die Worte aus dem Mund«, bestätigte die Frau.

»Waren Sie auch privat mit Herrn Stegner zusammen?«, erkundigte sich Ann-Sophie Braig.

»Tut mir leid, nein. Wir hatten erst seit ein paar Wochen Kontakt und das meist auch nur per Internet. Zu einem privaten Austausch kam es da noch nicht.«

»Was erzählte er von seinem Privatleben? Von seiner Freundin zum Beispiel?«

Meike Kliemann lachte laut auf. »Ich weiß ja nicht, wie Sie sich unsere Arbeit vorstellen. Aber uns über unsere Beziehungen und deren Probleme auszutauschen, steht da nicht unbedingt an erster Stelle. Und mit einem Fremden, was Herr Stegner im Prinzip immer noch war, über private Angelegenheiten zu sprechen, ist nicht so meine Art.«

12. Kapitel

Die Wetterprognosen der Nachrichtenkanäle überschlugen sich mit den übelsten Horror-Szenarien für den kommenden Abend und die Nacht, nicht nur den Südwesten, sondern für weite Teile der Mitte Kerneuropas. Schon am Nachmittag seien die ersten Gewitter zu erwarten, ab dem Abend dann wolkenbruchartige Niederschläge und verheerende Stürme.

»Wir sollten uns beeilen, nach Hause zu kommen«, hatte Ann-Sophie Braig überlegt. »Nicht, dass wir unterwegs irgendwo stecken bleiben.«

Sie hatten sich von Meike Kliemann verabschiedet, waren im Ulmer Bahnhof zu einem kleinen Imbiss eingekehrt. Erst auf der Rückfahrt im Zug hatten sie sich über eine mögliche Beziehung Meike Kliemanns zu Murat Stegner unterhalten.

»Sportliche Person. Und attraktiv, in Bezug auf ihre Figur und so …« Angesichts der spöttischen Miene seiner Kollegin hatte Lindler darauf verzichtet, seinen Satz zu vervollständigen.

»Attraktiv, aha«, hatte sie gefrotzelt.

»Auf den ersten Blick, meine ich.«

»Und deswegen hatten die eine Beziehung?«

»Also, ihr Aussehen spricht nicht gerade dagegen.«

»Sie hat jeden privaten Kontakt aber vehement bestritten.«

»Zu vehement«, hatte er betont. »Ihre Reaktion kam mir etwas zu heftig vor. Die passte nicht zu ihren vorherigen Erklärungen, wenn du mich fragst.«

»Zugegeben, dieser Gedanke ging mir ebenfalls durch den Kopf. Ihre Antwort auf unsere Frage nach einer privaten Verbindung kam sehr schnell.«

»Zu schnell«, war Lindler sich sicher. »Trotz ihres schauspielerischen Talents. Wir haben überhaupt nicht nachgefasst, hätten die Frau viel härter rannehmen müssen.«

»Du klingst fast wie unser Kollege Waitz.«

»Um Himmels willen, nein«, hatte Lindler sich lauthals gewehrt. »Alles, nur das nicht. Hast du mitbekommen, wie der sich gerade wieder aufführt? Schlägereien ohne Ende, wann immer er zum Einsatz gerufen wird. Seit er seine Freundin mit einem anderen erwischte, ist der völlig außer Kontrolle.«

»Der war doch schon immer außer Kontrolle.«

»Aber nicht in dem Ausmaß wie jetzt. ›Den bringe ich um‹, hörte ich ihn letzte Woche brüllen, ›der Dreckskerl wird büßen. Und meine Ex genauso. Mich macht keiner ungestraft zum Affen. Die knöpfe ich mir beide vor. Einen nach dem anderen.‹ So, wie der sich zurzeit benimmt, würde ich ihm das zutrauen. Ich an deren Stelle … Ich würde mich vorsehen.«

»Du meinst, der könnte uns bald Arbeit machen?« Sie hatte ihn mit sorgenvollem Blick gemustert.

»Wenn der noch eine Weile so weiter tobt, würde ich das nicht ausschließen. Der war die letzten Tage überhaupt nicht mehr zu bremsen. Bis zum Scheitel angefüllt mit Gedanken voller Hass und Rache. Wie eine Bombe kurz vor der Explosion.«

Ann-Sophie Braig hatte gerade zu einer neuen Frage ansetzen wollen, als das Signal einer privaten Mail ertönte. Sie hatte einen Blick auf ihren Monitor geworfen und bemerkt, dass es sich um eine Nachricht ihres Sohnes handelte.

Hat alles bestens geklappt. Sitze schon im Zug von Paris. Bin gegen 15 Uhr in Stuttgart. Mattis.

»Oh, das ist ja wunderbar.« Sie hatte ihre Erleichterung nicht zurückhalten können, Lindlers fragenden Blick mit einer kurzen Bemerkung beantwortet. »Mein Sohn. In einer Stunde ist er da.« Die tagelange Anspannung war einem Felsbrocken gleich von ihren Schultern gefallen. Sie hatte sich in ihrem Sitz zurückgelehnt und sich nur noch auf die Ankunft ihres Sohnes gefreut.

Zwei Stunden später waren sie zu Hause in Ludwigsburg angelangt. Ann-Sophie Braig hatte Katharina Mander über Mattis Nachricht informiert, dann am Bahnhof auf ihn gewartet. Nur eine kleine Tasche über der Schulter war er aus dem Zug gestiegen.

»Es musste schnell gehen«, erzählte er. »Uns blieb keine Zeit, irgendwas einzupacken.«

Terroristen hatten ihre Aufforstungsaktion seit Monaten bedroht und an verschiedenen Stellen Feuer gelegt. Dazu im Abstand weniger Wochen Überfälle auf Pflanzer verübt und mehrere der freiwilligen Mitarbeiter getötet oder schwer verletzt. Der größte Teil der frisch gepflanzten Wälder war inzwischen in Flammen aufgegangen.

»Wenn ich ehrlich bin, muss ich sagen: Die haben die Arbeit vieler Jahre zerstört. Und ich darf noch froh sein, wenigstens mit dem Leben davongekommen zu sein.«

»Und ihr habt keine Ahnung, wer hinter diesen Verbrechen steckt?«

»Doch. Das wissen wir sogar ganz genau. Zum einen Warlords, die riesige Summen von uns erpressen wollten, damit sie uns in Ruhe arbeiten lassen. Die streifen schwer bewaffnet durch die Wüsten dort und kidnappen jeden, den sie erwischen, um ihn als Geisel gegen die Zahlung von Lösegeld einzutauschen. Und zum Zweiten sind das kriminelle, von russischen und chinesischen Geldgebern finanzierte Banden, die unsere Aufforstungen als europäische Einflussnahme diffamieren und sie deshalb zerstören. Dabei schaffen wir die Grundlagen, dass dort überhaupt wieder Menschen leben können. Afrika besteht infolge der Klimaveränderung nur noch aus einer endlosen Aneinanderreihung von lebensfeindlichen Wüsten und knochentrockenen Steppen. Selbst von den vor wenigen Jahrzehnten noch riesigen Regenwaldgebieten ist so gut wie nichts mehr übrig. Der Kontinent wird in wenigen Jahren bis auf ein paar kleine, grüne Inseln komplett unbewohnbar sein. Und diese wenigen Oasen sind jetzt schon so hoffnungslos übervölkert, dass auch sie bald zerstört sein werden.«

»Die Verbrecher, die eure Arbeit zerstörten, graben im Prinzip ihr eigenes Grab.«

Mattis lehnte sich müde in seinem Stuhl zurück, hob abwehrend seine Hand. »Das ist nicht ganz korrekt. Die Afrikaner tragen selbst am wenigsten Verantwortung dafür, dass ihr Kontinent unbewohnbar wurde. Das ist primär unsere Schuld. Wir oder genauer; unsere Vorfahren haben deren Gräber gegraben. Diese Terroristen graben heute nur noch weiter in die Tiefe.« Er hielt einen Moment inne, lauschte auf die Geräusche von draußen.

Heftiger Regen peitschte an die Fenster.

»Viele Afrikaner wollen unsere Pflanzungen und unsere gesamte Arbeit nicht haben, weil sie sagen: Erst haben die Europäer die Erde unbewohnbar gemacht und jetzt kommen sie mit ihren Almosen, setzen ein paar Pflanzungen in die von ihnen angerichtete brennende Hölle und erwarten dann noch, dass wir dafür dankbar sind. Auf diese Almosen verzichten wir gern. Und ich muss sagen, ich kann die Leute verstehen.«

»Ein Stück weit, ja«, stimmte Ann-Sophie Braig ihm zu. »Es waren ja wirklich unsere Vorfahren, die die Erde in die Hitzehölle verwandelten. Mit Beginn der Industrialisierung wurden über 200 Jahre lang hemmungslos Klimagase in die Atmosphäre gejagt, um in Westeuropa und vor allem in Deutschland unseren Wohlstand aufzubauen. Und wir haben das fortgeführt, sogar dann noch, als alle längst wussten, dass dieser Lebensstil direkt in die Katastrophe führt. Ich erinnere mich noch an die Zwanzigerjahre dieses Jahrhunderts: Wissenschaftler riefen dazu auf, den Energieverbrauch drastisch zu reduzieren – und wie sahen die Konsequenzen aus? Statt einer drastischen Reduzierung etwa des privaten Autoverkehrs investierten die Regierenden weiter irrsinnige Summen in den Neubau von Straßen und förderten mit riesigen Steuererleichterungen den Kauf von Luxuskarossen. Die weigerten sich sogar, Geschwindigkeitsbeschränkungen einzuführen, und ermunterten skrupellose Egomanen, mit ihren SUVs demonstrativ ihren verantwortungslosen Lebensstil zu zelebrieren: *Ist mir doch scheißegal, wenn ihr alle verreckt – Hauptsache, ich habe meinen Spaß dabei!*«

»Am Ende der Zwanzigerjahre hatten die Luft- und Wassertemperaturen dann jene Kipppunkte überschritten, hinter denen es kein Zurück mehr gab: Als die Permafrostböden des Nordens so weit aufgetaut waren, dass die dort gespeicherten riesigen Mengen an Methangas in die Atmosphäre entweichen konnten, setzte sich der unaufhaltsame Teufelskreis der immer schnelleren Erhitzung endgültig in Gang. Jetzt ist unsere Erde ein Treibhaus, das sich von Jahr zu Jahr immer weiter aufheizt. Und wir wundern uns, wenn junge Afrikaner uns gegenüber nur noch Hass, Wut und Rache empfinden?«

Mattis starrte zum Fenster, weil der Sturm ständig neues Material an die Scheiben katapultierte, begann gemeinsam mit Katharina Mander die Läden zu schließen.

»Mir wird übel, wenn ich an die Fratzen der Politiker und Lobbyisten denke, die in den Zwanzigerjahren diese Entwicklung durchdrückten«, meinte Ann-Sophie Braig.

»Die waren es nicht allein«, warf ihre Freundin ein. »Ein großer Teil der Bevölkerung machte mit. Erinnerst du dich noch an Söderhofer, diesen Vollidioten, mit dem meine Mutter zeitweise zusammenlebte?«

»Oh, nein!«, stöhnte Ann-Sophie Braig. »Allerdings erinnere ich mich noch an den. Ich höre meinen Vater jetzt noch schimpfen. ›Dass der Kotzbrocken ausgerechnet in unser Nachbarhaus ziehen muss!‹ Der schikanierte ihn seit Jahren im Beruf, und dann tauchte er plötzlich auch noch neben uns auf. Zum Glück warst du dabei.«

»Ich sehe den Kerl jetzt noch in seinem SUV hocken. Oberstaatsanwalt schimpfte der sich. Weigerte sich, die Stadtbahn zu benutzen. Ich konnte die Kratzer, mit dem ich seinen Karren verzierte, überhaupt nicht mehr zählen. Zum Glück warf ihn meine Mutter nach ein paar Jahren raus.«

Das Rütteln und Toben draußen ließ sie innehalten. Dem Lärm nach schien der Sturm weiter an Intensität zugelegt zu haben. Unbekannte Gegenstände prallten an die Läden, das Dach ächzte und knarzte, die Wände des Gewächshauses erzitterten unter dem Ansturm der Böen.

Sie durchsuchten das ganze Haus, überprüften alles, was in Gefahr stand, seinen Halt zu verlieren, wagten keinen Schritt mehr nach draußen. Der Sturm tobte die halbe Nacht. Das volle Ausmaß der Schäden wurde ihnen erst am nächsten Morgen bei Tageslicht klar.

Freitag, 18. August 2073

Die wichtigsten Nachrichten des Tages in Kürze:

Unwetter in vielen Regionen Kerneuropas verursachen Millionenschäden

Schwere Stürme mit Gewittern und extremen Niederschlägen verursachten gestern in mehreren Teilen Kerneuropas schwere Schäden. Hangrutschungen im Harz, dem Teutoburger Wald und dem Taunus, Schlammlawinen im bayerischen Voralpenland sowie von Windhosen zerstörte Städte und Dörfer in weiten Teilen Frankens und Baden-Württembergs werden gemeldet. In besonderem Maß war die durch den Reaktor-Gau immer noch stark radioaktiv verseuchte Region um den Bodensee betroffen: Hurrikan-ähnliche Stürme rissen gewaltige Mengen radioaktiv belastetes Material mit sich und lagerten es in weit abgelegenen Landesteilen wieder ab. Experten stellten in Württemberg, Bayern, Franken und dem Salzburger Land deshalb extrem hohe Strahlungswerte fest.

Australien: Massenflucht auf die Südinsel Neuseelands

Mehrere hunderttausend Menschen flohen in den vergangenen Wochen aus dem seit Jahren von extremer Trockenheit und Temperaturen um die 50 Grad Celsius geplagten Australien auf die Südinsel Neuseelands. Die Regierung Neuseelands verzichtete angesichts der inakzeptablen Lebensbedingungen des Nachbarlandes auf militärische Abwehrmaßnahmen, beschränkte die Zuwanderung allerdings auf Bürger Australiens. Flüchtlinge aus anderen asiatischen Staaten, die ebenfalls in Massen nach Neuseeland einreisen wollen, werden ausnahmslos zurückgeführt. Die Einwohnerzahl Neuseelands erhöhte sich mittlerweile von 4 Millionen am Anfang unseres Jahrhunderts auf 45 Millionen Menschen.

Staubstürme machen das Überleben im ehemaligen Maisgürtel der USA unmöglich

Seit Monaten anhaltende Stürme haben die oberen Schichten der einst fruchtbarsten Böden der USA so weit abgetragen, dass das Gebiet von der doppelten Größe Kerneuropas nie mehr zum Anbau von Nahrungsmitteln genutzt werden könne, urteilen Experten. Das Zentrum der USA habe sich inzwischen in eine von Steppen umgebene Wüste verwandelt. Mehr als 100 Millionen Menschen, die früher hier lebten, flohen inzwischen in den Norden der USA oder nach Kanada.

Weite Teile Zentralchinas versinken im Meer

Alle noch so aufwendigen Maßnahmen haben nichts genutzt: Shanghai ist mit seinem kompletten Umland endgültig vom Wasser überspült. Aber auch weitere Metropolen wie etwa Nanjing und Tianjin sind im Meer verschwunden. Selbst Peking, vor 50 Jahren noch über 100 Kilometer vom Meer entfernt, musste bereits in Teilen aufgegeben werden. Insgesamt haben allein in Zentralchina über 300 Millionen Menschen ihre Heimat verloren. Die wichtigsten Teile der chinesischen Industrie sind inzwischen vom Wasser überspült. In den nächsten Jahren droht weiteren 200 Millionen Chinesen dasselbe Schicksal.

13. Kapitel

Erst lange nach Mitternacht hatte sich das Unwetter beruhigt. Das Rütteln, Knarzen und Toben waren leiser geworden, dann mit der Zeit vollends verstummt. Kurz nach eins hatte Ann-Sophie Braig es zum ersten Mal gewagt, die rückwärtige Tür zu öffnen und einen Blick in den Garten zu werfen. Die sternenlose Nacht war so dunkel, dass sie nur die Umrisse der unmittelbar vor ihr gewachsenen Pflanzen wahrnahm; das aber genügte, erahnte sie doch eine Unmenge abgeknickter, zerrissener oder ihres Laubs und ihrer Blüten beraubter Stauden und Zweige.

»Hoffentlich war es das«, hatte sie Katharina Mander zugeflüstert, um Mattis' Schlaf nicht zu stören, sich dann ins Bett verabschiedet.

Was das Unwetter bei ihnen angerichtet hatte, erkannte sie erst am Morgen bei einem Blick aus dem Fenster. Ansammlungen zerbrochener Ziegel lagen mitsamt aus ihrer Verankerung gerissenen Partien des Gartenzauns über das gesamte Areal verteilt in unzähligen Beeten, ein Teil der Dachrinne steckte senkrecht im Boden; Büsche, Bäume und Blumen wirkten fast ausnahmslos übel zerzaust. Dass sie trotz aller Schäden noch glimpflich davongekommen waren, offenbarte ihr ein Blick in die Nachrichtenkanäle. Die Bilder machten klar, mit welcher Vehemenz die Unwetter durchs Land gezogen waren. Die Stürme hatten nicht nur in einem Gebiet getobt, sondern Schneisen der Verwüstung durch den halben Kontinent gezogen, die den Aufnahmen aus Kriegsgebieten glichen. Mehrere Regionen waren unerreichbar, ganze Stadtteile und Dörfer nicht mehr bewohnbar, Felder und Wälder kahl rasiert, unzählige Straßen und Bahnlinien außer Funktion.

Mattis und Katharina Mander lagen noch schlafend im Bett, als Ann-Sophie Braig sich auf den Weg machte. Dass sie die Fahrt nach Reutlingen an diesem Freitagmorgen überhaupt antreten konnten, war allein der Tatsache zu verdanken, dass dieser Landstrich von den schlimmsten Zerstörungen verschont geblieben war.

»Ulm – du hast die Bilder gesehen?«, erkundigte sich Lindler unterwegs, als der Zug im Schneckentempo an einem verwüsteten Waldstück vorbeischlich.

Ann-Sophie Braig nickte. Die Stadt, die sie am Vortag besucht hatten, war in der Nacht von einer Windhose heimgesucht worden, die den höchsten Kirchturm der Welt in Stücke gerissen und die Einzelteile in die verschiedensten Viertel der Stadt katapultiert hatte. Das Zentrum Ulms ähnelte jetzt von kriegerischen Bombardements zerstörten Siedlungsüberresten, die kaum mehr für menschliche Zwecke nutzbar waren.

»In unserer Nähe Böblingen, Sindelfingen, Herrenberg. Sogar ein Teil von Cannstatt«, fuhr er fort. »Auf manchen Bildern sieht es so aus, als wäre da kein einziges Gebäude unversehrt geblieben.«

Sie wusste, wovon er sprach, hatte die Aufnahmen selbst gesehen. Das Umland Stuttgarts hatte es teilweise ähnlich verheerend getroffen wie München und Nürnberg. Die Zentren beider Städte lagen buchstäblich in Trümmern, die Sportstätten der einen genauso in Einzelteile zerlegt wie die angeblich massiven Anlagen der Burg und die Altstadt der anderen.

Seit Menschengedenken habe es keine derartigen Zerstörungen gegeben, urteilten die ersten Kommentatoren, dabei war es gerade einmal ein halbes Jahr her, dass ein mit urgewaltigen Kräften tobender Frühjahrssturm Teile Kerneuropas heimgesucht hatte – Ann-Sophie Braig erinnerte sich noch gut an die tagelangen Berichte in den Medien. Damals hatte es Frankfurt, Mainz und Wiesbaden in besonderem Ausmaß getroffen, die Region dort war bis auf den heutigen Tag noch von den Zerstörungen und kaum mehr finanzierbaren Aufräumarbeiten gezeichnet.

Reutlingen selbst schien es an mehreren Stellen erwischt zu haben. Schon bei der Einfahrt wunderten sie sich über das Aussehen des Wahrzeichens der Stadt: Die bis auf 707 Meter Höhe aufragende, weithin sichtbare »Achalm«, bisher rings um die höchsten Partien von dichtem Wald umgeben, hatte nicht nur im Norden und Westen die komplette Vegetation verloren, auch der charakteristische Aussichtsturm war dem Unwetter zum Opfer gefallen. Statt des gewohnten Grüns präsentierte die markante Erhebung jetzt kahle, von unzähligen gefällten Baumstämmen übersäte Hänge.

Nicht nur das Wahrzeichen Reutlingens, auch die Stadt selbst zeigte deutliche Spuren des nächtlichen

Wettergeschehens: Der Weg, den die Windhose genommen hatte, zog sich unübersehbar von West nach Ost mitten durchs Zentrum. Die einstmals zweckdienlich-modernen Gebäude der Hochschulen ähnelten weitgehend fensterlosen Betongerippen, der Volkspark und die Pomologie steppenähnlichem Gelände ohne jede Vegetation. Die Überreste der Dächer der benachbarten Schulen und Hallen fanden sich im Bett der Echaz, die obersten Etagen des Rathauses wie Teile des Turms der Marienkirche im Umfeld des Burgplatzes. Wie durch ein Wunder hatte es sowohl das nahegelegene Finanzamt wie auch die Polizeidirektion verschont, das benachbarte Gymnasium wie auch den Stadtgarten dafür umso heftiger rasiert.

Wir leben noch, hatte ihnen Dr. Beer am frühen Morgen auf ihre Anfrage gemailt, *und unsere Geschäftsstelle ist auch davongekommen. Wir können also miteinander sprechen, falls Sie weiter Interesse haben.*

Haben wir, hatten sie bestätigt.

Auch wenn sie die Zerstörungen des Unwetters unzählige Male schon auf verschiedenen Monitoren verfolgt hatten, die angerichteten Schäden in Natura zu sehen, war von ganz anderer, weitaus ergreifenderer Brisanz, ging es Ann-Sophie Braig durch den Kopf, als sie die gesuchte Adresse erreicht hatten.

Äußerlich ähnelte die Geschäftsstelle der Organisation dem Büro des Umweltverbandes, die sie am Vortag in Ulm besucht hatten: Eine massive Tür mit mehreren Schlössern sicherte den Eingang, zwei in die Wand des Treppenhauses eingelassene und mit Sicherheitsglas geschützte Miniaturkameras überwachten den Bereich davor.

Auch der Zutritt zu den Räumen des Umwelt-Bundes erfolgte nur mit äußerster Vorsicht: Vorstellung und kurzer Informationsaustausch über die Sprechanlage, Legitimation der Besucher per Kamera. Die Frau, die ihnen schließlich die Tür öffnete, hatte sich dem Bild gegenüber, mit dem sie sich im Netz präsentierte, kaum verändert: Ihr auffallend bleicher Teint stand in starkem Kontrast zu ihren rabenschwarzen Haaren.

»Auch wenn ich mir noch nicht sicher bin, ob uns diese Frau Kliemann gestern nicht doch belogen hat, was ihr Verhältnis zu unserem Opfer betrifft, heute sind wir auf dem Weg zur richtigen Person«, hatte Lindler, auf das Foto auf seinem Monitor deutend, unterwegs erklärt. »Wenn Stegner wirklich eine Freundin hatte, ist sie es.«

Ann-Sophie Braig hatte das Porträt betrachtet, eine etwa dreißig Jahre junge Frau mit schmalem Gesicht und aufmerksam in die Kamera blickenden, großen Augen vor sich. Ihr Teint war auffallend bleich, die langen Haare rabenschwarz, ein außergewöhnlich starker Gegensatz.

Ann-Sophie Braig war sofort klar, wie ihr Kollege zu seinem Urteil gekommen war. »Kann es sein, dass du heute Morgen die doppelte Menge Testosteron-Pillen wie sonst eingeworfen hast?«, hatte sie gefragt.

»Das habe ich nicht nötig«, war seine Antwort. »Mein Testosteron-Spiegel bewegt sich immer auf dem höchsten Level. Ohne jede künstliche Manipulation.«

Dass Frauen, teilweise auch Männer, sich dermaßen hell schminkten, dass ihre Haut der Farbe gebleichten Papiers ähnelte, war seit Jahren Trend. Viele mieden längere Aufenthalte im Freien, um jede auch noch so geringe Tönung der Haut zu vermeiden. Ferien am Strand waren aufgrund der intensiven Sonnenstrahlung inzwischen unvorstellbar, es sei denn, man verbrachte seine Zeit an einem Abschnitt, an dem das Ufer mit schattenspendenden, mobilen Dächern überbaut war – mobil deshalb, weil der Meeresspiegel von Jahr zu Jahr weiter anstieg und ins Land vordrang, sodass die Dächer ständig der wandernden Strandlinie angepasst werden mussten.

Wie sich die Schönheitsideale doch ändern, überlegte Ann-Sophie Braig. Waren zu Zeiten ihrer Jugend noch viele darauf aus, ihrer Haut durch oft künstlich erlangte UV-Strahlung eine leichte Bräunung zu verleihen, so war in den vergangenen, vor lauter Hitze immer unerträglicheren Jahren das Leitbild des fernen Mittelalters wieder zurückgekehrt: Ein möglichst heller Teint brachte für alle sichtbar den Sonnen-fernen Alltag seines Besitzers zum Ausdruck.

Ob die Frau vor ihnen diesem modischen Ideal folgte oder ihre auffallende Hautfarbe möglicherweise einer krankheitsbedingten Ursache unterlag – Ann-Sophie Braig wusste sofort, wen sie vor sich hatte. »Frau Dr. Beer?«, vergewisserte sie sich.

Die Angesprochene nickte, bat sie einzutreten. Die Geschäftsstelle des Umweltverbandes schien aus zwei Räumen zu bestehen; den Stimmen nach hielten sich mehrere Personen darin auf.

Dr. Beer führte sie in das Zimmer am Ende des kurzen Gangs, einen kleinen, mit einem weitläufigen Tisch und mehreren elektronischen Geräten sowie vier bunten Stühlen und einem Schrank bestückten Raum. Die Frau wies auf die Sitzgelegenheiten, nahm neben ihnen Platz. »Sie müssen entschuldigen, wenn es bei uns hektisch zugeht«, meinte sie. »Aber das Unwetter heute Nacht lässt niemanden kalt. Wir sind dabei, die neuesten Informationen zu sammeln und ins Netz zu stellen.«

»Das kann ich gut nachvollziehen«, erklärte Ann-Sophie Braig. »Sie haben lange genug vor diesen Naturereignissen gewarnt.« Sie bemerkte den überraschten Gesichtsausdruck ihrer Gesprächspartnerin, fügte vorsichtig hinzu: »Oder sehen Sie das nicht so?«

»Wir sind doch nur Pessimisten, Miesmacher, Klima-Terroristen«, erwiderte Dr. Beer. »Geschäftsschädigende Parasiten, die jeden Spaß am Leben zerstören.«

»Diese Auffassung teilen wir nicht«, beeilte sich Lindler klarzustellen. Seine Einlassung klang aber zu gestelzt, um die Situation zu entkrampfen. Sie provozierte die Frau nur zu einem neuen von Sarkasmus geprägten Kommentar.

»Na, dann bin ich aber beruhigt.«

Ann-Sophie Braig hatte keine Lust auf weitere aggressive Sticheleien, beschloss, ihr Anliegen direkt zur Sprache zu bringen. »Murat Stegner. Sie standen in engem Kontakt miteinander.«

»Deshalb sind Sie gekommen. Ich habe mich schon gefragt …« Dr. Beer brach mitten im Satz ab. »Sein Tod trifft uns sehr, ja. Wir haben uns viel von einer Zusammenarbeit mit ihm versprochen.«

»Sie wissen von seinem …«

»Ach, jetzt tun Sie doch nicht so«, fiel die Frau Ann-Sophie Braig ins Wort. »Glauben Sie, die Nachrichten gehen an uns vorbei? Herr Stegner wollte unsere Kampagne gegen verantwortungslose Energieverschwendung unterstützen.«

»Obwohl er selbst beruflich ...«

»Ja, ja, ja«, kam Dr. Beer ihrem Einwand zuvor. »Jeder verdient die Chance, seine Einstellung zu ändern, oder? Er war mit schuld am Tod mehrerer Unschuldiger, richtig. Aber wenn ich jemanden kennengelernt habe, der sich dieser Verantwortung bewusst war, dann er. Wir haben lange genug darüber diskutiert, ob wir mit ihm zusammenarbeiten wollen, und bis zum Schluss waren nicht alle damit einverstanden, aber ... Was soll's, jetzt hat sich jeder weitere Streit erübrigt. Wir müssen uns auf unsere Kampagne konzentrieren, sonst haben wir keine Chance auf einen Erfolg. Die wollen genau so weitermachen wie bisher, auch wenn wir die Erde damit vollends in einen unbewohnbaren Glutofen verwandeln. Für den Notfall, wenn die Stromversorgung wieder mal kollabiert, weil die natürlichen Energieträger nicht ausreichen, sollen weiterhin fossile Gaskraftwerke am Netz bleiben. Mit Ausgleichszahlungen für Klimagas-Verpressungen oder Aufforstungsprojekte wollen sie die Schäden ausgleichen – obwohl das nirgends funktioniert. Dabei gibt es einfache Lösungen, den immensen Stromverbrauch zu reduzieren: Zum Beispiel die Produktion und die Nutzung dieser Energie fressenden Luxuskarossen zu verbieten. 80 Kilo Mensch in mehreren Tonnen Blech durch die Landschaft zu kutschieren, war schon immer eine hirnrissige Perversion. Die planen tatsächlich, dieser kranken Egomanie unsere letzten Überlebenschancen zu opfern. Unsere Kampagne muss Erfolg haben, wenn wir das verhindern wollen. Herr Stegner ist sozusagen das Symbol für das Scheitern dieser Politik. Insgeheim haben wir gehofft, mit seiner Person größere Aufmerksamkeit zu erzielen.«

»Sie standen ihm persönlich nah?«

»Wie bitte? Was wollen Sie denn damit andeuten?«, entrüstete sich die Frau. »Ich kannte den Mann nur von einigen beruflich bedingten Besprechungen.«

»Sie hatten keinen privaten Kontakt?«

»Was soll das jetzt?« Dr. Beer sprang von ihrem Stuhl. »Kommen Sie von einem Klatsch- und Tratschkanal oder von der Polizei?«

»Wir suchen nach einer Frau, die mit Herrn Stegner befreundet war«, versuchte Ann-Sophie Braig, ihre Gesprächspartnerin zu beruhigen. »Nach seiner Freundin, um es kurz zu sagen.«

Dr. Beer lachte laut auf. »Na, also da sind Sie hier bei uns an der falschen Stelle. Wir haben zwar oft miteinander kommuniziert und uns auch ein paar Mal getroffen, aber dabei ging es allein um unsere Kampagne und die Auslotung der Chancen, wie Herr Stegner uns am besten dabei unterstützen könnte.«

»Sie hatten privat also nichts mit ihm zu tun?«, mischte sich Lindler ins Gespräch.

Die Frau wandte sich abrupt zur Seite, nahm ihn ins Visier. »Nein«, formulierte sie mit aggressivem Unterton. »Und wenn Sie die Frage tausend Mal wiederholen: Ich hatte privat nichts mit ihm am Hut!«

»Darf ich wissen, wo Sie sich vergangenen Sonntag auf Montag Nacht aufhielten?«, insistierte er.

Dr. Beer schnappte nach Luft. »Sie glauben allen Ernstes …« Ein kräftiges Klopfen an der Tür ließ sie verstummen.

Die große, breitschultrige Frau, die den Raum betrat, kam direkt zur Sache. »Heli, wir müssen! Die warten nicht länger!« Sie musterte die beiden Besucher, hob entschuldigend ihre Hände. »Tut mir leid.«

Ann-Sophie Braig nickte ihr zu. »Wir sind gleich so weit. Frau Dr. Beer will nur noch unsere letzten Fragen beantworten.« Sie sah die Frau an der Tür die Stirn runzeln, hörte Dr. Beers Bemerkung.

»Ich komme sofort. Einen Moment.«

»Sonntag auf Montag Nacht«, wiederholte Lindler, nachdem die breitschultrige Frau den Raum verlassen hatte.

»Ich war zu Hause. Nachts pflege ich zu schlafen, falls das erlaubt ist.«

»Zeugen?«

»Tut mir leid. Ich bin im Moment solo. Und meine Katze kann noch nicht sprechen. Sie ist erst sechs Monate jung.«

14. Kapitel

Schon auf dem Rückweg zum Bahnhof bemerkte Ann-Sophie Braig, wie es in ihrem Kollegen brodelte. Mit angespannter Miene trottete er neben ihr her. Er hatte Mühe, sich zu beherrschen, stampfte mehrfach mit den Füßen auf den Boden.

Sie glaubte, seinen Unmut physisch zu spüren. »Du bist nicht zufrieden«, sprach sie ihn an. »Unser Gespräch …«

»Wir hätten uns nicht so einfach abservieren lassen dürfen«, brach es aus ihm heraus. »Das war ein abgekartetes Spiel.«

»Du meinst, sie hat uns nicht die Wahrheit gesagt? Über ihr Verhältnis zu Stegner?«

»Der glaube ich kein Wort«, war er sich sicher. »Die Frau ist die geborene Schauspielerin.«

Sie blieb stehen, musterte sein versteinert wirkendes Gesicht. »Was lässt dich an ihr zweifeln?«

Lindler wandte sich zu ihr um. »Ihre künstliche Aufregung. ›Kommen Sie von einem Klatsch- und Tratschkanal?‹ Das kam nicht als spontane Reaktion, das war vorbereitet.«

»Na ja …«

»Ihre Behauptung, sie hätten oft, wie drückte sie sich aus, ›miteinander kommuniziert‹ und sich auch mal getroffen. Aber dabei sei es allein um ihre Kampagne gegangen, um die Möglichkeit, wie Stegner ihnen hätte helfen können. ›Herr Stegner‹, allein schon, wie sie seinen Namen formulierte. So spricht man nicht von einer Person, die man nur beruflich kennt.«

»Ich gebe zu«, gestand Ann-Sophie Braig, »dass mir das so ähnlich durch den Kopf ging. Die Frau erschien mir etwas affektiert. Ihre ganze Erscheinung, ihr Verhalten, die Art, zu sprechen. So habe ich mir das alles erklärt.«

»Etwas zu einfach angesichts der Sache, um die es geht, oder?«

»Du verdächtigst sie nicht nur als Freundin, sondern sogar als potenzielle Täterin?«

»›Und wenn Sie die Frage hunderttausend Mal wiederholen‹«, äffte er Dr. Beers Stimme nach. »›Ich hatte privat nichts mit ihm am Hut.‹«

»›Tausend Mal‹«, berichtigte sie.

»Wie bitte?« Lindler schien irritiert.

»Sie begnügte sich mit ›tausend Mal‹, wenn ich mich richtig erinnere.«

»Ach so.« Er wandte den Blick nach vorne, lief langsam weiter. »Das ändert aber nichts an der Sache.«

»Das ändert nichts an deinen Vorbehalten«, gab sie zu. »Nein.« Ann-Sophie Braig setzte sich ebenfalls wieder in Bewegung. »Und okay, ich verstehe, was du meinst«, fügte sie hinzu.

»Wie sie das betonte: ›Ich hatte privat nichts mit ihm am Hut.‹«

»Ja, da war schon noch ein anderer Ton zu hören. Affektiert, hätte ich geurteilt.«

»Was ist mit unserem schnellen Abgang? Etwas abrupt, oder?«

»Du glaubst, das war inszeniert?«

Lindler ließ ein sarkastisch anmutendes Lachen hören. »Wir wurden jedenfalls genau im richtigen Moment hinauskomplimentiert. Bevor wir die kritischen Punkte richtig angehen konnten.«

»Wenn sie das miteinander abgesprochen hatten, war es sehr gut in Szene gesetzt, ja. Es gibt aber einen Punkt, den ich nicht verstehe: Warum präsentierte sie uns kein Alibi für die Tatnacht? Wenn sie uns wirklich belog, was ihr Verhältnis zu oder mit Stegner betraf – oder gar ihre Verantwortung für seinen Tod –, wieso verzichtete sie dann darauf, uns mit einem fiktiven Alibi abzuspeisen?«

Lindler setzte gerade zu einer Antwort an, als der Signalton seines Handys ertönte. »Ihr Alibi …«, brachte er noch hervor, verzichtete dann aber auf weitere Ausführungen, warf stattdessen einen Blick auf seinen Monitor.

KOK Lindler: Dringend melden! Chaos in Böblingen und Sindelfingen. Großflächige Plünderungen, Schießereien nach Wirbelsturmzerstörungen. Lage eskaliert. Verstärkung dringend erforderlich. Bitte sofort Rückmeldung.

»Auch das noch«, schimpfte er, auf seinen Arm weisend. »Ausgerechnet jetzt, wo wir uns diese seltsame Frau genauer anschauen wollten.«

Ann-Sophie Braig nahm die Anordnung der Einsatzzentrale zur Kenntnis, sah die offensichtlich in großer Hektik aufgenommenen Bilder aus der Böblinger Innenstadt über den Monitor flimmern. Überall zerstörte Gebäude, mit Steinen, Glassplittern und Schutt aller Art übersäte Straßen. Gruppen junger Männer, die Schaufensterscheiben eines Lebensmittelladens attackierend. Steine werfende Halbstarke, auf einen uniformierten Beamten einprügelnd, der sich gegen den Mob zu wehren versucht. Kurz darauf mehrere die Regale eines Elektrofachmarktes plündernde, teilweise vermummte Gestalten, dahinter eine Ansammlung um Diebesgut streitender Personen. Szenen wie aus einem Bürgerkrieg; hemmungslose, durch keinerlei Skrupel gebremste Gewalt.

Bilder dieser Art waren ihr nur allzu gut bekannt. Vor wenigen Monaten erst war mitten in Stuttgart ein Wasserstofftank explodiert, was eine ganze Straßenzeile mit mehreren im Erdgeschoss eingerichteten Läden schwer in Mitleidenschaft gezogen hatte. Die Rettungskräfte waren noch nicht am Unglücksort eingetroffen, als die ersten Plünderer bereits in den Geschäften auftauchten und die dargebotenen Waren an sich rissen. Auch das schnelle Erscheinen mehrerer Polizeibeamter hatte den Tod eines Filialleiters nicht verhindern können, der von einem Vermummten erstochen worden war. Zwar hatte man die Identität des Mörders mithilfe des PIP ermitteln und den Mann festnehmen können, das Opfer jedoch war gestorben. Seit diesem Vorfall herrschte bei den Ordnungskräften im Land nach jeder Naturkatastrophe höchste Alarmbereitschaft, drohten die durch Sturm, Feuer oder Überschwemmung verursachten Zerstörungen doch fast regelmäßig von Gewaltattacken eines entfesselten Mobs verschärft zu werden.

Ann-Sophie Braig hörte, wie sich ihr Kollege meldete und seinem Gesprächspartner zusagte, möglichst schnell nach Böblingen zu kommen. Sie hoffte, dass Lindler die schlimmsten Auseinandersetzungen erspart blieben.

Samstag, 19. August 2073

Die wichtigsten Nachrichten des Tages in Kürze:

Letzte Autobahn Kerneuropas durch Hitzeaufwölbung zerstört

Trotz eines Hitze-resistenten Spezialbetons wurde die von Berlin nach Hannover führende letzte noch in Betrieb gehaltene Autobahn durch die anhaltend hohen Temperaturen über weite Strecken hinweg unpassierbar. Der Fernverkehr wird jetzt vollständig auf die parallelen Schienenstrecken verlegt. Trotz der Speziallegierungen des für den Gleisbau verwendeten Stahls werden dort jedoch auch schon die ersten Hitze-Beschädigungen beobachtet. Die Bahn ordnete daher auf vielen Strecken bereits verminderte Geschwindigkeiten an.

USA melden Staatsbankrott

Alle Versuche, das einst wirtschaftlich stärkste Land der Welt zu retten, schlugen fehl. Der anhaltende Infrastruktur-Verlust und die extreme Bevölkerungsflucht nach Kanada ließ die Steuereinnahmen derart einbrechen, dass nicht einmal mehr ein Teil der Zinsen der Staatsschulden entrichtet werden konnte. Nach dem Bankrott Chinas, Indiens, Großbritanniens und vieler weiterer Staaten bleiben allein Kerneuropa und Kanada als zwar wirtschaftlich bedeutende, aber ebenfalls schwer in der Krise steckende Länder als zahlungsfähig erhalten.

Arbeitslosigkeit in Kerneuropa wächst dramatisch

Mit dem Bankrott der USA als einem der letzten verbliebenen Handelspartner hat Kerneuropa alle nennenswerten Absatzmärkte außerhalb seiner Grenzen verloren. Die gesamte exportorientierte Industrie steht damit vor dem endgültigen Aus. Weil dies von Experten seit Langem erwartet wurde, haben die meisten Regionen vorgesorgt und ihre Wirtschaftsstruktur diversifiziert. Die Arbeitslosigkeit in Kerneuropa steigt damit im Durchschnitt auf etwa 30 Prozent, in besonders strukturschwachen Gebieten wie etwa dem allein auf den Bau von großvolumigen Fahrzeugen ausgerichteten Großraum Stuttgart auf über 50 Prozent.

Italien erklärt weite Teile seines Staatsgebietes als nicht mehr bewohnbar

Die italienische Regierung hat fast alle südlich von Rom gelegenen Regionen als für nicht mehr bewohnbar erklärt. Anstelle der einst im Landesinneren wachsenden, längst komplett abgebrannten Wälder finden sich dort nur noch Gebirgswüsten, in denen unerträgliche Temperaturen herrschen. Die Küstenregionen wurden inzwischen fast vollzählig vom Meer überspült, der Großraum Neapel ging beim verheerenden Ausbruch des Vesuv vor 15 Jahren verloren. Die Lage im Norden Italiens ist nicht viel besser: Die Po-Ebene ausgetrocknet, weite Teile der Toskana nur noch Steppe. Im Moment hat das Land noch 15 Millionen Einwohner, die meisten sind längst nach Schweden oder Deutschland ausgewandert.

15. Kapitel

Ann-Sophie Braig war gerade dabei, Orangenmarmelade aus eigenen Früchten auf ihr Brötchen zu schmieren, als die nervtötende Handy-Melodie aufheulte. Der Frühstückstisch war reich bestückt, fast alles, was der kleine Garten bot, auf Tellern und Platten verteilt. Ihr Sohn Mattis verdrehte die Augen, als er das Geräusch hörte, Katharina Mander ließ einen lauten Seufzer hören.

»Samstag, der 19. August 2073. Ein völlig normales Wochenende mit Frau Hauptkommissarin«, murmelte sie.

Sie hatten den größten Teil des Freitagnachmittags und des Abends damit verbracht, die gröbsten Sturmschäden am Haus und im Garten zu beseitigen, soweit sie dazu imstande waren. Zum Glück hatte es weder den Solarfolien auf dem Dach, an den Hauswänden und an ihrem Gewächshaus noch den Kollektoren für die Warmwasserversorgung irreparable Schäden zugefügt. Auch die zerborstenen Ziegel sowie Teile des Gartenzauns hatten sie aus ihren im Keller vorsorglich aufbewahrten Vorräten ersetzen können. Die zerzausten Pflanzen dagegen waren für den Rest dieses Sommers wohl unwiederbringlich dahin; ihnen war nichts geblieben, als all die geköpften Blüten, abgerissenen Zweige und Äste sowie die völlig zerfetzten Stauden auf dem Kompost zu entsorgen und den Beeten ein zwar aufgeräumtes, doch recht kahles Aussehen zu verschaffen.

Ann-Sophie Braig legte ihr Brötchen zur Seite, hob abwehrend beide Hände. »Das bringt der Beruf nun mal so mit sich«, gab sie kleinlaut zu. Sie musste keine Sekunde überlegen, wusste augenblicklich, wer mit ihr zu sprechen wünschte. Nicht umsonst hatte sie für diese Verbindung derart dissonante Töne abgespeichert.

»Wieso muss ich mich um eine Leiche kümmern, die zu deinem Fall gehört?«, polterte Klöckner ohne jede Begrüßung los.

»Du?«, wunderte sie sich. »Ich dachte, du dienst dem Vaterland mit aufopferungsvollen Kämpfen gegen die Invasoren?«

»Ha, ha, ha«, tönte es am anderen Ende. »Schon mal was von Unwetter und zerstörter Infrastruktur gehört? Ich stand fünf Stunden im Stau, bis endgültig klar war, dass es kein Durchkommen gibt.«

Sie überlegte, was der Grund seines Anrufs sein könnte, hakte nach. »Von welchem Fall sprichst du?«

»Von welchem Fall?«, wiederholte er in aggressivem Ton. Ihre Frage brachte ihn in Rage. »Womit beschäftigen sich denn Frau Kollegin und ihr Lakai seit Tagen?«, schrie er. »Da ermitteln wir mühsam per Irisdiagnostik die Identität der Unbekannten, und prompt meldet das System, dass sie von euch im Zusammenhang mit einem Stegner angefunkt wurde. Wieso muss ich dann meine wertvolle Zeit für die Tussi verschwenden, wenn sie auf eurer Liste steht?«

Auf unserer Liste, überlegte sie. Was für eine Liste meinte der Kotzbrocken? Sie behielt ihre Gedanken aber bei sich, um den Kollegen nicht noch mehr zu reizen, erkundigte sich stattdessen nach dem Namen der Toten.

»Jasmin Hummel.«

Jasmin Hummel. Sie spulte den Namen im Kopf auf und ab, wusste nichts mit ihm anzufangen. »Und ich soll mich nach der Frau erkundigt haben? Im Fall Stegner?«

»Willst du das etwa abstreiten?«, donnerte Klöckner. »Ich sehe es doch vor mir auf dem Schirm!«

So sehr sie sich anstrengte, sie konnte sich nicht an den Namen erinnern. »Kannst du mir das bitte zukommen lassen?« Sie versuchte, freundlich zu bleiben.

»Aha. Deine Sache also.«

»Auf meinen Monitor, bitte. Ich muss mich zuerst vergewissern …«

»Ist schon unterwegs«, polterte er. »Hauptsache, ich hab das vom Hals!«

Ann-Sophie Braig sah Klöckners Info auf ihrem Bildschirm aufleuchten, bemühte sich um einen Überblick.

Jasmin Hummel. Geb. 21.7. 2040 in Tübingen. Wohnsitz ab 1.8. 2073 in Stuttgart-Bad Cannstatt. Beruf: Lehrerin. LKA-Überprüfung durch 13X7583L42 am 16.8.73 auf Kontakt zu Stegner, Murat. Kontakt am 8.7.73 um 14:35 Uhr bis 9.7.73 um 21:15 Uhr in Stuttgart, Werastraße und Esslingen. Am 14.7.73 um 20:10 Uhr bis 16.7.73 um 22:20 Uhr in Stuttgart, Werastraße und Karlsruhe. Am 22.7.73 um 14:30 Uhr bis 23.7.73 um 21:30 Uhr in Stuttgart, Werastraße. Weiterer Kontakt am …

Die Information war unvollständig, endete abrupt ohne konkretes Datum. »Wieso fehlt der weitere Kontakt?«, fragte sie.

»Sonst noch was? Habt ihr angefunkt oder ich?«

Sie versuchte, sich von Klöckners Genörgel nicht aus dem Konzept bringen zu lassen, überflog noch einmal den Text. Der Schluss fehlte, weshalb auch immer. Eine Person mit dem Code *13X7583L42* hatte die Frau also tatsächlich, genau wie Klöckner behauptete, auf eine eventuelle Verbindung zu Murat Stegner hin überprüft. Ann-Sophie Braig verlangte die persönliche Sicherheitsüberprüfung, erfuhr nach genauer Erklärung ihrer Beweggründe, dass es sich um den Code des Kollegen Waitz handelte.

»Wir haben das nicht nachgefragt«, korrigierte sie ihren Gesprächspartner. »Das war dein Freund Waitz.«

Die Antwort erfolgte prompt. »Erstens ist der Kerl nicht mein Freund, und zweitens hat er nicht nachgefragt.«

»Er ist nicht dein Freund?«, höhnte sie. »Was denn dann? Dein Schieß- und Saufkumpel?«

»Die Zeiten sind längst vorbei«, brüllte Klöckner. »Waitz kommt an der Grenze nicht mehr in meine Truppe. Dafür habe ich gesorgt. Der ist doch völlig unberechenbar! Hast du nicht von seinen Schlägereinsätzen diese Woche gehört?«

»Allerdings! Mir ist nur neu, dass dich das stört.«

»Der Kerl steht neben sich!«, schimpfte ihr Kollege. »Der ist völlig durchgeknallt, seit er seine Freundin mit ihrem Lover überraschte. Ich warte nur noch auf die Nachricht, dass er beide umgelegt hat.«

»Wieso interessiert er sich für Stegner?«

Klöckner schien sich zu beruhigen. »Tut er nicht«, antwortete er.

»Wieso überprüft er dann dessen Kontaktdaten?«

»Er behauptet, dass er das nicht war.«

»Wie bitte?«, schimpfte Ann-Sophie Braig. »Ich sehe es doch vor mir. Die Mail, die du mir geschickt hast. *LKA-Überprüfung durch 13X* und so weiter. Ich habe den Code nachgefragt. Es ist der von Waitz.«

»Nein«, erwiderte Klöckner. »Also ja, es ist sein Code.«

»Also? Wieso interessiert er sich für ...«

»Tut er nicht«, fiel Klöckner ihr ins Wort. »Ich habe ihn angerufen, als ich seinen Code bemerkte. Er war das nicht.«

Ann-Sophie Braig lachte laut auf. »Er war das nicht? Du bist gut. Wer denn dann?«

»Was weiß ich. Waitz schwört, dass er es nicht war.«

»Er schwört? Das ist ja schön für ihn. Wahrscheinlich schwört er auch, dass er Verdächtige bei jedem Einsatz mit Samthandschuhen anfasst. Und an der Grenze Menschen in Not sofort zu Hilfe eilt. Was schwört er denn noch alles?«

»Ach, leck mich doch! Jedenfalls ist es dein Stegner, mit dem diese Frau intensiv Kontakt hatte. Also dein Fall, okay?«

Sie konzentrierte sich noch einmal auf die Mail. Die Überprüfung, von wem auch immer sie durchgeführt worden war, hatte Erfolg gehabt. Jasmin Hummel war laut PIP an mehreren Tagen mit dem Ermordeten zusammen. In Stegners Wohnung in der Werastraße und Städten wie Esslingen und Karlsruhe. Zweimal zwei Tage, einmal sogar drei Tage lang. Sie überprüfte den Kalender, merkte, dass es sich jeweils um Samstage und Sonntage handelte und die Nacht dazwischen, einmal auch den Freitag und die Nacht davor. Fast komplette Wochenenden also, die die beiden gemeinsam verbracht hatten.

Wohl kaum aus beruflichen Gründen, überlegte sie. Nicht an Samstagen, den darauffolgenden Nächten und Sonntagen. Dann handelte es sich bei Jasmin Hummel wahrscheinlich um die Freundin Stegners. Um die der Ermordete laut der Aussage von Maja Bühlert große Angst gehabt hatte. Und die jetzt ebenfalls ums Leben gekommen war.

»Du übernimmst die Sache, ist das jetzt endlich klar?«, geiferte Klöckner.

»Wo ist das genau?«

»Die Verbindung steht sofort«, verabschiedete er sich ohne jedes weitere Wort.

Keine fünf Sekunden später sah sie die sterblichen Überreste einer jungen Frau mitten in einem dichten Dornengestrüpp auf den Boden gestreckt vor sich. Eine in einen hellen Schutzanzug gehüllte Person machte sich neben der Toten zu schaffen.

»Seit mindestens zehn Stunden tot«, erklärte eine Stimme aus dem Off.

Ann-Sophie Braig erkannte sie sofort. Marie-Luise Costa, die Gerichtsmedizinerin, war ebenfalls zugeschaltet. »Hallo, Marie-Lu, du bist auch dabei«, begrüßte sie sie.

»Oh, Ann-Sophie, du hast Dienst«, freute sich die Ärztin. »Du und dein schnuckeliger, junger Bäcker. Das ist schön. Ich hatte vorhin schon befürchtet, euren Kotzbrocken zu hören.«

»Du hast richtig gehört«, antwortete sie. »Er hat mir die Sache übergeben.«

»Da habe ich ja noch mal Glück gehabt. Womit hat dich dein schnuckeliger, junger Bäcker diesmal überrascht?«

»Der ist noch nicht dabei. War gestern noch im Sondereinsatz wegen der Krawalle.«

»Oh, das tut mir leid. Dann gab es heute Morgen noch nichts zu knabbern.«

»Ich kann mich nicht beklagen. Mein Sohn ist da.«

»Wie schön für euch! Und dann kommt jetzt das wieder dazwischen. Du bist über alles informiert?«

»Tut mir leid, nein. Der Herr Kollege war nicht besonders auskunftsfreudig.«

»Dann übergebe ich gleich nach meinem vorläufigen Befund an die Leute vor Ort«, erklärte Marie-Luise Costa. »Es geht um eine Jasmin Hummel, 33 Jahre jung. Ihre Identität habe ich per Irisdiagnostik ermittelt, weil der Chip gewaltsam entfernt wurde. Aufgefunden in dichtem Buschwerk am Rand des Cannstatter Kurparks.«

»Im Cannstatter Kurpark?«, fiel sie der Gerichtsmedizinerin ins Wort.

»Ja, am oberen Rand, hat man mir mitgeteilt. Wieso fragst du?«

»Weil das in mir heimatliche Gefühle weckt. Ich bin dort in der Nähe aufgewachsen. Auf der anderen Seite der Bahnlinie. In einer Tierarztpraxis. Wir waren oft im Park unterwegs.«

»Ah ja, ich erinnere mich. Du hast davon erzählt. Das hatte ich völlig vergessen.«

»Ist kein Problem. Nur, wie erwähnt, für mich ein besonderer Ort.«

»Dann tut es mir leid, dass ich dir jetzt mit dieser Sache komme. Aber die Tote wurde eben im Kurpark gefunden. Und dort ist es, wie es aussieht, auch passiert.«

»Ist schon klar. Was kannst du zu der Frau sagen?«

»Der Tod erfolgte durch Aufprall der linken Schläfe an eine etwa 20 Meter entfernte Parkbank. An der Bank finden sich Blut und Haarreste. Die zerrissene Bluse der Toten, Prellungen und Blutergüsse am Oberkörper und die gewaltsame Entfernung ihres Chips weisen darauf hin, dass es sich um eine Gewalttat mit Fremdeinwirkung handelt. Zudem lässt sich an mehreren Stellen eine Schleifspur von der Parkbank zum Fundort ausmachen. Todeszeitpunkt gegen Mitternacht, plus minus zwei Stunden. Reicht dir das vorerst?«

»Vielen Dank, ja. Wenn die Kollegen vor Ort übernehmen?«

Sie hörte, wie sich Marie-Luise Costa verabschiedete und ihre Verbindung kappte, wartete auf eine Reaktion. »Hallo, Kollegen?«

Die in einen hellen Schutzanzug gekleidete Person schob sich ins Bild, streifte ihre Kapuze ab. »POM Harges«, stellte sie sich vor. »Ich bin mit POM Mälzer vor Ort.«

»Wo ist das genau?«

»Am oberen Rand des Kurparks. Etwa fünfzig Meter vom Weg zum Zentralbahnhof entfernt.«

»Sie sprechen vom früheren Kurpark-Bahnhof?« Ann-Sophie Braig hatte immer noch Schwierigkeiten, sich an die schon vor über zwanzig Jahren erfolgte Namensänderung zu gewöhnen. Zuerst hatte man die an der alten, die Stuttgarter Innenstadt umfahrenden Umgehungsbahn neu errichtete Station nach der sie kreuzenden Stadtbahnhaltestelle »Augsburger Platz« benannt, später dann »Stuttgart Kurpark Bahnhof«, weil er unmittelbar an das Gelände des Parks grenzte. Als sich der in den späten Zwanzigerjahren errichtete unterirdische Skandalbahnhof im Zentrum dann schnell als vollkommen untauglich erwiesen hatte, war aus dem »Kurpark Bahnhof« ganz offiziell der »Zentralbahnhof« geworden.

»Genau von dem, ja«, bestätigte die Kollegin.

»Wer hat die Frau gefunden?«

»Eine Bianca Kühnle. Besser gesagt: deren Hund.«

»Wann war das?«

»Heute Morgen gegen acht Uhr.«

»So spät?«, wunderte sie sich. »Die Tote liegt doch im Freien. Da hat vorher kein anderer Hund reagiert?«

»Im Park sind Hunde verboten. Seit mehreren Jahren.«

»Und die Leute halten sich wirklich daran?«

Polizeiobermeisterin Harges ließ ein leises Lachen hören. »Waren Sie in den letzten Jahren mal im Kurpark unterwegs? Er sieht inzwischen genauso aus wie die meisten unserer Grünanlagen. Seit fast alle Blumenbeete und Sträucher vertrocknet sind und stattdessen nur noch hitzeresistente, immergrüne Pflanzen und Kakteen ausgesetzt wurden, empfiehlt sich der nicht mehr als Eldorado für Hunde oder spielende Kinder. Wir mussten nicht mal Bußgelder erheben, um die Tiere draußen zu halten. Die vielen Stacheln und Dornen wirken abschreckend genug.«

Ann-Sophie Braig verstand sofort, wovon die Kollegin sprach. Seit vor ein paar Jahrzehnten nach und nach viele der einst berühmten Stuttgarter Mineralquellen aufgrund der unzureichenden Niederschläge versiegt waren, musste man auch hier an allen Ecken und Enden Wasser sparen. Bad Cannstatt, seit Jahrhunderten berühmt für seine vielfältigen Heilwässer, saß inzwischen buchstäblich auf dem Trockenen. Nicht nur seine berühmte Kurparkquelle, auch mehrere andere unterirdische Wasserläufe hatten ihren Nachschub verloren. Parks oder Gärten mit genügend Feuchtigkeit zu versorgen, war wie fast überall im Land zu einem äußerst kostspieligen, in den meisten Fällen unbezahlbaren Luxus geworden. Wo es irgend ging, behalf man sich mit Pflanzen, die sich mit wenig Wasser begnügten. Und das waren nun mal immergrüne, dornige Sträucher und Kakteen. »Aber diese Frau Kühnle war trotzdem mit ihrem Hund im Kurpark unterwegs«, vergewisserte sie sich.

»Sie wollte es anfangs nicht zugeben, behauptete, selbst auf die Leiche gestoßen zu sein. Erst als wir nachhakten, gab sie es zu. Wir haben ihr nicht geglaubt. Das Gebüsch liegt zu weit abseits, da stolpert niemand einfach so hin. Noch dazu am frühen Morgen. Und die Tote war von außen auch nur schwer zu erkennen. Dichtes Dornengestrüpp. Der Täter hat sich garantiert verletzt, als er sie hier abgeladen hat.«

»Das denke ich auch. Wenn ich mir Ihre Aufnahmen so anschaue … Haben Sie die Hundebesitzerin schon überprüft?«

»Das nicht, nein. Aber …«

»Ja?«

»Na ja, wir mussten den Notarzt holen. Die ist hier, keine fünf Meter entfernt, zusammengeklappt, als sie mitbekam, dass wir von Fremdeinwirkung reden. ›Der hätte genauso gut mich abschlachten können‹, jammerte sie die ganze Zeit, ›mein Messie hätte mich nie verteidigt.‹«

»Ihr Messie?«

»Ihr Hund«, antwortete Harges.

»Ist doch Quatsch. Die Tote wurde doch schon gegen Mitternacht ermordet.«

»Das wussten wir zu dem Zeitpunkt ja noch nicht. Aber selbst wenn … Erklären Sie das mal so einer Ausgeflippten. Die war keinem vernünftigen Argument mehr zugänglich.«

»Hegen Sie einen Verdacht gegen die Frau?«

»Wieso denn?«, empörte sich Harges. »Die kommt doch nicht morgens mit ihrem Hund an den Ort, an dem sie mitten in der Nacht eine Leiche versteckte und meldet sich dann auch noch bei uns.«

»Sag niemals nie«, erwiderte Ann-Sophie Braig. »Aber gut, das klingt nicht gerade logisch. Ich werde sie auf jeden Fall überprüfen. Gibt es sonst irgendwelche Spuren?«

»Das überlassen wir den Technikern. Wir waren sehr vorsichtig und haben uns soweit möglich von der Leiche ferngehalten.«

»Vielen Dank. Ich gebe den Kollegen Bescheid. Wenn Sie bitte bis zu deren Eintreffen vor Ort bleiben.«

Polizeiobermeisterin Harges sagte es ihr zu.

16. Kapitel

Die nächste halbe Stunde widmete sie wieder ihrem Frühstück und ihrer Familie. Ann-Sophie Braig griff nach dem Brötchen, genoss den herben Geschmack der Orangen-Marmelade.

»Eine tote Frau im Cannstatter Kurpark«, erkundigte sich Mattis. »Musst du ran?«

Sie trank von ihrem Tee, ließ sich Zeit mit ihrer Antwort. »Anscheinend hat sie mit unserem Fall zu tun.«

»Der Ingenieur, von dem du gestern Abend erzählt hast?«

»Stegner. Wie es aussieht, ja. Möglicherweise handelt es sich bei der Toten um die Freundin des Ermordeten. Um deren Leben er, wie wir hörten, Angst hatte.«

»Angst? Weshalb?«

»Seit er beruflich diese radikale Kehrtwende vollzog und sich für das Verbot der Produktion weiterer Klimagase engagierte, wurde er bedroht.«

»Ist ja nichts Neues«, kommentierte Mattis.

»Nein, das ist es nicht. Wer sich Leuten in den Weg stellt, die Profite erzielen wollen, womit auch immer, muss um seine Gesundheit und sein Leben fürchten. Das ist Tradition in diesem Land. Schon mein Vater hatte ständig damit zu tun. Dieser Stegner wurde mit Säure attackiert.«

»Oh ja.« Mattis nickte. »Die Methoden der Autoindustrie. Verkaufsförderung für ihre SUVs. Das läuft auch in anderen Ländern so.«

»Du hast davon gehört?«, wunderte sich Ann-Sophie Braig.

»In mehreren Ländern, in denen ich unterwegs war. Energie ist knapp und teuer, aber die Reichen schmarotzen mit ihren Luxuskarossen. Made in Europe. Aktivisten, die sich dagegen wehren, werden entsprechend behandelt.«

»Wie es aussieht, ist Stegners Tod wahrscheinlich so zu erklären. Und jetzt möglicherweise auch der dieser Frau. Falls es sich wirklich um seine Freundin handelt.«

»Du hattest schon Kontakt mit ihr?«

»Nein. Ich habe ja gerade erst von ihrer Existenz erfahren.«

»Wie seid ihr auf die Verbindung gekommen?«, mischte sich Katharina Mander ins Gespräch.

»Das ist mir selbst noch nicht so richtig klar.«

»Wieso?«

»Waitz, Klöckners rechte Hand, ließ Stegners Kontaktpersonen der letzten Wochen überprüfen.«

»Waitz? Wieso interessiert der sich für deinen Fall? Ich dachte, es ist dein Fall, oder?«, wunderte sich Katharina Mander.

»Ist es auch, ja. Waitz behauptet, er habe nichts mit dieser Überprüfung zu tun.«

»Wie jetzt?«, hakte Mattis nach. »Eben hast du …«

»Keine Ahnung«, fiel Ann-Sophie Braig ihrem Sohn ins Wort. »Die ganze Angelegenheit ist seltsam. Waitz behauptet laut Klöckner, er habe die Kontaktpersonen nicht überprüfen lassen.«

»Und wer soll es dann gewesen sein? Ein Geist?«

»Offen gesagt, ist mir das im Moment egal. Ich habe genug Probleme. Hauptsache, die Verbindung zwischen Stegner und dieser Frau Hummel ist geklärt. Obwohl das jetzt nichts mehr nützt, weil auch sie getötet wurde. Hätte ich es früher gewusst ...«

»Du glaubst, ihr hättet sie retten können?«

»Ist ja nur eine Hypothese. Ich muss mir das alles noch in Ruhe durch den Kopf gehen lassen. Vielleicht sollte ich jetzt aber mal bei Lindler anläuten, um ihn über den neusten Stand der Dinge zu informieren.«

»Tu das«, ermunterte Katharina Mander sie. »Hol den jungen Mann aus dem Bett!«

Ann-Sophie Braig hob ihren Arm, versuchte vergeblich, sich mit ihrem Kollegen verbinden zu lassen.

»Ist wohl bei seiner Freundin versackt«, meinte Katharina Mander. »Es ist Samstagmorgen, meine Liebe!«

»Das habe ich vergessen, ja. Und ich weiß nicht mal, ob er Bereitschaft hat oder noch zu dieser Sonderaktion gegen die Unruhen in der Innenstadt eingeteilt ist.« Ann-Sophie Braig seufzte laut. »Dabei wollte ich mir heute mal eine kurze Verschnaufpause gönnen. Mit so zwei lieben Menschen in meiner Nähe.«

»Das hat sich dein junger Bäcker anscheinend auch vorgenommen«, schäkerte Katharina Mander. »Mit nur einer Person in seiner Nähe. Das aber wohl umso intensiver.« Sie lachte laut.

»Dann muss ich mich vorerst selbst um die Tote kümmern. Bleibt mir wohl nichts anderes übrig.«

»Du willst ins Amt?«, fragte Mattis.

»Zuerst versuche ich es von hier aus. Mal sehen, wie weit ich komme.« Sie wandte den Blick zu ihrem Arm, weil ihr Handy mit einer Abfolge harmonisch klingender Töne aufwartete, nahm das Gespräch an.

»Guten Morgen, Ann-Sophie«, meldete sich Lindler. »Du hast versucht, mich zu erreichen.«

»Gerade haben wir von dir gesprochen. Du hast noch geschlafen, ja?«

»Oder sich intensiv mit der Freundin beschäftigt«, warf Katharina Mander lauthals ein.

»Ich muss euch enttäuschen«, erwiderte er. »Nichts mit Freundin oder Ausschlafen. Ich bin im Einsatz in Böblingen. Die haben mich schon kurz nach sieben heute Morgen wieder angefordert. Dieselbe Truppe wie gestern in Stuttgart. In Böblingen und Sindelfingen sieht es nicht besser aus. Erst das Unwetter, dann die Plünderer. Die Straßen sind kaum passierbar. Überall abgedeckte Dächer, kaputte Scheiben, zerfetzte Pflanzen und Bäume, Berge von Müll. Die müssen die halbe Nacht getobt haben. Die Läden sind komplett leer. Alles geklaut. Allein kamen die Kollegen hier nicht mehr zurecht. Jetzt scheint sich die Lage langsam zu beruhigen.«

»Tut mir leid für dich«, versuchte sie ihn zu trösten.

»Ist nun mal nicht zu ändern. Wie steht's bei dir? Gemeinsames Frühstück mit der Familie?«

»Bis auf die Tatsache, dass meine Tochter nicht dabei ist, ja. Aber ...«

»Uns fehlen die wunderbaren Mohnschnitten«, fiel Katharina Mander ihr ins Wort. »Wenn sich der junge Bäcker mal wieder erbarmen könnte?«

»Ich werde mich bemühen«, lachte Lindler. »Aber im Moment bin ich leider anderweitig beschäftigt.«

»Ich ebenfalls«, kam Ann-Sophie Braig auf ihr eigentliches Anliegen zu sprechen. »Wir haben nämlich eine neue Leiche. Jasmin Hummel. Sagt dir der Name etwas?«

»Hummel?«, wiederholte Lindler. Irgendwo im Hintergrund schienen mehrere Leute heftig miteinander zu streiten. »Nicht, dass ich …« Der Rest seiner Antwort ging in lautem Geschrei unter.

»Gibt es Probleme?«

Es dauerte mehrere Sekunden, bis die Stimme des Kollegen wieder zu hören war. »Schluss jetzt! Verschwindet endlich! Hier ist alles abgesperrt!«, brüllte er, so laut er konnte. Sein Schreien schien zu wirken, der Tumult nachzulassen. Kurz darauf war er wieder am Apparat. »Tut mir leid, aber diese Idioten hier …«

»Wir können später weitermachen, wenn sich die Lage bei dir beruhigt hat. Mir geht es um die Tote, Jasmin Hummel, wie erwähnt. Waitz hat die Kontaktpersonen Stegners überprüft und ist dabei auf sie gestoßen. Frau Hummel war wohl die Freundin Stegners. Die Frau, nach der wir die ganze Zeit gesucht haben. Und jetzt wurde ihre Leiche entdeckt.«

»Waitz? Was hat der denn damit zu tun?«

»Er hat dich nicht darüber informiert?«

»Wieso denn? Was veranlasst ihn, sich in unseren Fall einzumischen?«

»Das wüsste ich auch gern. Der scheint im Moment völlig von der Rolle. Keine Ahnung, was den dazu treibt, Stegners Kontakte zu überprüfen. Sieht fast so aus, als hätte er sich speziell für Stegners Treffen mit Frau Hummel interessiert.«

»Stegners Treffen mit dieser Frau?«

»Ja, die Zeit, die die beiden miteinander verbracht haben. Sämtliche Wochenenden im Juli.«

»Verstehe ich nicht. Weshalb pfuscht der uns ins Handwerk? Das ist doch sonst nicht seine Art. Hat er noch nie gemacht, oder? Sucht er jetzt auch mit uns Streit? Der ist doch seit Wochen außer Rand und Band, seit ihn seine Freundin verlassen hat. Knüppelt bei jedem Einsatz alles nieder, was bei seinem Auftauchen nicht sofort die Flucht ergreift. Vor ein oder zwei Wochen hatte ich echt Angst, dass er völlig ausrastet und Amok läuft. ›Wenn ich den erwische, schlag ich ihn tot‹, tobte er. ›Und sie gleich dazu.‹ Dabei hatte ich mich nur mit einer dummen Bemerkung für eine anzügliche Begrüßung revanchiert.«

»Was für eine anzügliche Begrüßung?«, fragte Ann-Sophie Braig.

»Ach, das, äh, willst du nicht wissen«, stotterte Lindler.

»Jetzt nur heraus mit der Sprache. Wer etwas andeutet, muss das auch erklären.«

»Also, äh … Ich kam morgens ins Büro. Du warst noch nicht da. ›Ach, ist unser Kleiner heute ohne Mutti unterwegs‹, begrüßte er mich. Tut mir leid, du kennst ja seine dummen Sprüche.«

»Ich kenne vor allem Waitz. Für seine Verhältnisse war das harmlos.«

»Anfangs schon, ja. Aber kaum hatte ich gekontert … War etwas heftig, zugegeben, ist mir aber halt so rausgerutscht.«

»Ja?«

»›Besser ohne Mutti als ohne was Scharfes im Bett‹«, antwortete Lindler. »So etwa, jedenfalls. Aufs Wort genau weiß ich es nicht mehr. Aber seine Reaktion sehe ich jetzt noch vor mir. Der rastete aus, schrie und brüllte. ›Wenn ich den Kerl erwische, schlage ich ihn tot. Und sie gleich dazu.‹«

»Wann war das?«

»Vor zwei Wochen etwa. Meine Replik war wohl wirklich etwas heftig«, gab er zu. »Sein wunder Punkt, ich wusste es. Aber dass er gleich so ausrastet … Der hat doch seit Wochen kein anderes Thema mehr.«

»Und jetzt mischt er sich in unsere Ermittlung ein und überprüft, wann Stegner in der letzten Zeit mit dieser Frau Hummel zusammen war. Kann es sein …« Ann-Sophie Braig hielt inne, überlegte. Waitz war ohne Zweifel einer der aggressivsten Typen, denen sie je begegnet war. Auch vor seinen aktuellen privaten Problemen schon. War es möglich, dass … »Überprüfte er Stegners Kontakte, nicht um die Identität der Frau zu erfahren, nein, die kannte er ja längst, sondern um sich zu vergewissern, dass sich die beiden im Juli praktisch an jedem Wochenende miteinander vergnügt hatten? Weil es sich bei Jasmin Hummel um seine ehemalige Freundin handelte, die Stegner ihm ausgespannt hatte?« Sie schwieg einen Moment, fuhr dann fort. »Und als er sich bestätigt sah, dass das wirklich mehrere Wochenenden der Fall war, ging er zerfressen vor Wut jetzt auch noch auf seine Ex los, nachdem er ihren Lover schon am letzten Wochenende erledigt hatte? Müssen wir das in Erwägung ziehen? Waitz, unser eigener Kollege als Täter? Und Murat Stegner nicht etwa Opfer seiner politischen Widersacher, sondern eines außer Kontrolle geratenen eifersüchtigen Testosteronbombers?«

Lindler zögerte mit seiner Antwort. »Pah. Ganz schön hart. Ich weiß nicht. Waitz. Unser Kollege. Ob ich es ihm zutraue?« Er schien zu überlegen. »Ja, zutrauen würde ich es ihm schon«, fügte er dann hinzu.

Und ich ebenfalls, ging es Ann-Sophie Braig durch den Kopf.

»Das ist schon heftig!«, meldete Lindler sich erneut zu Wort. »Ganz schön brutal!« Ein ohrenbetäubender Knall ließ ihn augenblicklich verstummen. Er brachte nur noch hervor: »Verdammte Scheißbande!«, dann erstarben seine Bemerkungen in tumultartigem Getöse. In seiner unmittelbaren Nähe schien eine gewaltige Glasscheibe zu bersten, der Regen der niedergehenden Partikel war deutlich zu vernehmen. »Verfluchtes Pack!«, brüllte er, danach war die Verbindung endgültig unterbrochen.

»Das hörte sich aber nicht gut an«, meinte Katharina Mander. »Hoffentlich steckt dein netter, junger Bäcker nicht in der Klemme.«

Ann-Sophie Braig nickte, ließ sich ohne Zögern mit der Einsatzzentrale verbinden. »Es geht um eine Aktion in Böblingen. Keine Ahnung, wo genau. Kollege Lindler ist beteiligt. Ich hatte ihn gerade in der Leitung. Da ist was passiert. Erkundigen Sie sich bitte, ob genügend Beamte in seiner Nähe sind.«

Der Kollege überprüfte ihren Code, gab dann sein Okay. »Wird sofort erledigt«, sicherte er ihr zu.

»Und dann schauen Sie doch bitte kurz nach, ob und wo mein Kollege Waitz gestern Abend im Einsatz war.«

»Waitz?«, vergewisserte sich der Beamte.

Ann-Sophie Braig buchstabierte den Namen, nannte die Abteilung.

»Einen Moment, bitte.«

Das konnte nicht sein, arbeitete es in ihrem Kopf. Niemals. Das war unmöglich. Waitz, ein aggressiver, unberechenbarer Schläger, ohne Zweifel. Früher, zu ihres Vaters Zeiten, hätten sie den bei der Polizei längst aussortiert. Aber heute passte er genau ins Raster. Und jetzt von seiner Freundin betrogen. Außer sich vor Wut. Nur noch Rache im Sinn. Aber wirklich zu allem bereit?

»Also, gestern gab es derart viele Sondereinsätze, wegen der Plünderungen, Ausschreitungen und so. Nach dem Unwetter, wissen Sie«, erklärte der Beamte. »In Sindelfingen, Böblingen, Herrenberg, Leonberg, Ditzingen, Weil der Stadt. Und natürlich auch in Stuttgart selbst. Am schlimmsten in Cannstatt.«

»In Cannstatt?«, wiederholte sie.

»Ja, am Abend. Am späten Abend«, korrigierte der Mann. »Ah ja, und da habe ich Ihren Kollegen. Waitz, sagten Sie, ja?«

»Waitz, ja.«

»Eingeteilt am späten Nachmittag in Kornwestheim.«

»Kornwestheim.« Irgendwie fühlte sie sich erleichtert.

»Ja«, fuhr der Beamte fort. »Und dann ab 21:30 Uhr etwa noch in Bad Cannstatt.«

»Bad Cannstatt«, wiederholte sie erneut die Aussage des Mannes. »Ab 21:30 Uhr etwa.« Im gleichen Moment lief es ihr heiß über den Rücken.

17. Kapitel

Ann-Sophie Braig fühlte sich wie auf einem schwankenden, in heftige Seenot geratenen Schiff. Sie befürchtete, den festen Boden unter ihren Füßen verloren zu haben, klammerte sich mit ihrer Rechten an der Tischkante fest, starrte ausdruckslos über den Tisch. Waitz, ging es ihr durch den Kopf, war es wirklich möglich?

»Da rette ich mich aus dem Chaos nach Hause und denke, wenigstens im alten Europa herrscht noch ab und an etwas Ruhe, und dann sehe ich: Auch hier ist die Kacke am Dampfen. Brennende Wälder, Städte und Dörfer, Dauerregen, Überschwemmungen, Unwetter und Tornados. Und weil das nicht reicht, gibt's noch Randale.«

Sie hatte nicht zugehört, was ihr Sohn gerade von sich gegeben hatte, nahm Katharina Manders Replik ebenfalls nur als belangloses Geplapper wahr.

»Hast du gedacht, wir leben im Paradies?«

»Haben die starken Männer der Regierung das nicht ausdrücklich versprochen? Sie greifen durch, sorgen für Recht und Ordnung?«

»Für sich und ihresgleichen, ja. Der große Rest kann sehen, wo er bleibt.«

Ann-Sophie Braig erbat sich eine kurze Auszeit, lief in ihr Zimmer. Sie musste sich ein paar Minuten zurückziehen, langsam wieder zu Verstand kommen und sich dann darüber klar werden, wie in der Ermittlung fortzufahren sei. Noch war der Gedanke, Waitz könne mit der Sache zu tun haben, als Täter, als der allein Verantwortliche für die beiden Verbrechen, nur eine Hypothese, ein Verdacht, der auf einer dienstlichen Einmischung in eine Ermittlung, die ihn nichts anging, sowie seinem auffallend aggressiven Verhalten und seinen Drohungen gegen seine ehemalige Partnerin und deren neuen Geliebten beruhte. Und auf seiner Anwesenheit in Bad Cannstatt zur Zeit des Mordes an Jasmin Hummel, fügte sie eilends hinzu.

Drei Hinweise auf ihn als Täter also. Insgesamt noch recht vage. Keinerlei Beweis, keine Zeugenbeobachtung.

Bis zum jetzigen Zeitpunkt jedenfalls.

Zu wenig, um ihn persönlich mit dem Vorwurf, der sich von diesen Hinweisen ableitete, zu konfrontieren. Wollte sie ihn wirklich genauer ins Visier nehmen, musste sie erst weitere Vorarbeiten leisten, schließlich waren nicht einmal die grundlegendsten Sachverhalte erledigt. PIP-Überprüfung des neuen Tatortes, Kontaktdaten der Ermordeten für die letzten Wochen, dazu das Aufenthaltsprofil des Verdächtigen und so weiter. Ihr lagen nicht einmal konkrete Beweise dafür vor, dass es sich bei Jasmin Hummel um Waitz' frühere Partnerin handelte.

Ann-Sophie Braig atmete kräftig durch, läutete dann beim Wochenend-Dienst im Amt an, bat die Kollegin, ein detailliertes Bewegungsprofil von Jasmin Hummel für die vergangenen vierzehn Tage zu erstellen und alle Personen aufzulisten, mit denen die Frau in dieser Zeit Kontakt gehabt hatte. »Dazu benötige ich eine Übersicht und den Zugang zu all ihren E-Mail-Accounts sowie eine Aufzählung sämtlicher Handys, die sich seit gestern Abend um etwa 20 Uhr bis heute Morgen im Bereich des Cannstatter Kurparks eingeloggt haben, und eine Übersicht über alle Kameras in und rund um den Park.« Dazu ein detailliertes Aufenthaltsprofil des Kollegen Waitz, am besten für die gesamte letzte Woche, überlegte sie, unterließ es aber, den Gedanken in Worte zu fassen, weil es ihr wie die unerlaubte Überschreitung einer undefinierten Grenze erschien, einen – wenn auch nicht gerade sympathischen – Kollegen allein wegen eines bisher doch recht vagen Verdachts ohne dessen Wissen zu überprüfen. Sie wollte erst die Ergebnisse der gerade in Auftrag gegebenen Untersuchungen abwarten, dann konnte sie immer noch entscheiden, ob sie Waitz wirklich als Verdächtigen ins Auge fassen musste.

»Das wird aber eine Weile dauern«, gab die Kollegin sofort zu bedenken.

»Kein Problem. Mir ist nur wichtig, dass die Sache sofort bearbeitet wird.«

Die Beamtin sagte ihr zu, sich darum zu kümmern, beendete das Gespräch. Ann-Sophie Braig lehnte sich zurück, fühlte im zentralen Personenregister vor, um alle Informationen durchzusehen, die über Jasmin Hummel zu finden waren. Die Frau schien keinen auffälligen Lebensstil geführt zu haben; wenige Zeilen genügten, ihre Biografie darzustellen.

Jasmin Hummel, geb. 21.7.2040 in Tübingen. Grund- und weiterführende Schule in Tübingen und Esslingen. 2058 Abitur in Esslingen. 2058-2063 Lehramtsstudium für Hauptschulen in Ludwigsburg. 2063-2069 Hauptschullehrerin in Reutlingen. Seit 2069 Hauptschullehrerin in Stuttgart. Wohnsitz ab 1.8.2073 Stuttgart-Bad Cannstatt Burckhardtstraße. Wohngemeinschaft mit Kaja Maier.

Sie schnappte nach Luft, las die Adresse ein zweites Mal. Burckhardtstraße. Eine Parallelstraße weiter hatte sie ihre Kindheit und Jugend verbracht. Augenblicklich wurden die Erinnerungen in ihr wach.

Dr. Genkingers Tierarztpraxis tauchte vor ihr auf, der wilde, verwunschene Garten drum herum, die vielen Tiere, mit denen sie zusammengelebt hatten. Die spitzbübische Miene des Veterinärs, wenn er gerade wieder einer seiner steinreichen Kundinnen die 25., völlig überflüssige Spezialbehandlung für deren neurotischen Vierbeiner aufgeschwätzt hatte, die vielen Obdachlosen und weniger Begüterten, deren Tiere Dr. Genkinger nicht nur kostenlos behandelt, sondern sie auch noch mit Unmengen von Tierfutter beschenkt hatte. Tinnitus, den heiß geliebten Kater ihrer Kindheit, der regelmäßig an sie geschmiegt die Nächte in ihrem Bett verbracht, Cannabis, Dr. Genkingers Hund, der sie auf Schritt und Tritt begleitet hatte.

Schließlich das Nachbarhaus, das Katharina Manders Mutter gemeinsam mit ihrem Lebensgefährten Söderhofer gekauft und anfangs in ein pflegeleichtes, aber seelenloses, ringsum von Kiesterrassen gesäumtes Gebäude verwandelt hatte. Erst unter Katharinas Einfluss hatten sie es gemeinsam wieder in eine üppig grüne

Umgebung gebettet, sämtliche kahlen Stellen entfernt und einen traumhaft schönen Garten mit unzähligen Nutz- und Schmuckpflanzen wachsen lassen.

Die Zeit ihrer Kindheit – im Nachhinein verfiel sie wie viele andere auch manchmal in die Gefahr, sie zu verklären, sich nur an die schönen Momente zu erinnern, die weniger erfreulichen Aspekte auszuklammern. Sie dachte an das unermüdliche Engagement ihrer Eltern und des Tierarztes damals in den Zehner- und Zwanzigerjahren dieses Jahrhunderts, gemeinsam mit vielen anderen die von einflussreichen Industrie-Lobbyisten korrumpierten Politiker dazu zu bewegen, ihren die Klimakatastrophe verursachenden Kurs endlich zu korrigieren, erinnerte sich noch genau an die Ignoranz vieler Mitmenschen wie auch der teilweise skrupellosen Existenzen, denen die langfristigen Folgen ihres Handelns prinzipiell gleichgültig waren. Diesen verantwortungslosen Gestalten hatten sie es in großem Maß zu verdanken, dass das Leben auf dem Planeten jetzt von Tag zu Tag mehr zur Hölle wurde.

18. Kapitel

Eine Stunde später war sie im Cannstatter Kurpark angelangt. Der leichte Brandgeruch, den sie zu Hause ab und an wahrgenommen hatten, war hier nicht mehr zu verdrängen; je nach Windintensität lagen Schwaden von beißendem Rauch schwer in der Luft. Ann-Sophie Braig wies sich den beiden Beamten, die die mit weißen Warnstreifen markierte Absperrung bewachten, gegenüber aus, folgte dem steinigen Weg bis zu dem dichten Dornengestrüpp, das gerade von zwei Kolleginnen der Kriminaltechnik auf Hinweise nach dem Täter untersucht wurde. Die Leiche war bereits abtransportiert; ihre genaue Lage mit Leuchtmarkern signalisiert worden.

»Hallo, an diesem schönen Samstagmorgen«, grüßte sie die beiden in Schutzkleidung gehüllten Frauen.

»Oh, Ann-Sophie, dich hat's auch erwischt.« Edina Terkovic richtete sich vom Boden auf, schaute sich um. »Wo ist dein junger Bäcker?«

Ann-Sophie Braig lachte. »Heute gibt's leider kein zweites Frühstück. Tut mir leid. Er musste zu einem Sondereinsatz wegen der Krawalle.«

»Schade. Ich habe mich schon so auf wunderbare Mohnschnitten gefreut.« Die Kollegin von der Spurensicherung gab sich enttäuscht.

»Hauptsache, Ann-Sophie hat Dienst und nicht das widerliche Großmaul«, meldete sich ihre Kollegin, den Oberkörper vorsichtig aus dem Dornengestrüpp bergend.

Ann-Sophie Braig bedankte sich für das Kompliment, wies auf die Schutzkleidung am rechten Arm der Frau, die völlig zerkratzt schien. »Ist das hier passiert?«, fragte sie.

Die Kollegin richtete ihren Blick auf die übel zugerichtete Partie ihres Anzugs, pfiff leise vor sich hin. »Habe nicht drauf geachtet, nur öfter ein paar Stiche gespürt. Muss hier passiert sein, ja.«

»Dann ist es dem Täter genauso ergangen.«

»Das ist möglich«, meinte Edina Terkovic. »Es könnte allerdings auch sein, dass er die Frau vors Gebüsch gezerrt, sie dann gepackt und reingeworfen hat.«

»Und dann selbst keine Verletzungen davontrug?«

»Wir können es nicht ausschließen. Bis jetzt haben wir jedenfalls keine Fasern und keinerlei Hautpartikel entdeckt.«

»Keine Fasern, keinerlei Hautpartikel?«, wunderte sich Ann-Sophie Braig. »Trotz all der Dornen?«

»Tut mir leid. Normalerweise müssten sich hier unzählige Hinweise auf den Typ finden lassen.« Edina Terkovic griff vorsichtig nach einem Zweig des rotbraun gefärbten Buschwerks, wies auf die winzigen Dornen an den Seiten der Blätter. »Wenn er aber ein paar Schrammen abbekommen hat, bleibt das wohl kaum ohne Folgen. Die Pflanzen sondern nämlich eine leicht ätzende Flüssigkeit ab, die zu Pusteln und Entzündungen führt. Wenn er sich doch verletzt hat und vielleicht sogar allergisch auf das Zeug reagiert, kannst du ihn im Krankenhaus abholen.«

»Schön wär's. Aber so viel Glück ...«

»Ist selten, ja«, gab Terkovic zu. »Sonst haben wir aber leider ...«

»Moment«, fiel ihr ihre Kollegin ins Wort. »Nur keine voreiligen Behauptungen.« Sie richtete sich auf, reckte die Pinzette in ihrer rechten Hand in die Höhe, wies auf den winzigen Partikel, den sie in dem Gestrüpp geborgen hatte.

Ann-Sophie Braig trat näher, sah ein etwa drei auf drei Millimeter kleines Stück Stoff vor sich. »Na, prima, vielleicht stammt das von unserem Täter«, zeigte sie sich erfreut.

»Dann musst du ihn nur noch finden«, konterte die Frau von der Spurensicherung, »und schon können wir eine Vergleichsprobe ziehen.«

»Ich werde mich bemühen.« Sie verfolgte, wie die Frau das winzige Fundstück in einem kleinen, durchsichtigen Beutel verstaute, hörte die harmonischen Signaltöne ihres Handys erklingen. Drei Schritte zurücktretend, nahm sie das Gespräch an.

»Ich wollte mich nur endgültig abmelden«, erklärte Lindler mit gepresster Stimme. »Heute wird es nichts mehr mit mir.« Seine Worte erstarben in heftigem Husten.

»Was ist mit dir? Bist du verletzt?«

Er hatte Mühe, Luft zu finden, kam erst nach einer Weile wieder dazu weiterzusprechen. »Nicht verletzt, nein. Aber heute ist wirklich wieder mal der Teufel los. Ich weiß nicht, ob du es mitbekommen hast, aber hier am Westrand von Stuttgart brennt alles lichterloh.«

»Ich habe die Infos gesehen. Und in Cannstatt liegt Brandgeruch in der Luft.«

»Irgend so ein Vollidiot hat heute Morgen seine brennende Karre einfach im Wald stehen lassen und sich davon gemacht. Wildparkstraße, nicht weit von Botnang. Die Batterie hatte sich entzündet, du weißt ja, welche Temperaturen da entstehen. Wir hatten Böblingen gerade unter Kontrolle, als die Meldung kam. Die ganze Truppe sofort hierher, retten, was noch zu retten ist.«

»Es brennt immer noch?«

Lindlers Husten wollte kein Ende nehmen. »Die haben das total unterschätzt. Dachten wohl, nach dem großen Regen letztes Wochenende hätte das Feuer im Wald keine Chance, dabei ist hier alles trocken wie in der Steppe. Erstens gab es hier am Westrand Stuttgarts weit weniger Niederschläge als im Osten und Richtung Alb, und zweitens ist das inzwischen schon wieder eine Woche her. Und in den letzten Tagen hatten wir ja die ganze Zeit irrsinnige Temperaturen. Das Holz brennt wie Zunder, und der Wind facht es immer wieder neu an, das hört nicht auf. Wir haben schon halb Botnang evakuiert, aber das geht nur mit brachialer Gewalt. Die meisten wollen nicht raus aus ihren Wohnungen, auch wenn die Bäume davor schon in Flammen stehen und die Solarzellen auf den Dächern und an den Fassaden detonieren. Die weigern sich zu gehen, riskieren es lieber, zu ersticken oder zu verbrennen. Und dazu halten sich dermaßen viele Leute in den Häusern auf, das ist verrückt. Viel mehr als in unseren Listen stehen. Ein einziges Chaos, wir wissen nicht mal, wie viele Opfer es schon gibt.« Ein erneuter Hustenanfall ließ ihn wieder verstummen.

Der gedämpften Geräuschkulisse nach wandte er sich von seinem Handy ab, wohl um sie nicht allzu heftig mit seinen Atemproblemen zu belästigen, fand erst nach einer Weile wieder zu einem holprigen: »Und was machen, äh, was machen deine Ermittlungen? Waitz und so?«

»Ich bin in Cannstatt. Im Kurpark, wo diese Jasmin Hummel gefunden wurde. Bisher haben wir nur wenig verwertbares Material entdeckt. Ich gehe jetzt in ihre Wohnung.«

»Wo ist das?«

»Keine fünf Minuten vom Kurpark entfernt. Auf der anderen Seite der Bahn. Ich bin dort aufgewachsen, direkt nebenan.«

»Oh, alte Erinnerungen, schön.« Er hustete wieder, hatte Mühe weiterzusprechen.

»Alte Erinnerungen, ja. Aber ich will dich nicht länger aufhalten«, erklärte sie. »Und du solltest dringend dort weg. Deine Lungen …«

Eine heftige Explosion am anderen Ende der Leitung, so laut, dass es in ihren Ohren schmerzte, ließ sie verstummen. »Was war das?« Im Hintergrund schrien mehrere Menschen, dann waren weitere kräftige Schläge zu hören.

»Verdammte Scheiße, das Dach, oder nein, das halbe Haus«, röchelte Lindler, »und die beiden Nachbargebäude gleich dazu, Scheiße, was für eine Scheiße! Eingestürzt wie Spielzeugbauten, die ganze Reihe. Und die

Idioten waren anscheinend wieder drin, obwohl wir sie rausgeprügelt hatten ...« Sein Husten raubte ihm den letzten Atem. »Ich muss rein, vielleicht ist noch was zu retten. Bis später.«

»Sei vorsichtig, riskiere nicht dein Leben!«, rief sie, bemerkte dann aber, dass er die Verbindung bereits unterbrochen hatte.

Brandgeruch stach ihr in die Nase, sie wandte sich den Kolleginnen zu. »Die haben das Feuer immer noch nicht unter Kontrolle.«

»Dein junger Bäcker ist vor Ort?« Edina Terkovics Miene wirkte besorgt.

»Anscheinend mittendrin. Das hörte sich nicht gut an.«

»Hoffentlich passt er auf sich auf. Die jungen Kerle ...«

19. Kapitel

Jasmin Hummels Wohnung lag doch etwas weiter von Ann-Sophie Braigs ehemaligem Elternhaus entfernt, als sie vermutet hatte. Die Hausnummer führte sie fast ans entgegengesetzte Ende der langgestreckten Straße, wo höhere Gebäude zu finden waren als in der Park-ähnlichen Gegend ihrer Kindheit und Jugend. Und mit dem ökologisch nachhaltigen Umbau des Verkehrsstrangs war es auch noch nicht weit her: Nur auf weniger als der Hälfte der Straße waren die Stellplätze der Autos entfernt, der Asphalt auf eine schmale Fahrspur reduziert und das natürliche Erdreich auf den restlichen Flächen freigelegt, sodass sich dort Büsche, Bäume und Blumen frei entfalten konnten. Noch viel Arbeit also, überlegte sie, um den Anwohnern zu besserer Lebensqualität zu verhelfen.

Sie hatte eine der Kolleginnen, die die Absperrungen bewachten, gebeten, sie zur Überprüfung der Wohnung der Ermordeten zu begleiten, sich dann von den beiden Spurensicherinnen verabschiedet. Die gesuchten Räume lagen im ersten Obergeschoss. *Kaja Maier Jasmin Hummel* verkündete das Namensschild.

Ann-Sophie Braig läutete, ließ ihrer Kollegin den Vortritt. Sie hatten sich telefonisch angekündigt, fanden

Jasmin Hummels Mitbewohnerin mit fragender Miene in der offenen Tür stehend vor. Eine etwa dreißig Jahre junge Frau mit langen, dunklen Haaren und kräftiger, sportlich durchtrainierter Figur. Sie war mit einem weißen T-Shirt und kurzen, grünen Hosen bekleidet. Ann-Sophie Braig stellte sich und ihre Begleiterin vor, bat um eine kurze Unterredung.

Kaja Maier führte sie in die kleine Gemeinschaftsküche, einen zweckmäßig mit Haushaltsgeräten, Schrank, Tisch und vier Stühlen ausgestatteten Raum, nahm dort gemeinsam mit ihren Besucherinnen Platz. »Was ist mit Jasmin?«, fragte sie. »Doch hoffentlich nichts Schlimmes?«

»Sie sind mit Frau Hummel befreundet?« Ann-Sophie Braig beschloss, ihre Gesprächspartnerin erst später über das Geschehen zu informieren.

Kaja Maier schüttelte den Kopf. »Wir spielen in derselben Mannschaft. Handball. Meine bisherige Mitbewohnerin zog nach Frankfurt, und Jasmin suchte eine neue Bleibe. Deshalb wohnen wir zusammen.«

»Das heißt, sonst gehen Sie getrennte Wege?«

»Meistens, ja. Es sei denn, es hat mit Handball oder Sport allgemein zu tun.«

»Aber Sie sprechen miteinander. Über Ihre Pläne, Ihre Freunde und so.«

Kaja Maier wog ihren Kopf hin und her. »Je nachdem. Smalltalk, ja. Aber nichts, was tiefer geht. Bisher jedenfalls. Jasmin wohnt noch keine drei Wochen hier. Und die letzten Tage war sie mit ihren Tierschützern unterwegs. Irgendwo im Schwarzwald. Da ist sie auch engagiert. Und was unser Verhältnis betrifft: Wir spielen in einem Team, ich sagte es ja schon. Ab und an tauschen wir uns aus. Was gerade so anfällt, nicht unbedingt Weltbewegendes.«

»Die letzten Tage war sie unterwegs, sagen Sie. Wie lange und wo?«

»Von Montagmorgen bis Donnerstagabend. Irgendwo im Schwarzwald. Genauer weiß ich es nicht.«

»Wissen Sie, was Frau Hummel gestern Nachmittag und Abend vorhatte?«

Kaja Maier musste nicht lange überlegen. »Sie war mit einer Freundin verabredet. Schon länger, soweit ich weiß. Eigentlich wollte sie ihr ihren neuen Freund vorstellen, aber der ist ja letzte Woche überraschend gestorben.«

»Murat Stegner.«

»Ihr Freund?« Kaja Maier musterte sie mit ratlosem Blick. »*Ratzi*. Mir erzählte sie immer was von ihrem *Ratzi*.«

»Er wurde ermordet«, erklärte Ann-Sophie Braig.

Die Miene ihrer Gesprächspartnerin wirkte zunehmend verwirrter. »Sie hat erst gestern Mittag davon erfahren, weil sie ja die ganzen Tage vorher weg war. Mir gegenüber sprach sie von einem tragischen Unfall. Im Zusammenhang mit den Hangrutschungen und dem Kollaps der Häuser letzte Woche in der Innenstadt.«

Die beiden Frauen schienen wirklich keinen intensiven Austausch gehabt zu haben. »Die Freundin, mit der Frau Hummel gestern verabredet war«, hakte sie nach. »Kennen Sie den Namen?«

Kaja Maier schüttelte den Kopf. »Den hat sie nicht erwähnt. Ich weiß nicht mal, was genau sie vorhatten.« Sie verstummte einen Moment, überlegte. »Ich glaube, sie hatte überhaupt keine Lust zu dem Treffen. Sie war total deprimiert wegen dem Tod ihres Freundes und wollte sich am liebsten in ihrem Zimmer verkriechen. Aber weil sie sich schon lange mit ihrer Freundin verabredet hatte … Mehr kann ich Ihnen dazu nicht sagen. Sie hat nicht viel erzählt. Ist ja auch kein Wunder nach dieser schrecklichen Sache, nicht wahr? Aber was ist mit ihr? Warum fragen Sie mich das alles?«

Ann-Sophie Braig warf ihrem Gegenüber einen resignierten Blick zu. Viel war das nicht, was die Frau ihr bisher mitgeteilt hatte. Jasmin Hummel war mit einer Freundin verabredet gewesen. Kein Name, kein Treffpunkt. »Sie haben wirklich keine Ahnung, wie die Freundin heißt? Wo sie wohnt, woher sie sie kennt? Frau Hummel hat das kein einziges Mal erwähnt?«

Kaja Maier erhob sich von ihrem Stuhl, lief unruhig vor dem Tisch hin und her. »Nein«, erklärte sie dann. »Seit dem Unfall, äh, Tod ihres Freundes, haben wir kaum etwas miteinander gesprochen. Wir haben uns in der Zeit auch kaum gesehen. Wie erwähnt, sie war vier Tage weg. Aber jetzt sagen Sie doch endlich: Was ist mit ihr?«

So unergiebig das Gespräch bisher auch war, Ann-Sophie Braig sah keinen Grund, die Frau noch länger im Ungewissen zu lassen. Sie wandte sich ihr zu, ersparte sich jede Vorrede. »Frau Hummel wurde heute Nacht Opfer eines Verbrechens«, sagte sie. »Tut mir leid, dass ich Ihnen keine freundlichere Nachricht bringen kann.«

Kaja Maier schnappte nach Luft, ließ sich wieder auf ihren Stuhl fallen. Sie schüttelte den Kopf, ließ ihren Tränen freien Lauf. »Ich kannte sie ja kaum«, presste sie mühsam hervor, »aber das …«

Ann-Sophie Braig war augenblicklich klar, was sie meinte. Es war etwas völlig anderes, ob man die Botschaft vom Tod eines Menschen, mit dem man näheren Kontakt gehabt hatte, hörte, oder von dem eines Fremden. Sie ließ der Frau deshalb Zeit, die Nachricht zu verarbeiten, sprach sie erst ein paar Minuten später auf das Zimmer ihrer Mitbewohnerin an. »Wir würden es uns gerne anschauen.«

»Ihr Zimmer?«, wiederholte ihre Gesprächspartnerin mit kaum vernehmbarer Stimme. »Aber das ist noch nicht einmal eingerichtet. Die Kartons, sie stehen fast alle an der Wand.« Sie erhob sich von ihrem Stuhl, führte sie mit bleicher Miene aus der Küche, zeigte auf die Tür am Ende des kurzen Flurs. Sie war offensichtlich derart getroffen, dass sie kein weiteres Wort mehr hervorbrachte.

Ann-Sophie Braig warf einen Blick in den genannten Raum, fand die Aussage der Frau bestätigt. Das Zimmer wirkte in der Tat noch nicht bewohnt. Überall an der Rückwand Kartons, fast alle noch verschlossen. Nur das Bett und ein schmaler Schreibtisch schienen benutzt, auch im Kleiderschrank fanden sich getragene Textilien.

»Wonach suchen wir?«, fragte die Kollegin.

»Persönliche Erinnerungen von Frau Hummel. Namen und Fotos von Leuten, mit denen sie Kontakt hatte«, überlegte Ann-Sophie Braig. Sie wies auf die Kartons, spürte ihr Handy vibrieren. »Hinweise auf einen Kontakt zu Murat Stegner.« Sie sah, wie sich die Kollegin an die Arbeit machte, nahm das Gespräch an.

»Hagel von der Kriminaltechnik«, stellte sich der Beamte vor. »Es geht um eine Jasmin Hummel.«

»Sie haben erste Ergebnisse?«, freute sie sich.

»Ergebnisse negativen Inhalts«, antwortete der Mann. »Da wurde gründlich manipuliert.«

»Wovon sprechen Sie?«

»Das Bewegungsprofil der Frau lässt sich nicht erstellen. Eingriff ins PIP heute Nacht um 0:15 Uhr.«

»Heute Nacht?« Möglicherweise unmittelbar nach dem Tod der Frau, überlegte sie.

»Sie wurde gründlich aussortiert. Als hätte es die Person nie gegeben. Da waren Profis am Werk.«

»Keinerlei Aufenthaltsverläufe oder Menschen, mit denen sie Kontakt hatte?«

»Alles weg. Wie erwähnt, heute Nacht um 0:15 Uhr.«

»Was ist mit ihren E-Mail-Accounts?«

»Die Namen der verschiedenen Accounts kann ich Ihnen gerne geben, die Inhalte leider nicht. Alle vier wurden heute Nacht um 0:28 Uhr gelöscht.«

»Wie bitte?«

»Ich sagte Ihnen bereits, da waren Profis am Werk. Die haben das nicht zum ersten Mal gemacht.«

»Die Löschung lässt sich aber doch hoffentlich korrigieren?«

»Das kann ich Ihnen nicht beantworten. Wir haben ein paar Spezialisten an der Hand. Aber ob die es wirklich schaffen und wie lange sie dafür benötigen – keine Ahnung.«

»Dann geben Sie das bitte sofort in Auftrag«, forderte sie ihn auf.

»Das werde ich tun. Aber versprechen Sie sich bitte nicht zu viel davon. Jedenfalls nicht in den nächsten Stunden oder Tagen.«

»Die Handys, die seit gestern Abend im Bereich des Cannstatter Kurparks eingeloggt waren und die Kameras rund um den Park – was ist mit denen?«

»Ich kann Ihnen auch in dieser Angelegenheit nur den Zeitpunkt nennen, an dem ein illegaler Eingriff erfolgte. Die Kameraaufnahmen wurden um 0:37 Uhr rückwirkend gelöscht, die Handy-Aufzeichnungen genau neun Minuten später. So lange dauert es wohl, bis sich ein Profi an die entscheidende Stelle vorgearbeitet hat, an der er alles auflösen kann.«

»Aber die Daten sind doch nicht alle komplett verloren?«

»Fragen Sie das nicht mich. Ich bin nur ein einfacher IT-Spezialist beim LKA. Sollte dem oder den Tätern bei der Manipulation ein Fehler unterlaufen sein, werde ich ihn finden und den Eingriff korrigieren, das kann ich Ihnen versprechen. Das alles bis ins Detail nachzuprüfen, benötigt aber Zeit.«

»Wenn Ihre Bemühungen zum Erfolg führen, kommt es auf ein paar Minuten nicht an.«

»Ich rede nicht von Minuten. Wohl auch nicht von Stunden. Schon eher von Tagen«, konterte Hagel.

»Ich baue auf Sie«, versuchte sie ihn anzuspornen. »Sie bekommen das hin.«

Eingriff ins PIP heute Nacht um 0:15 Uhr, hatte sich der Kollege geäußert, die Inhalte der Accounts wurden alle gelöscht. Und die Handy-Aufzeichnungen und die Kameraaufnahmen rund um den Cannstatter Kurpark ebenfalls. *Da waren Profis am Werk.* Zu dieser Äußerung hatte er sich sogar zwei Mal hinreißen lassen. *Profis.*

Um 0:15 Uhr war der erste Eingriff erfolgt, gegen 0:28 Uhr der zweite, die folgenden dann um 0:37 Uhr und

0:46 Uhr. *Profis.* Wo waren Profis, also Leute, die berufsbedingt ständig Umgang mit diesen Daten hatten, in allererster Linie zu finden?

Sie musste keine Sekunde über diese Frage nachdenken, hatte die Antwort aus ihrer alltäglichen, seit Jahren ausgeübten Praxis sofort parat. Polizeibeamte. Wer sonst?

Ihr war augenblicklich klar, was das bedeutete.

Wie hatte sie das die ganze Zeit übersehen, nicht einen Moment darüber nachdenken können? Polizeibeamte.

Waitz, Waitz, Waitz.

Mit einem Seufzer wandte sie sich den Kartons zu, die ihre Kollegin inzwischen sorgsam in einen großen und einen kleinen Stapel getrennt hatte.

»Kleidung, Schuhe, Krimskrams«, erklärte die Frau, auf die größere Ansammlung deutend, »das bringt uns wohl kaum weiter, denke ich.« Sie drehte sich um. »Digitale Speicher, Bücher, Papiere. Da könnte vielleicht was zu holen sein. Ich habe schon mal angefangen.«

Ann-Sophie Braig sah den geöffneten Karton auf dem Tisch, bemerkte, dass er verschiedene Papiere enthielt. Werbe-Flyer eines Handball-Vereins, Anleitungen zu sportgymnastischen Übungen für junge Leute, die Verlaufsprotokolle mehrerer Fußballspiele verschiedener Schülermannschaften.

»Hier, das sollten Sie sich anschauen«, erklärte die Frau, einen bunten Computer-Ausdruck in der Hand.

Sie nahm das Papier entgegen. Große, farbige Lettern über einem Bild: *Streit in der Mars-Kolonie.*

Die Fotomontage zeigte die im Jahr 2063 auf dem Planeten Mars errichtete Siedlung, vor der zwei dick vermummte Gestalten mittelalterlichen Rittern gleich ihre Schwerter kreuzten. Der darunter folgende Text wies auf ein von den Schülerinnen und Schülern der Wilfried-Kretschmann-Gesamtschule in Reutlingen arrangiertes Theaterstück hin, welches das problematische Zusammenleben auf engem Raum thematisierte. Die Liste der Darsteller beinhaltete die genaue Aufgabe des jeweiligen Akteurs in dem Stück wie die Zugehörigkeit der Schüler zu ihren Klassen. Es folgte die Aufzählung der betreuenden Lehrer und der Name der Regisseurin: Elisa Hofer.

Wir freuen uns auf euren Besuch, lautete die letzte Zeile, mit dem Verweis auf die drei Termine, an denen die Aufführung stattfand. Drei Termine aus dem vergangenen Juli.

Ann-Sophie Braig versuchte, die handschriftliche Notiz zu entziffern, die quer über der unteren Hälfte des Blattes prangte.

»*Mein neues Werk*«, kam ihr ihre Kollegin zuvor. »*Persönlicher Bericht am 18.8. in Stuttgart? Elisa.*«

»Am 18.8.«, überlegte Ann-Sophie Braig. »Das war gestern.«

»Ja«, bestätigte die Frau. »*Persönlicher Bericht.* Das klingt so, als hätte sie sich gestern mit einer Elisa treffen wollen. Wahrscheinlich mit dieser Elisa.« Sie deutete auf den Namen der Regisseurin am Ende der Darsteller-Liste: Elisa Hofer.

»*Mein neues Werk*«, steht hier. »Das Werk der Regisseurin Elisa Hofer.«

»Sehr gut. Das werde ich sofort überprüfen.« Ann-Sophie Braig zögerte keine Sekunde, gab den Namen der

Frau sowie die aufgeführte Schule in ihr Smartphone ein. Eine an der Wilfried-Kretschmann-Gesamtschule in Reutlingen tätige Lehrerin namens Elisa Hofer war mit dem Wohnsitz Tübingen verzeichnet.

»Volltreffer«, freute sie sich. »Mit etwas Glück haben wir die Freundin, mit der sich Frau Hummel gestern getroffen hat, gefunden. Und mit noch mehr Glück kann die uns erzählen, was sie im Cannstatter Kurpark zu suchen hatte.«

20. Kapitel

Der erste Versuch, Elisa Hofer fernmündlich zu erreichen, schlug fehl. Ann-Sophie Braig wartete, bis sich die Mailbox der Frau einschaltete, stellte sich dann kurz vor und bat um möglichst schnellen Rückruf.

Die Durchsicht der Kartons erbrachte außer der Entdeckung Elisa Hofers nichts von Belang, weder persönliche Erinnerungsstücke noch Fotos oder Ausweise oder andere Dokumente. Entweder sie waren trotz aller Mühe nicht gründlich genug vorgegangen, oder Jasmin Hummel war eine jener immer zahlreicheren Personen, die sich den materiellen Ballast weitgehend ersparen wollten und deshalb fast alles auf virtuellem Weg ablegten und verwahrten. Jetzt noch darauf zu hoffen, zufällig auf einen brauchbaren Fund zu stoßen, schien ihr zunehmend Zeitverschwendung. Die Burckhardtstraße lag keinen Kilometer vom Landeskriminalamt entfernt; es war sinnvoller, in ihrem Büro vorbeizuschauen, um die weiteren Ermittlungen von dort zu koordinieren.

Sie schlug ihrer Kollegin deshalb vor, die Arbeit zu beenden und das Material wieder in die Kartons zurückzuverfrachten, hatte plötzlich den intensiven Geruch von Rauch in der Nase. »Was ist da los?«, fragte sie. »Irgendwas angebrannt?« Sie trat aus dem Zimmer, fand die Küche unversehrt vor.

Kaja Maier saß mit abwesendem Blick auf einem der Stühle, den Kopf in die Hände gestützt.

»Der Herd ist aus?«, erkundigte sich Ann-Sophie Braig.

Die junge Frau reagierte wie in Zeitlupe. »Wie bitte?«

»Es riecht angebrannt«, antwortete Ann-Sophie Braig. Im gleichen Moment bemerkte sie die Rauchschwaden vor dem Fenster.

»Das kommt von draußen«, hörte sie ihre Kollegin rufen.

Sie warf einen Blick auf den regionalen Nachrichtenblock auf ihrem Monitor, sah sich mit einem nicht enden wollenden Potpourri von Bildern und Texten über brennende Wälder und Gebäude im Westen Stuttgarts konfrontiert. *Die Hölle von Feuerbach,* lautete eine der Überschriften, darauf folgten Aufnahmen von lichterloh in Flammen stehenden Häusern und Fabrikgebäuden, um schließlich in die Meldung *Botnang im Feuer des Todes* überzugehen. Die Aufnahmen unterschieden sich nur in Details.

Oh nein, schoss es ihr durch den Kopf, Lindler. Der arme Kerl steckte vielleicht mittendrin.

Obwohl sie es sicherheitshalber gleich zwei Mal versuchte, erreichte sie nur seine Mailbox. »Ich bin's«, sagte sie. »Ich will nur wissen, wie es dir geht. In den Nachrichten sieht es nicht gut aus. Pass auf dich auf!«

Sie wartete, bis ihre Kollegin den Rest des Materials vollends in einer der Kisten verstaut hatte, verabschiedete sich dann von beiden Frauen.

Die Luft draußen war tatsächlich von dichten Rauchschwaden getränkt, weit intensiver als vorher während ihres Aufenthalts im Kurpark. Sie hielt sich beide Hände vors Gesicht, hatte den Brandgeruch dennoch innerhalb kürzester Zeit in voller Intensität in der Nase. Obwohl es sich um einen wolkenfreien Sommertag mitten im August handelte, wähnte sie sich in den späten November versetzt. Kein einziger Sonnenstrahl drang zu ihr durch, die Abenddämmerung schien längst angebrochen. Erst als sie den Augsburger Platz überquert und das Amt fast erreicht hatte, schien sich die Atmosphäre aufzuhellen. Hustend und schwer atmend passierte sie die automatische Eingangskontrolle. Sie nahm den Aufzug zu ihrem Büro, spürte ihr Handy vibrieren. Es handelte sich um eine Nachricht aus der Vermittlungsstelle.

»Gerade ist eine Mail eingegangen, die Tote im Cannstatter Kurpark betreffend. Ich nehme an, Sie sind dafür zuständig. Ist das korrekt? Wenn ja, leite ich die Mail an Sie weiter.«

Sie bestätigte die Vermutung des Kollegen, sah kurz darauf die Zeilen einer Maggie Scharf aufploppen. Der Name sagte ihr nichts. Sie lief in ihr Büro, konzentrierte sich dann auf die Mail.

An die Polizei. In den Nachrichten lese ich vom Tod einer Jasmin Hummel. Im Kurpark Bad Cannstatt, wenn ich das richtig verstehe. Kann das wirklich stimmen? Ich habe jetzt versucht, Jasmin zu erreichen, das klappt aber nicht. Das macht mich nervös. Handelt es sich wirklich um Jasmin Hummel aus Tübingen? Ich habe sie nämlich gestern Abend noch gesehen. Ich kam nicht dazu, mit ihr zu reden, habe sie aber genau erkannt. Irgendwann nach 22 Uhr, kann aber auch später gewesen sein, in Cannstatt. Sie war in Gesellschaft dieses Typen. Sie wirkte ziemlich aufgedreht. Und jetzt soll sie tot sein? Einen Tag später? Ich kann es nicht glauben. Ich weiß nicht, ob Ihnen meine Beobachtung hilft. Aber ich habe Jasmin wirklich gesehen, ich bin mir absolut sicher. Vielleicht nützt Ihnen das was. Maggie Scharf.

Ann-Sophie Braig fühlte sich plötzlich hellwach. So hausbacken, ja teilweise naiv die Zeilen im ersten Moment anmuteten, ein paar Bemerkungen ließen sie aufhorchen. Sie warf erneut einen Blick auf den Text, versuchte, die entscheidenden Worte herauszufiltern.

Gestern Abend. Irgendwann nach 22 Uhr, kann aber auch später gewesen sein. In Cannstatt. Sie war in Gesellschaft dieses Typen. Sie wirkte ziemlich aufgedreht.

Nach 22 Uhr oder später, überlegte Ann-Sophie Braig. Wenn das wirklich stimmte, hatte Frau Scharf Jasmin Hummel kurz vor deren Tod noch gesehen. Eine Stunde vorher vielleicht.

In Cannstatt. Wo genau?

In Gesellschaft dieses Typen. Welcher Typ?

Ziemlich aufgedreht. Was genau meinte die Frau mit diesem Ausdruck?

Ann-Sophie Braig spürte ihre Anspannung wachsen, gab den Auftrag, sich mit Frau Scharf verbinden zu lassen. Im gleichen Moment signalisierte ihr Handy einen neuen Anruf aus dem Kellergeschoss.

»Hagel von der Kriminaltechnik. Jasmin Hummel. Es gibt eine Chance.«

Der Adrenalinpegel in ihrem Blutkreislauf schnellte augenblicklich in die Höhe. »Wie sieht die aus?«

»Die Manipulation des PIP. Der Täter muss ganz schön in Eile gewesen sein. Ich glaube, ihm ist ein Fehler unterlaufen.«

»Welcher Art?«

»Sie wissen ja, wie das PIP funktioniert. Der jeweilige Aufenthaltsort einer Person wird von den Sensoren in ihrer Nähe wahrgenommen. Schaltet man diese für eine bestimmte Zeit aus, wird das Gebiet in deren Umgebung nicht erfasst. In unserem Fall erfolgten die Manipulationen des PIP rückwirkend, das heißt, die Aufzeichnungen bestimmter Sensoren wurden gelöscht. Das ließ sich relativ einfach bewerkstelligen, weil es sich nur um wenige Geräte handelt, die ausgeschaltet werden mussten. Je größer deren Anzahl, desto aufwendiger und zeitraubender der Eingriff. Und genau das war wohl das Problem unseres Täters oder der Täter: Es sieht so aus, als hätte die Zeit gefehlt, die Sensoren weiträumig außer Kraft zu setzen.«

»Sie meinen, nur die Aufzeichnungen in unmittelbarer Kurpark-Nähe wurden gelöscht?«

»Genau.«

»Aber was nützt uns das? Die weiter entfernten ...« Sie wagte nicht auszusprechen, was die Ausführungen des Kollegen anzudeuten schienen.

»Unter bestimmten Umständen lassen sich Bewegungsprofile auch mit nicht unmittelbar benachbarten Sensoren erstellen. In dicht besiedelten Regionen zum Beispiel, wo sich viele Geräte befinden.«

»Wir reden aber vom Cannstatter Kurpark. Der ist nicht gerade dicht besiedelt«, wandte sie ein. »Da wohnt überhaupt niemand.«

»Es handelt sich aber um eine relativ kleine Fläche. Außerdem ist das Gelände auf allen Seiten von dichter Bebauung umgeben. Und, das ist ein wesentlicher Punkt, Teile des Parks liegen auf einem stark ansteigenden Hang. Und genau das Areal im oberen Bereich, wo die Tote gefunden wurde, wird auch von weiter entfernten Sensoren erfasst. Schwach zwar nur, aber immerhin. Was ich sagen will: Ich bin gerade dabei, die Geräte der Umgebung zu überprüfen, eines nach dem anderen. Mit etwas Glück finden sich doch noch ein paar relevante Daten. Geben Sie mir eine gute Stunde, dann weiß ich mehr.«

Ann-Sophie Braig bedankte sich bei dem Kollegen, wünschte ihm viel Erfolg. Sollten sich auf diesem Weg doch noch Fortschritte erzielen lassen? Vielleicht gar die Identifikation von Personen, die sich am Vorabend zu später Stunde im Bereich des Kurparks aufgehalten hatten? Sie wagte nicht darauf zu hoffen, wollte sich den Schock der Enttäuschung ersparen, dem sie im Fall einer abschlägigen Information durch den Kollegen der Kriminaltechnik ausgesetzt wäre. Die Aussagen des Mannes hatten sich zwar vielversprechend angehört, eine Erfolgsgarantie allerdings beinhalteten sie nicht. Wie sollten sie das auch, wo die normalen Wege, Kenntnis über das nächtliche Geschehen zu erlangen, mit der Absicht, genau dies zu verhindern, eliminiert worden waren?

Sie erinnerte sich an ihren Versuch, Maggie Scharf zu erreichen, gab den Auftrag erneut ein. Kurz darauf meldete sich der Anrufbeantworter der Frau mit der Aufforderung, das Anliegen auf Band zu sprechen, weil die gewünschte Gesprächspartnerin im Moment nicht erreichbar sei. Ann-Sophie Braig kam dem nach, bat die Frau um einen möglichst schnellen Rückruf.

Sie lief in den Vorraum, holte sich einen Kaffee aus dem Automaten. Er schmeckte wässrig und eher nach Chemie als nach Kaffee, aber das war sie ja längst gewöhnt. Fast alle Kaffeefirmen streckten ihre Produkte seit Jahren mit irgendwelchen synthetisch hergestellten Ersatzstoffen, weil die Ernte von Kaffeebohnen wie die von fast allen Nahrungsmitteln aufgrund der klimatischen Veränderungen von Jahr zu Jahr geringer ausfiel.

Die Worte dieser Frau Scharf gingen ihr nicht aus dem Sinn. Sie überlegte, was die Frau wohl beobachtet hatte. Gestern am späten Abend, kurz bevor Jasmin Hummel ums Leben kam. Mattis Anruf riss sie aus ihren Gedanken.

»Wo bist du?«, fragte er. Seine Stimme klang besorgt.

»Im Amt. Und ihr?«

»Na, wir sind immer noch mit der Reinigung der Zisterne beschäftigt. Du glaubst nicht, was wir an verrottetem Laub und Pflanzenresten daraus hervorgezaubert haben. Die Ernte eines ganzen Jahres.«

Sie lachte, schaute zum Fenster. Einzelne Schwaden von Rauch zogen draußen vorbei. »Wie steht es mit der Luft? Ist der Gestank des schmierigen Schmuddels auszuhalten?«

»Der ist nicht mal so schlimm«, antwortete Mattis. »Aber der Rauch ist kaum mehr zu ertragen. Wie sieht es bei dir aus?«

»Ganz schön heftig. Ich bin froh, dass ich nicht mehr draußen unterwegs bin.«

»In den Nachrichten bringen sie grauenvolle Bilder. Ist Nils immer noch im Einsatz in Botnang?«

»Keine Ahnung. Ich sollte ihn vielleicht mal wieder anrufen. Wenn der Rauch jetzt aber auch euch zu schaffen macht, solltet ihr aufhören und das Haus dichtmachen. Die giftige Luft ist der Gesundheit nicht gerade zuträglich.«

»Das Wichtigste haben wir erledigt. Die Zisterne ist so gut wie sauber. Wir wollten sowieso gerade aufhören.«

Ann-Sophie Braig wollte ihrem Sohn gerade antworten, als sie einen unbekannten Anrufer anklopfen hörte. »Oh, ich muss das Gespräch beenden. Ich habe jemanden in der Leitung. Möglicherweise dienstlich. Macht's gut. Ich melde mich, sobald ich kann.« Sie wechselte zu der neuen Verbindung, hatte eine schrille weibliche Stimme am Ohr.

»Maggie Scharf. Sind Sie von der Polizei?« Die Frau war nur schwer zu verstehen.

»Ah, ja.« Sie beeilte sich, ins Büro zu kommen, schloss die Tür hinter sich.

»Sie haben eine Nachricht …« Die Anruferin schien zu schreien, kam dennoch kaum gegen den Hintergrundlärm an.

»Ja. Es geht um Jasmin Hummel. Sie haben sie gestern Abend noch gesehen. Ist das richtig?«

»Jasmin, ja. Ich glaube, ich muss hier raus. Ich verstehe Sie kaum.«

Ann-Sophie Braig hörte die Frau schwer atmen. Sie schien sich zu bewegen, weg von der lauten Umgebung, den kräftig hallenden Geräuschen nach in einem geschlossenen Raum.

»So, endlich bin ich an der Tür.«

»Prima, jetzt verstehe ich Sie auch besser.«

»Ja, wir feiern Sommer-Fasnet. Da ist es einfach zu laut.«

»Sommer-Fasnet.« Ann-Sophie Braig hatte schon davon gehört. Fastnacht wurde seit etlichen Jahren nicht nur im Februar, sondern auch im August gefeiert. Die Anzahl der Festivitäten schien kein Ende nehmen zu wollen. Volksfest im Frühling und Herbst, Fasching im Sommer und Winter, dazu private, regionale und lokale Feste ohne Ende. Die Sucht nach Abwechslung, Rausch und Abtauchen aus der Realität wuchs von Jahr zu Jahr. Je unwirtlicher die Welt durch die zerstörerischen Aktivitäten des Menschen wurde, desto größer der Wunsch, sich dem Ganzen durch Flucht zu entziehen – entweder in eines der vielen Metaversen oder in den unaufhörlichen Reigen der verschiedensten Feste.

»Jedes Wochenende in einer anderen Stadt. Diesmal in Cann…« Maggie Scharfs Worte gingen im unvermittelt einsetzenden Lärm eines laut aufheulenden Gebläses unter.

Dem Geräusch nach hatte sich die Frau ins Umfeld einer Vakuum-Toilette verzogen, überlegte Ann-Sophie Braig. »Jasmin Hummel«, kam sie zu ihrem zentralen Anliegen. Sie hoffte, dass ihre Gesprächspartnerin sie hören konnte. »Sie haben sie …«

»Gestern Abend«, fiel ihr Maggie Scharf ins Wort. »Wir kamen gerade aus dem Lokal ins Freie, da sah ich sie. Ist das wirklich wahr?«

»Dass sie nicht mehr lebt?«

»In den Nachrichten wurde das behauptet.«

»Wenn wir von derselben Frau sprechen, ja. Eine Jasmin Hummel …«

»Von derselben Frau?«, kreischte Maggie Scharf mit ihrer schrillen Stimme. »In den Nachrichten zeigten sie ihr Foto. Das ist Jasmin. Eindeutig. Aber als ich sie sah, war sie noch quicklebendig.«

»Wann war das genau?«

»Irgendwann nach 22 Uhr. Genauer kann ich es nicht sagen. Wir mussten die Kneipe früher verlassen. Es gab Randale. Sie wissen ja Bescheid.«

»Was war da los?«

»Na, das müssen Sie doch besser wissen als ich. Warum wurde das Lokal geräumt? Alles war voller Polizei, die ganze Straße. Eingeschlagene Scheiben, Überreste von Kisten und Kartons, Scherben und Müll. Keine Ahnung, was da passierte. Irgendwann erzählten sie was von Plünderern. Jasmin wirkte ziemlich aufgedreht.«

»Was meinen Sie damit?«

»Na, sie … Ich glaube, sie hatte Streit mit ihrem Typen. Die zofften sich. So kam es mir vor.«

»Mit welchem Typ?«

»Na, ihrem Typ. Mit dem sie zusammen ist.«

»Der war dabei?«

»Sage ich doch.«

Ann-Sophie Braig hielt einen Moment inne. Bisher war sie davon ausgegangen, dass Jasmin Hummel mit Murat Stegner zusammen gewesen war. Dem Mann, den ein noch unbekannter Täter vor fast einer Woche getötet hatte. War sie – was die Liaison der beiden Opfer betraf – einem Irrtum erlegen? »Wie heißt der Mann?«, fragte sie.

»Woher soll ich das wissen?« Wieder unterbrach der unvermittelt einsetzende Lärm eines kräftigen Gebläses ihr Gespräch. »War doch keine so gute Idee, auf dem Klo zu telefonieren«, bestätigte die Frau Ann-Sophie Braigs Vermutung, die Geräusche einer Vakuum-Toilette vernommen zu haben.

»Sie glauben aber, Jasmin Hummel und ihren Partner erkannt zu haben. Obwohl es um die Zeit schon dunkel war.«

»Ob ich das glaube?«, protestierte Maggie Scharf mit schriller Stimme. »Das war sie! Jasmin und ihr Typ! Die standen im Scheinwerferlicht der Polizei. Hundert pro!«

»Woher kennen Sie Frau Hummel?«

»Vom Sport. Handball. Ich war aber nie voll dabei. Nur wenn ich Lust hatte. Deshalb reichte es bei mir nur zur Ersatzspielerin. Im absoluten Notfall. Bei Jasmin war es ähnlich!« Sie lachte schrill.

»Haben Sie sich gestern Abend mit Frau Hummel unterhalten?«

»Nein! Da waren doch die ganze Zeit Polizisten dazwischen. Die ließen uns nicht durch. Und bis sich endlich alles beruhigt hatte, war sie verschwunden. Mitsamt ihrem Typ. Dem Polizisten.«

»Welchem Polizisten?«

»Na, Ihrem Typ.«

»Frau Hummels Freund oder Partner ist Polizist?« Ann-Sophie Braig wurde es siedend heiß. Dann stimmte es also tatsächlich. Der Alptraum wurde wahr.

»Ja, das sage ich doch. Kriminaler, hat sie mal erzählt.«

Kriminaler, ging es noch deutlicher? Sie musste an sich halten, ruhig zu bleiben. »Genauer wissen Sie es nicht?«

»Oh, da müsste ich erst noch eine Weile nachdenken, ob mir noch was einfällt. Aber jetzt so hier in dem Tumult, nein.«

»Sie sagten, Frau Hummel und ihr Freund verschwanden gemeinsam. Wissen Sie zufällig, in welche Richtung?« Ann-Sophie Braig zog die Nase hoch, weil sie Brandgeruch zu spüren glaubte, schaute zum Fenster. Die Luft draußen schien tatsächlich von Rauchschwaden getrübt.

»Na, zum Kurpark hin.«

»Der Begleiter von Frau Hummel, ihr Freund. Würden Sie ihn wiedererkennen?«

»Na, klar«, erklärte Maggie Scharf. »Jederzeit.« Sie verstummte einen Moment, formulierte die nächsten Worte in ungewohnt verhaltenem Ton. »Sie glauben doch nicht, dass der irgendwas damit zu tun …«

»Ich glaube überhaupt nichts«, erwiderte Ann-Sophie Braig. Sie überlegte, ob sie der Frau einfach ein Foto von Waitz mailen sollte, um eine schnelle Antwort zu erhalten, beschloss dann aber, den gesetzlich vorgesehenen Weg einzuschlagen, um Maggie Scharf das Porträt völlig unbeeinflusst erstellen zu lassen. Wenn Waitz wirklich der Täter war, musste sie äußerst vorsichtig und mit korrektem, juristisch akzeptablem Verfahren vorgehen. »Ich maile Ihnen jetzt ein Porträt-Entwicklungs-Programm, mit dem Sie das Aussehen des Mannes erstellen können. Lassen Sie sich bitte Zeit und gehen auf alle Einzelheiten ein, die Ihnen das Programm anbietet. Einverstanden?«

»Ja, klar.«

»Dann bedanke ich mich jetzt schon für Ihre Mühe.« Sie sah auf, weil es an ihrer Tür klopfte, rief kurz: »Ja?«, wandte sich dann noch einmal ihrer Telefonpartnerin zu. »Versuchen Sie bitte, sich genau an den Mann zu erinnern.«

Die Tür wurde vorsichtig geöffnet, ein Kollege aus der Kriminaltechnik spähte in ihr Büro. Sie bat ihn mit einer Geste, einen Moment zu warten. »Melden Sie bitte sofort Vollzug, sobald Sie sicher sind, ihn getroffen zu haben. Bis gleich.« Sie mailte der Frau das Porträt-Entwicklungs-Programm, wandte sich dem Beamten zu.

»Hagel von der Technik«, stellte er sich vor.

Ann-Sophie Braig erhob sich von ihrem Stuhl, lief zu ihm an die Tür. »Ah, Sie haben Neuigkeiten?«

»Das lässt sich so formulieren, ja. Ich habe Sie angepeilt und gesehen, dass Sie im Haus sind.« Der Mann klang aufgeregt. »Sie müssen sich das nämlich bei mir anschauen. Nicht übers Netz.«

Nicht übers Netz. Hagels Bemerkung hallte in ihrem Bewusstsein wider, verdrängte jeden anderen Gedanken. »Aha«, sagte sie überrascht. »Bei Ihnen.«

»Sofort, wenn möglich.« Er schien sehr kurzatmig.

»Wenn es mir in meiner Ermittlung weiterhilft.«

»Das wird es. Das wird es«, wiederholte er sich selbst.

Sie wies zur Tür, folgte ihm auf den Flur und zum Aufzug.

»Niemand sonst da.« Hagel schaute sich sorgsam um.

»Samstagmittag im August«, versuchte sie, den Sachverhalt zu erklären. »Alle unterwegs.«

»Das ist gut«, erklärte der Kollege. »Sehr gut.«

Sie erreichten den Aufzug, fuhren schweigend ins Untergeschoss. *Frau Hummels Freund ist Kriminaler*, arbeitete es in ihr. Ging es noch deutlicher? Fehlte nur noch das

Porträt, das Maggie Scharf vom Freund des Mordopfers erstellen wollte – und sie hatten ihn.

Die Schlinge um Waitz' Hals zog sich immer weiter zu.

21. Kapitel

Ohne einem einzigen Menschen begegnet zu sein, erreichten sie das Labor, in dem Hagel arbeitete. Ann-Sophie Braig hatte die Techniker schon oft in deren Katakomben besucht, staunte dennoch jedes Mal aufs Neue über die Vielzahl der modernsten Geräte und Apparaturen, derer sie sich bedienten, um zu ihren Erkenntnissen zu gelangen. Hagel führte sie zu einer sterilen Arbeitsplatte an der Seitenwand, die mehrere großformatige Monitore und Rechner beherbergte.

»Tut mir leid, dass ich Sie extra den Weg zu uns habe machen lassen«, begann er zögernd, »aber… Ich hoffe, Sie verstehen mein seltsames Verhalten, wenn ich Ihnen alles erklärt habe.«

Sie blieb ruhig, begleitete seine Worte mit Verständnis heischendem Nicken.

»Ich habe ja telefonisch schon darauf hingewiesen, dass uns im vorliegenden Fall eigentlich keinerlei Informationen zur Verfügung stehen, weil sämtliche Systeme manipuliert wurden. Hätten wir es mit einem Gebiet irgendwo auf dem flachen Land zu tun, gäbe es auch keine Chance, das in irgendeiner Weise zu ändern.«

Ann-Sophie Braig hatte Mühe, an sich zu halten. Sie musterte die ernste Miene ihres Gegenübers, zwang sich zu einem neutralen: »Das ist mir klar. Das haben wir besprochen.«

»Also gut«, fuhr Hagel endlich fort. »Was ich bieten kann, stammt von weiter entfernten Sensoren.«

»Es ist sicher lückenhaft«, rutschte es ihr von den Lippen. *Sag mir endlich den Namen. Waitz, handelt es sich um Waitz?*

»Ja«, erklärte der Techniker mit erstaunter Miene. »Meine Erkenntnisse sind leider lückenhaft, das trifft den Sachverhalt. Teilweise, jedenfalls.« Er wies auf einen seiner Bildschirme, einen außergewöhnlich großen, von leichtem Flimmern gezeichneten Apparat. »Versuchen wir es dennoch. Hier haben wir einen kleinen Ausschnitt des Kurparks in Cannstatt. Zeitpunkt: Freitag, 18. August 2073, 22:46 Uhr. Gestern Abend also.«

Ann-Sophie Braig sah nichts als eine große, leicht flimmernde Fläche. Nur ein winziger, leuchtender Punkt stach am äußersten linken Rand aus der Umgebung hervor.

»Person 24L15184Z81.« Hagel wies auf den Punkt, hinter dem jetzt der von ihm abgelesene Code aufleuchtete, ergänzte dann: »Jasmin Hummel.«

Sie sah seinen fragenden Blick, nickte. »Ich verstehe.«

»Jetzt gehen wir fünfzehn Sekunden weiter.« Er betätigte eine Taste, wies erneut auf den Bildschirm. »Frau Hummel läuft ein Stück weit in den Park, bleibt aber nicht allein.«

Ein zweiter winziger Punkt löste sich vom linken Rand des Bildschirms, wurde immer schneller, schloss schließlich zu dem ersten Punkt auf. »Eine weitere Person taucht auf und läuft Frau Hummel hinterher. Und jetzt, nach genau fünfzehn Sekunden, treffen die beiden aufeinander. Hier, sehen Sie.«

»Ja, ich sehe es. Wer ist dieser Mann?«

»Mann?« Hagel schien irritiert. »Woher wollen Sie wissen, dass es sich bei …« Er las den Code, der hinter dem zweiten Punkt aufleuchtete, vor, hielt dann plötzlich inne. »Ja, gut, Sie haben es erraten. Es handelt sich tatsächlich um einen Mann.«

»Wer ist es?«, stöhnte sie vor Ungeduld. »Sein Name, bitte.«

Hagel antwortete mit einem tiefen Seufzer. »Das ist das Problem. Wir haben es hier, Sie haben es sicher an dem Code bemerkt, mit einem Kollegen zu tun. Vielleicht verstehen Sie jetzt, weshalb ich es Ihnen persönlich mitteilen wollte?«

»Waitz?«, fragte sie.

Der Techniker erbleichte. »Woher haben Sie das gewusst?«

Sie sah sich außerstande, dem Mann zu antworten, fühlte sich von einem heftigen Schwindel erfasst und aus der Realität getragen. Erst nach mehreren Sekunden scheinbarer Atemlosigkeit kam sie wieder zu sich und hörte den Kollegen irgendwas von vorläufiger Erkenntnis plappern, die noch weit gründlicherer Nachforschung bedurfte, um gerichtsfest zu werden.

»Wie gesagt, wir können nur den Zeitraum von zwanzig Sekunden dokumentieren. 22:46 Uhr zehn Sekunden bis 22:46 Uhr dreißig Sekunden. So lange währte der Kontakt der beiden Personen auf jeden Fall. Was danach kommt, können wir nicht mehr ersehen, weil sich beide jetzt außerhalb der Reichweite der nicht von der Manipulation erfassten Sensoren befanden.«

Ann-Sophie Braig glaubte, zu verstehen, hatte nur noch den einen Namen im Kopf. *Waitz. Woher haben Sie das gewusst?* Sie hörte nicht, was Hagel noch weiter ausführte, war sich nur dessen bewusst, dass ihr unangenehme Stunden, ja, wahrscheinlich Tage bevorstanden. Einen Kollegen des Mordes zu beschuldigen, im konkreten Fall sogar zweier Morde, ihn zu verhaften und das ganze belastende Material gegen ihn zusammenzutragen … das war Wühlen im Morast, noch übler als ohnehin in ihrem beruflichen Alltag üblich.

»Wie gesagt, ich versuche es mit jedem einzelnen Sensor im weiten Umkreis«, tauchte Hagels Stimme wieder in ihr Bewusstsein. »Und sollte sich etwas ergeben, erhalten Sie sofort Bescheid.«

Sie verstand seine Worte als Aufforderung, sich zu verabschieden, bedankte sich für seine Mühe. »Sie haben mir sehr geholfen«, versicherte sie ihm.

»Obwohl Sie den Namen schon wussten«, fügte er an.

Sie nahm die Treppe zurück in ihr Büro, um ihren Kreislauf mit körperlicher Anstrengung in Schwung zu bringen und für bessere Durchblutung in ihrem Hirn zu sorgen. Dieses Organ benötigte sie jetzt, um sich darüber klarzuwerden, wie sie weiter vorgehen sollte. Es handelte sich schließlich nicht um einen gewöhnlichen Täter, sondern um den eigenen Kollegen. Einen aggressiven, oft genug von Jähzorn und ungezügelter Gewaltlust angetriebenen Unsympathen.

Was sollte sie als Nächstes unternehmen? Die Indizien, die gegen Waitz sprachen, zusammentragen und der Staatsanwaltschaft vorlegen? Der Staatsanwaltschaft, in der sich genügend Typen vom Schlag eines Waitz tummelten, der Behörde, in der der Kerl viele ihm nahestehende Rechts- und Ordnungsfanatiker-Freunde hatte?

Was war die Alternative? Zu Waitz nach Hause fahren oder an seinen Einsatzort und ihn dort festnehmen? Allein oder sicherheitshalber mit einer Einsatztruppe?

Sie lief durch das weiträumige, immer noch überraschend stille Gebäude, sah fast nur leere Flure und Büros. Kaum eine Menschenseele, nur ab und an mal ein müdes, überarbeitetes Gesicht. Samstagmittag im August, ging es ihr wieder durch den Kopf, die meisten waren ausgeflogen.

Sie erreichte ihr Stockwerk, hörte nur den leisen Widerhall ihrer Schritte. Niemand sonst in der gesamten Ebene. Verdammter Mist, ärgerte sie sich, wenn wenigstens Lindler greifbar wäre. Und sei es nur, um kurz über die nächsten Schritte zu reden.

Sie trat in den Vorraum ihres Büros, sah einen stiernackigen, vom Hals bis zu den Ohren kahl rasierten Mann am Kaffeeautomaten stehen. Obwohl er ihr den Rücken zuwandte, erkannte sie ihn sofort. Waitz.

Meine Waffe, schoss es ihr durch den Kopf. Sie wusste, wo sie zu finden war. Sie lag ordentlich verwahrt, wie es sich gehörte, in einer Schublade in ihrem Schreibtisch. In ihrem Büro hinter der Tür, die von der bulligen Gestalt blockiert wurde.

Schweiß schoss ihr aus allen Poren. Sie versuchte, den Atem anzuhalten, sah, wie sich der Kollege plötzlich zur Seite drehte und sich ihr zuwandte. Als hätte er auf sie gewartet. Hämisches Grinsen überzog sein Gesicht.

»Oh, Frau Supercop schleicht sich von hinten an mich ran.« Er ballte seine Hände zu Fäusten, winkelte seine Arme an, zeigte die Muskelpakete, die er sich antrainiert hatte. »Willst du mich etwa verhaften?«, spottete er.

22. Kapitel

Zwei Schritte von ihm entfernt war sie stehen geblieben. Wenn es jetzt zu einer körperlichen Auseinandersetzung kam, hatte sie keine Chance, das war ihr klar. Der Kerl verfügte über archaische Kräfte, war jedem noch so gewieften Kontrahenten gewachsen, der sich ihm in den Weg zu stellen wagte. Außerdem hatte er bereits zwei Menschen auf dem Gewissen, heute Nacht und vor einer knappen Woche, da kam es auf eine dritte Leiche auch nicht mehr an.

»Warum sollte ich dich verhaften?« Sie wusste nicht, wie sie den Satz so kalt und vollkommen emotionslos hervorgebracht hatte, obwohl ihr das Herz bis zum Hals schlug und der Schweiß in wahren Sturzbächen den Körper hinunterlief.

»Keine Ahnung. Das musst du mir schon selbst sagen.«

»Weil du dich in meine Ermittlungen einmischst, zum Beispiel.«

»Ich?« Waitz ließ ein höhnisches Lachen hören. »Wann denn, wo denn?«

»Bei der Überprüfung der Kontakte von Murat Stegner, um es konkret zu sagen.«

»Jetzt fängst du auch schon mit dem Schwachsinn an. Als ob mich so ein arabischer Kameltreiber in irgendeiner Weise interessieren würde. Ist mir gerade recht, wenn das Pack abschmiert, haben wir in Zukunft weniger Arbeit mit denen.«

»Wieso loggst du dich dann dort ein, um seinen Kontakten nachzustöbern?«

»Das war ich nicht, verdammter Mist!«, brüllte Waitz. »Klöckner hat mich das auch schon gefragt. Ich weiß davon nichts!« Sein Gesicht war hochrot angelaufen.

»Die Überprüfung erfolgte aber mit deinem Code«, beharrte sie.

»Dann hat jemand meinen Code benutzt, ohne mein Wissen. Ich war es nicht!«, wiederholte er seine Aussage, nicht weniger laut als vorher.

»Wer soll das gewesen sein?«

»Ich weiß es nicht!«, donnerte er. »Frag doch deinen jungen Freund. Der schnüffelte in letzter Zeit auffällig unauffällig um meinen Schreibtisch herum.«

»Lindler? Wieso denn?«

»Wieso? Ja, wenn sogar die Mama keine Ahnung hat ...«

Ann-Sophie Braig wusste nicht, was sie erwidern sollte, musterte ihr Gegenüber mit zusammengekniffenen Augen.

»Ich dachte, du hättest ihn auf mich angesetzt«, polterte Waitz.

»Weshalb?«

»Na, um mir irgendwas anzuhängen.« Er reckte seinen Kopf nach vorne, starrte ihr voll in die Augen. Sein Gesicht triefte vor Häme. »Um mich loszuwerden. Davon träumst du doch schon seit Jahren.«

Dir was anzuhängen, überlegte sie, das habe ich nicht nötig, dafür hast du doch schon längst selbst gesorgt.

»Jetzt hat es dir die Sprache verschlagen, wie?«, höhnte er. Er donnerte mit seiner Faust gegen die Front des Kaffeeautomaten, wies mit ausgestrecktem Zeigefinger zu ihr hin. »Worum ging es da eigentlich genau? Bei dieser Überprüfung, die mir irgendeine Missgeburt in die Schuhe schieben will?« Waitz legte seine Stirn in Falten, trat mit finsterer Miene auf sie zu. »Um die Identität des Miststücks, mit dem dieser arabische Wichser seine Freizeit verbrachte, richtig?«

»Du bist ja sehr gut informiert«, kommentierte sie.

»Das weiß ich von Klöckner. Der kam heute Morgen damit an.«

»Heute Morgen?«

»Ja. Heute Morgen«, wiederholte er drohend. »Da fällt mir ein: Diese Tussi, mit der der Kerl zusammen war, ist das nicht die, die heute Nacht hier im Kurpark gekillt wurde?«

»Du bist wirklich gut informiert«, wiederholte sie.

»Sieht so aus, ja. Obwohl es eure Ermittlung ist. Wieso habt ihr die Frau eigentlich nicht gewarnt?«

»Gewarnt?«, fragte Ann-Sophie Braig überrascht.

»Erst wird ihr Lover gekillt, ein paar Tage später sie selbst. Siehst du da keinen Zusammenhang?«, donnerte er.

Du bist der Zusammenhang, lag es ihr auf der Zunge. Sie hütete sich aber, den Gedanken auszusprechen, war irritiert, weil Waitz selbst die Verbindung zwischen den beiden Verbrechensopfern betonte.

»Als ihr mit der Frau gesprochen habt«, kam er erneut zum Thema. »Habt ihr nicht geahnt, dass sie selbst in Gefahr ist?«

»Wir haben nicht mit ihr gesprochen«, gab sie kleinlaut zu.

»Was sagst du da?« Er trat zwei Schritte zurück, musterte sie mit ungläubiger Miene. »Ihr habt nicht ...?« Plötzlich fing er lauthals an zu lachen. »Leck mich doch, das kann nicht wahr sein! Was seid ihr für Schlamper! Ihr wisst seit Tagen, mit wem der Kerl ständig seine Freizeit verbrachte, und haltet es nicht für nötig, mit der Frau zu sprechen? Gut, mir kann es egal sein, warum der Kanacke in die ewigen Jagdgründe überging, aber dass ihr derart schlampig arbeitet! Und ich dachte immer, du bist zwar ein verkorkstes Gutmenschen-Sensibelchen, aber beruflich top und fleißig und überhaupt eine der Besten, die wir haben. Und jetzt so was!« Waitz bog sich vor Lachen.

Der Kerl hat recht, überlegte sie, der hat so was von recht, so widerlich und verkommen er sich hier wieder aufführt, er hat vollkommen recht. Wir waren schlampig, hatten fast eine ganze Woche Zeit und haben nicht mit der Frau gesprochen, nicht einmal von ihrer Existenz gewusst. Wie ist das möglich?

Sie versuchte, sich zu erinnern, war sich absolut sicher, dass sie Lindler beauftragt hatte, alle Personen zu ermitteln, mit denen Stegner in den vergangenen Wochen näheren Kontakt gehabt hatte. Der Kollege war ihr mit einer Liste gekommen, die sie in den letzten Tagen systematisch abgearbeitet hatten. Pascal Weisser und Maja Bühlert, die nicht lange vor dem Tod des Mannes mit üblen Drohungen aufgefallen waren, Meike Kliemann und Heli Beer, deren Organisationen Stegner in den letzten Wochen unterstützt hatte. Die Suche nach der Freundin des Mannes hatten sie auf die beiden Frauen beschränkt, mit denen er seines neuen Engagements wegen beruflich zu tun hatte, und dabei die Überprüfung seines Privatlebens vergessen, obwohl dort die Antwort auf ihre Fragen offen vor Augen lag. Wie hatte das passieren können?

Lindler schnüffele in letzter Zeit auffällig unauffällig um seinen Schreibtisch herum, hatte das Ekelpaket behauptet. Und auf ihre Nachfrage hinzugefügt: Ich dachte, du hättest ihn auf mich angesetzt, um mir irgendwas anzuhängen.

Sie musterte die hämische Miene von Waitz, fühlte sich impulsiv veranlasst, seinen Vorwurf zu korrigieren. »Um das klarzumachen: Ich habe Lindler nicht darauf angesetzt, bei dir herumzuschnüffeln oder dir was anzuhängen. Wie kann man nur auf so eine kranke Idee kommen!«

Er starrte überrascht zu ihr her, verlor jeden Ausdruck von Häme in seiner Mimik. »Warum hat er mir dann die ganze Zeit hinterherspioniert?«

»Hat er das wirklich?«

»Ja, das hast er!«, polterte Waitz.

War das seine Masche? Ablenkungsmanöver oder reale Entrüstung? War es möglich, dass das Ekelpaket die Wahrheit sagte? Hatte Lindler ihm tatsächlich hinterherspioniert, um seinen Code zu eruieren und dann mit diesem die Überprüfung in Auftrag zu geben, die Jasmin Hummel als Freundin Stegners identifizierte?

Und wenn ja, warum hatte er die neue Erkenntnis so lange zurückgehalten? So lange, bis es buchstäblich zu spät war?

Nein, das konnte nicht sein. Das war unmöglich. Das Ekelpaket vor ihr wollte nur Zeit schinden, sie auf eine falsche Spur locken, von seiner eigenen Verantwortung ablenken.

»Das Einzige, was ich mir vorwerfen kann, ist, dass ich gestern Abend so bescheuert war«, erklärte Waitz.

»Wie bitte?«

»Gestern Abend in Cannstatt. Im Kurpark.«

Ann-Sophie Braig fühlte Gänsehaut über ihren Rücken kriechen. Oben und unten, links, in der Mitte und rechts. Kam jetzt das große Geständnis? »Du gibst das zu?«

»Wieso nicht? Ich wurde alarmiert, weil das Kanackenpack Randale machte.«

»Wann?«

»Kurz vor acht. 20 Uhr, klar? Ich wollte gerade zu meiner Ex, da kam der Alarm. *Ausschreitungen in Bad Cannstatt.* Die Leute waren alle im Einsatz, es brodelte ja überall. In Böblingen, Sindelfingen …«

»Ich weiß«, fiel sie ihm ins Wort. »Und?«

»Blieb mir eben nichts anderes übrig!«, donnerte er. »Aufräumen! Wenn mich das Pack dazu zwingt. Du kennst mich doch!«

Allerdings, brodelte es in ihr, ich will nicht wissen …

»Schwarze Affen«, unterbrach er ihre Gedanken. »Araberpack, Schlitzaugen – der Mob der halben Welt glaubt, bei uns die Sau rauslassen zu können. Weil der Hurrikan in Cannstatt nicht alles restlos zertrümmert hatte, müssten sie das jetzt erledigen. Und ich muss zugeben, bis wir kamen, waren die schon ziemlich erfolgreich. Na ja, der Großteil von denen richtet in den nächsten Monaten keinen Schaden mehr an. Das heißt, einige überhaupt nie mehr. Auch wenn ich mir hier beim Aufräumen doch eine gewisse Zurückhaltung auferlege, es gibt ja so Sensibelchen wie dich. An der Grenze dagegen …« Waitz ließ den Rest offen, zeigte wieder sein hämisches Grinsen.

»Und anschließend warst du im Kurpark«, fügte sie hinzu, gespannt auf seine Ergänzung wartend.

Er schüttelte den Kopf. »Leider nur viel zu kurz, sagte ich doch. Den Großteil der Kanacken erwischten wir vorher. Ich wollte mir nur noch ein paar Figuren am Rand des Kurparks vorknöpfen. War ja längst alles dunkel, zwischen zehn und elf etwa. Da waren aber keine Kanacken mehr zu finden, nur Festies. Die feierten Fasnet oder so was, jetzt mitten im Sommer. Vögelten hinter den Büschen, was das Zeug hielt. Oder kotzten und pinkelten, weil sie so viel gefressen und gesoffen hatten. Deshalb ließ ich es sein und ging wieder zu meiner Einheit. So eine Scheiße! Hätte ich das geahnt mit der Tussi …«

Ann-Sophie Braig wollte ihn gerade auffordern weiterzumachen, als sie ihr Handy vibrieren spürte. Sie sah, dass es sich um Maggie Scharf handelte, trat einen Schritt zurück und nahm das Gespräch an.

»Ich bin so weit. Jasmins Freund«, erklärte die Frau mit ihrer schrillen Stimme. »Ich habe versucht, ihn genau zu treffen. So wie er gestern Abend aussah. Einen Augenblick.«

Kurz darauf ploppte das Bild auf ihrem Monitor auf.

Ann-Sophie Braig erkannte ihn sofort. Sie spürte, wie ihr abwechselnd heiß und kalt wurde, griff nach dem Arbeitstisch, um sich festzuhalten. Schwindelgefühle machten ihr zu schaffen, der Vorraum schien sich um sie zu drehen.

»Können Sie was damit anfangen?«, hörte sie die Stimme der Frau.

»Das, äh, das soll der Freund von Frau …?«, stammelte sie.

»Das ist Jasmins Freund, ja.«

»Der Freund von Frau Hummel?«

»Ja. Wie oft denn noch?«

»Und Sie haben ihn gestern Abend mit ihr gesehen?«

»Ja, sage ich Ihnen doch. Hoffentlich habe ich Ihnen geholfen.«

»Und Sie sind sich absolut sicher, dass es sich bei dem Mann um den Freund von Frau Hummel handelt?«, hakte sie noch einmal nach.

»Absolut«, erklärte Maggie Scharf mit genervtem Unterton. »Ich habe ihn ein paar Mal mit ihr gesehen.«

Ann-Sophie Braig schnappte nach Luft, stammelte ein paar Worte zum Abschied.

»Sie sind mir vielleicht eine komische Polizistin!«, hörte sie Maggie Scharf noch schimpfen, bevor die Verbindung unterbrochen wurde.

Waitz schob sich zu ihr her, starrte neugierig auf ihren kleinen Monitor. »Oh, dein junger Freund«, frotzelte er. »Wenn er schon nicht lebendig an deiner Seite steht, dann wenigstens virtuell! Was für ein schönes Bild! Wer hat das denn erstellt? Da sieht er besser aus als in Wirklichkeit.«

»Idiot!« Die Bemerkung rutschte ihr von der Zunge, noch bevor sie es unterbinden konnte.

»Das habe ich gehört!«, maulte Waitz. Er wies auf ihren Arm. »Und, was ist mit deinem Süßen? Hat er dir heute nichts gebacken? Oder ist es ihm wieder angebrannt, so wie fast die ganze Woche schon?«

23. Kapitel

Ist es ihm wieder angebrannt, so wie fast die ganze Woche schon?

Waitz bissiger Kommentar hallte ihr in den Ohren. Er hatte recht, sie hatte sich selbst darüber gewundert, wie oft Lindler in den vergangenen Tagen mit leicht missglücktem Backwerk gekommen war, obwohl das überhaupt nicht zu seiner perfektionistischen Art passte, mit der er sein wichtigstes Hobby schon immer betrieben hatte. Schon die kleinste Bruchstelle oder der nur wenige Minuten zu lang gebackene Teig waren früher Anlass dafür gewesen, das beanstandete Werk nur für den eigenen Verzehr zu benutzen, seine Freunde aber mit einer neuen Kreation zu überraschen. Irgendetwas im Leben ihres jungen Kollegen schien nicht in Ordnung, sie hätte ihn schon längst darauf ansprechen sollen.

Und jetzt dieses Porträt des angeblichen Freundes der heute Nacht ermordeten Frau. Was sollte sie davon halten? War es möglich, dass Frau Scharf – aus welchem Grund auch immer – einem Irrtum zum Opfer gefallen war? Worin aber sollte dieser Irrtum bestehen, wie sollte er zustande gekommen sein?

Wie sie die Sache auch anging, Ann-Sophie Braig war sich darüber im Klaren, dass es nur eine Lösung gab. Sie musste Lindler sprechen, so schnell als möglich, die gesamte Angelegenheit, die immer verworrener zu werden schien, mit ihm gemeinsam klären.

Sie wollte sich gerade an Waitz' bulliger Gestalt vorbeischieben, um in ihr Büro zu gelangen, als sie die Schritte hinter sich hörte. Hagel bog mit vor Anstrengung hochroter Miene in den Vorraum ein, schien beim Anblick des Kollegen zu erstarren. Er benötigte mehrere Anläufe, sie aufzufordern, ihn schnellstmöglich in sein Labor zu begleiten.

»Es hat sich, also, das konnte niemand ahnen, doch Neues ergeben.«

Sie nickte dem Techniker zu, ließ Waitz grußlos zurück. Hagel hastete vor ihr her zum Fahrstuhl, hatte Mühe, Worte zu finden.

»Der Sensor im Bereich über der Wilhelma, das ist mir neu, er hat unseren Teil des Kurparks genau erfasst. Schwach, sehr schwach, am Rand des Spektrums, aber es reicht.«

Ann-Sophie Braig wartete, bis sie in Hagels Labor angelangt waren, eilte zu dem großen Bildschirm, den er vorher schon benutzt hatte, seine Entdeckungen zu erklären. »Sie müssen nicht alles ausführen, was Sie gemacht haben«, drängte sie den Mann zur Eile, »nur Ihre Ergebnisse, bitte.«

Hagel warf ihr einen konsterniert wirkenden Blick zu.

»Unser Kollege Waitz«, versuchte sie ihm auf die Sprünge zu helfen, »er hatte Kontakt zu Jasmin Hummel. Zwanzig Sekunden lang. Um 22:46 Uhr, wenn ich mich richtig erinnere.«

»Ah, ja«, bestätigte der Techniker. »Zwanzig Sekunden lang. Dann, das war vorher nicht zu erkennen, trennten sich beide und liefen auf zwei verschiedene Ausgänge des Kurparks zu. Sehen Sie, hier.« Er wies auf den flimmernden Bildschirm, setzte die schwach aufleuchtenden Punkte wieder in Gang.

»Und diese beiden Symbole hier stellen garantiert Waitz und Frau Hummel dar?«, vergewisserte sie sich.

»Mit einhundertprozentiger Sicherheit«, antwortete er. »Sehen Sie, hier ...« Hagel machte sich an der Tastatur seines Computers zu schaffen, ließ den jeweiligen Code sowie – separat – den zugehörigen Namen aufleuchten.

»Danke. Die trennen sich«, wiederholte sie seine Erklärung. Dann stimmte die Behauptung des Ekelpakets tatsächlich, er habe nur den Rand des Kurparks abgesucht, dort aber keine Randalierer, sondern nur noch Fasnet-Feiernde entdeckt, die miteinander beschäftigt waren oder sich in irgendeiner Form erleichtern wollten, überlegte sie. Wahrscheinlich war er in dem Zusammenhang auch ohne es zu wissen auf Jasmin Hummel gestoßen, hinter einem Busch vielleicht, hinter dem die Frau gerade dabei war, den Boden zu wässern oder ...

»Zwanzig Minuten später, um 23:06 Uhr und zwölf Sekunden taucht Frau Hummel wieder auf«, unterbrach Hagel ihre Gedanken. »Und das ist jetzt wirklich verblüffend.«

»Wieso?«

»In Begleitung dieser Person«, fuhr er fort. Er ließ den Code aufleuchten, zögerte.

»Ja?«

»Es ist, äh, wieder ein Kollege.«

Sie weigerte sich, den Namen auszusprechen, wartete auf die Erklärung des Technikers. Hagel musterte sie fragend, drückte dann auf die Taste, die die Identität der Person offenlegte.

Lindler, Nils, ploppte der Name auf.

Ann-Sophie Braig klammerte sich an der Arbeitsplatte fest, forderte den Kollegen mit heiserer Stimme auf, fortzufahren.

»Sie haben es wieder gewusst«, sagte er.

Befürchtet. Aber nicht wahrhaben wollen, korrigierte sie insgeheim seine Aussage, behielt das aber bei sich. »Weiter!«, drängte sie stattdessen.

»Beide gehen in den Kurpark«, erläuterte Hagel, auf die fast miteinander verschmelzenden Punkte deutend, »bis 23:12 Uhr und fünfzehn Sekunden. Dann bleiben sie an Ort und Stelle, genau elf Minuten lang, bis 23:23 Uhr achtzehn Sekunden.«

Ann-Sophie Braig starrte auf den Monitor, verfolgte, wie der Techniker sich mit dem Zeitraffer schnell vorarbeitete, dann, genau zu der angegebenen Zeit, wieder stoppte. »Und dann?«

»Das hier«, sagte er.

Um 23:23 Uhr und achtzehn Sekunden setzten sich beide Punkte wieder in Bewegung, jetzt aber nur äußerst langsam. So langsam, dass sie Schwierigkeiten hatte, die Bewegung als solche überhaupt richtig wahrzunehmen.

»Bis zu diesem Zeitpunkt«, erläuterte Hagel. Er zeigte auf die Uhr. 23:25 Uhr dreiunddreißig Sekunden. Jetzt bewegte sich überhaupt nichts mehr.

Sie starrte auf den Monitor, ahnte, was jetzt gleich geschehen würde.

23:26 Uhr zweiundzwanzig Sekunden. Einer der Punkte erlosch, Jasmin Hummels Name verschwand vom Bildschirm.

»Sie wissen, was das bedeutet?«, fragte Hagel.

Ann-Sophie Braig nickte.

24. Kapitel

Sie sah sich nicht in der Lage, die Treppen hinauf zu ihrem Büro zu nehmen. Wie in Trance verließ sie das Labor der Kriminaltechnik, folgte dem Flur im Untergeschoss ans andere Ende. Als sie den Steilanstieg der Stufen vor sich erblickte, blieb sie erschrocken stehen. Sie kam sich vor wie eine an einer Gehbehinderung leidende Kranke, die zum Aufstieg auf einen der höchsten Alpengipfel gezwungen werden sollte, wandte sich zur Seite, suchte nach dem Fahrstuhl.

Auch dieser Weg schien ihr nur mit äußerster Anstrengung zu bewältigen zu sein. Sie hatte Mühe, den Sprachbefehl zum Öffnen der Türen korrekt zu formulieren, war erst nach mehreren vergeblichen Versuchen dazu fähig, das richtige Stockwerk in Auftrag zu geben. Als sie sich endlich vor ihrem Büro eingefunden hatte, fühlte sie sich um Jahre gealtert. Mit 63 gegangen, mit 85 zurück. Dass das seltsame Geräusch von ihrem Handy ausging, bemerkte sie erst, als es beinahe zu spät war.

Ann-Sophie Braig blieb mitten im Vorraum stehen, nahm das Gespräch an. »Ja?«

»Oh, doch jemand am Apparat. Gerade wollte ich aufgeben.«

»Um was geht es?«, fragte sie.

»Hofer hier, Elisa Hofer. Eine Frau Braig bat mich um Rückruf.«

»Braig, ja, das bin ich«, bestätigte sie.

»Und was wollen Sie von mir?«

Sie hatte Mühe, ihre Gedanken zu sortieren. »Braig vom Landeskriminalamt«, antwortete sie, krampfhaft nach dem Ziel des Gesprächs suchend.

»Landes ...« Die Anruferin schien verwirrt. »Und wieso rufen Sie bei mir an? Sie erwähnten Jasmin Hummel, richtig?«

Ann-Sophie Braig versuchte, ihre Ermittlungsarbeit zu rekapitulieren, sah sich nicht in der Lage, ihre Gesprächspartnerin einzuordnen. »Jasmin Hummel«, nahm sie den Namen des Mordopfers auf. »In welcher Beziehung standen Sie zu ihr?«

»Standen?«, wunderte sich Elisa Hofer.

»Na ja, bisher, meine ich.« Sie begriff, dass die Frau am anderen Ende offensichtlich nichts vom Tod Jasmin Hummels wusste, versuchte, die Information hinauszuzögern.

»Wir sind Freundinnen«, erklärte Elisa Hofer. »Was ist mit Jasmin? Wir haben uns gestern getroffen.«

»Darf ich fragen, wo und wann?«

»Meine Großtante Agnes lebt in Cannstatt. Sie war eine Zeitlang unsere gemeinsame Lehrerin. Als wir in Esslingen wohnten. Das ist lange her, aber über sie haben wir die Verbindung gehalten. Alle paar Jahre treffen wir uns bei ihr. Ich wohne in Tübingen, das ist zum Glück nicht weit.«

»Um wie viel Uhr war das und wo genau?«

»Verlängertes Kaffeetrinken. Ab 16 Uhr. Das ist Tradition. Meine Großtante, sie ist 81 und seit sechs Jahren in Rente, wohnt am Kurpark. Da war am späten Abend, als wir uns verabschiedeten, leider die Hölle los.«

»Was meinen Sie?«

»Na ja, Sie sind doch von der Polizei! Da werden Sie doch wissen, was da abging. Schlägereien ohne Ende. Keine Ahnung, weshalb.«

»Wie lange waren Sie mit Frau Hummel zusammen?«

»Bis gegen 22:30 Uhr. Ich wollte den Zug zwanzig Minuten später nehmen. Jasmin wohnt seit ein paar Wochen nicht weit von meiner Großtante entfernt, auf der anderen Seite des Kurparks. Aber fragen Sie sie doch selbst. Oder was ist mit ihr? Warum wollen Sie das alles wissen?«

Ann-Sophie Braig fand langsam wieder in ihre Ermittlungen zurück. Sie wusste, dass ihr noch ein paar entscheidende Informationen fehlten, beschloss, sie anzusprechen, bevor sie der Frau mitteilte, was mit Jasmin Hummel geschehen war. »Wo haben Sie sich getrennt?«, hakte sie deshalb nach.

»Vor dem Haus meiner Großtante. Da war so ein gewaltiger Menschenauflauf, dass es gar nicht anders ging. Die schrien durcheinander, schubsten die Leute hin und her, und na ja, dann tauchten auch noch Ihre Kollegen auf. Da war das Chaos perfekt. Wir beeilten uns wegzukommen. Jede in eine andere Richtung.«

»Bekamen Sie Frau Hummel anschließend noch einmal zu sehen?«

»Nein«, gab Elisa Hofer zur Antwort, »ich sage Ihnen doch, wir liefen in verschiedene Richtungen. Sie zum Kurpark, ich zum Bahnhof.«

»Kennen Sie zufällig den Freund von Frau Hummel?«

»Ihren Freund? Ach, deswegen rufen Sie an. Und ich fürchtete schon, Jasmin sei etwas zugestoßen. Jetzt bin ich aber beruhigt. Obwohl, ihr neuer Freund kam gerade unter dubiosen Umständen ums Leben. Bei diesen Hangrutschungen in Stuttgart, vielleicht wissen Sie das besser. Jasmin war die ganze Woche mit ihren Tierschutz-Freunden unterwegs, sie hatte noch keine Zeit, genauere Erkundigungen einzuziehen. Sie war ja auch noch nicht lange mit ihm zusammen.«

»Wissen Sie den Namen des Mannes?«

Elisa Hofer schien zu überlegen. Ihre Antwort ließ eine Weile auf sich warten. »Ich erinnere mich nur noch, dass sie einen *Ratzi* erwähnte. Ich wollte das Thema nicht anschneiden, weil sie sofort abwinkte. Sie war ziemlich fertig, weil sie erst gestern Mittag von seinem Tod erfahren hatte. Zuerst wollte sie unseren Termin auch platzen lassen, aber dann schaltete sich meine Großtante ein und versuchte sie umzustimmen, weil sie sich so auf das Treffen gefreut hatte. Sonst wäre nichts mehr daraus geworden.«

»Sie sagten, Frau Hummel war noch nicht lange mit diesem Mann zusammen. Wissen Sie, ob sie vorher eine andere Beziehung hatte?«

»Oh ja, die hatte sie!« Die Antwort kam prompt, ohne jedes Zögern. »Ich war völlig überrascht, als sie mir erzählte, dass sie nicht mehr mit ihrem Bäcker zusammen sei. Dabei hatte sie mir immer vorgeschwärmt, mit welchen Leckereien er sie alle paar Tage überraschte. Die besten Kuchen, die aufwendigsten Torten! Sie hatte immer Angst um ihre Figur. Wenn das noch lange geht, platze ich bald aus allen Nähten, scherzte sie immer. Und dann kam sie mir gestern damit, dass sie die Beziehung beendet hatte, weil sie diesen Neuen kennengelernt hatte. Vor ein paar Wochen erst. ›Liebe auf den ersten Blick‹, sie war kaum zu bremsen. Es tue ihr leid für ihren Bäcker, aber so sei das Leben nun mal. Es muss ihn schwer getroffen haben, mehr weiß ich nicht. Doch, jetzt fällt es mir wieder ein: Lindler oder so hieß er, glaube ich, leider habe ich ihn nie kennengelernt. Ich hätte gerne jemanden, der mich ständig mit neuen Kuchen und anderen Leckereien verwöhnt.«

25. Kapitel

Irgendwann später, sie konnte sich nicht mehr erinnern, wie viel Zeit inzwischen vergangen war, hatte Mattis angerufen und sie aus ihrem lethargischen Dämmer gerissen. Mühsam und nur unter fortwährendem Nachfragen war es ihm gelungen, die Ursache für ihre depressive Stimmung und die ungewohnte Sprachlosigkeit herauszufinden.

»Dein junger Bäcker«, hatte er mehrfach ungläubig wiederholt. »Wirklich dein junger Bäcker? Und du bist dir absolut sicher?«

Absolut sicher, arbeitete es in ihr, nachdem sie das Gespräch beendet hatte, wie sollte sie sich über einen Sachverhalt absolut sicher sein, der nicht sein konnte und nicht sein durfte?

»Du kommst sofort nach Hause«, hatte Mattis verlangt und die Verbindung erst nach ihrer festen Zusage abgebrochen. »Solange es noch möglich ist. Sonst komme ich und hole dich ab. Der Rauch draußen wird immer dichter und beißender. Im regionalen Nachrichtenkanal bringen sie ständig Bilder. Die absolute Katastrophe.«

Sie hatte den Kanal gewählt, nur für wenige Sekunden. Die Aufnahmen waren deutlich genug. Riesige

Feuerfackeln stoben in die Höhe, vom kräftigen Prasseln brennenden Holzes begleitet. Den eingeblendeten Untertiteln nach handelte es sich um Aufnahmen aus den Stuttgarter Stadtteilen Botnang, Feuerbach und Wolfbusch sowie den Wäldern um Schloss Solitude. Der Wald und unzählige Häuser brannten wie Zunder, es sah aus wie ein einziges höllisches Inferno. Die Gegend, aus der sich Lindler zuletzt gemeldet hatte.

Sie gab seine Nummer ein, wartete auf die gewohnte Stimme am anderen Ende. Es dauerte fast eine ganze Minute, dann hatte sie ihn heftig hustend und von kräftigem Prasseln und explosionsartigen Schlägen begleitet am Ohr. »Du bist es.«

»Immer noch im Einsatz?« Nur unter Aufbietung all ihrer Kräfte gelang es ihr, das Gespräch zu eröffnen.

»Alles sinnlos. Halb Botnang steht in Flammen.«

»Warum?«, fragte sie.

»Warum?« Lindler war kaum zu verstehen, die Hintergrundgeräusche drohten alles zu übertönen.

»Verdammte Scheiße, da brennt es auch schon!«, hörte sie eine abgekämpfte Stimme rufen. »Passt auf, die Flammen kommen auch von hinten!«

»Erst Stegner, dann deine eigene ... Jasmin?«, nuschelte sie.

Das Prasseln am anderen Ende schien sich zu verstärken. Holz, das in einem Höllenfeuer zerstob.

»Er hat sie mir genommen. Einfach so.«

»Es gab keinen anderen Weg?« Eine heftige Explosion am anderen Ende der Leitung, so laut, dass es in ihren Ohren schmerzte, brachte sie zum Verstummen.

»Das war keine Sache des Verstandes«, brachte er nach kräftigem Husten hervor. Sie hatte Mühe, ihn zu verstehen. Lautes Schreien übertönte seine Worte, schrilles Gekreische, aufgeregte, kindlich klingende Stimmen. »Glaubst du, ich hatte das geplant?«, röchelte er. Erneut laute Kinderstimmen. Hilferufe. Verzweifeltes Geschrei. »Keine Sekunde. Niemals.« Ein ohrenbetäubender Schlag, heftiges Prasseln. »Ich wollte ihn nur zur Rede stellen. Ihn bitten, nicht alles kaputtzumachen, was Jasmin und ich uns aufgebaut hatten, fast ein ganzes Jahr lang. Er lachte nur. Verhöhnte mich. Bekam sich nicht mehr ein, als ich ihn aufforderte, sie freizugeben. Für wie dämlich ich ihn halte. Das sei ja wohl ihre Entscheidung. Und sie habe sich entschieden. Nicht für den Looser, sondern den Winner. Und das sei nun mal er. Ich solle mich davonmachen, zu meinen Omas und Tanten und ihnen meine spießigen Kuchen und Torten servieren, Jasmin habe genug davon und wolle nicht länger mit so einem Langweiler wie mir zu tun haben, sondern endlich mit einem richtigen Mann wie ihm. – Da schlug ich zu.«

Ann-Sophie Braig richtete sich schwerfällig auf, richtete ihren Blick zum Fenster. Dichte Rauchschwaden trieben draußen vorbei. Die anmutig auf der Anhöhe über den Orangen- und Olivenhainen des Stuttgarter Vororts Rotenberg schwebende Grabkapelle der Königin Katharina tauchte nur ab und an noch aus den giftig dunkelgrauen Wolken. »Und Jasmin? Warum auch noch sie?«

»Sie wollte mich verraten. War die ganze Woche weg, bekam erst gestern mit, dass es ihn nicht mehr gibt. ›Du warst das‹, meldete sie sich bei mir, ›ich weiß es genau. Du hast das PIP manipuliert, damit dir deine eigenen Leute nichts anhaben können, darin bist du ja fit.‹ Sie wusste von meinen Fortbildungskursen, wir hatten uns natürlich darüber unterhalten. Schließlich waren wir über ein Jahr zusammen. Sie werde mich anzeigen, bei einer anderen Polizeidienststelle, damit ich die Ermittlungen nicht sabotieren könne. Ich werde auf keinen Fall davonkommen, drohte sie.« Wieder waren laute Schreie zu hören, das Prasseln des Feuers und mehrere Explosionen, dann wurde es plötzlich ruhig.

Ann-Sophie Braig glaubte schon, die Verbindung sei unterbrochen, als er sich wieder meldete. »Und dann bekam ich mit, dass sie bei einer alten Bekannten zu Besuch war, in Cannstatt am Kurpark, keine fünfhundert Meter von meinem Einsatzort weg. Ich hatte zwölf Stunden Dienst fast ohne Pause hinter mir, war völlig fertig, brachte kaum einen vernünftigen Gedanken mehr zustande, und dann stand sie plötzlich vor mir. Es war dunkel, finsterste Nacht, und ich versuchte, auf sie einzureden und sie zu besänftigen, unermüdlich, mit letzter Kraft, aber sie ließ sich nicht davon abbringen, blieb bei ihrer Drohung und gab nicht eine Sekunde nach.«

Eine dicke, dunkle Wolke zog an ihrem Fenster vorbei, ihr Büro schien in abendlichem Dämmer zu versinken.

»Und dann ist es passiert.« Lindlers Stimme war kaum noch zu hören. »Warum war sie auch nicht bereit, nachzugeben?«

Das war nicht der freundliche, junge Kollege, mit dem sie jahrelang gearbeitet hatte, dessen Kuchen und Torten, Gebäck und sonstige kreative Leckereien sie immer genossen und in dessen Gesellschaft sie sich immer wohlgefühlt hatte. Ganz im Gegensatz zu der der beiden Kotzbrocken … »Was sollte das mit dem Code von Waitz?«

Es dauerte eine Weile, bis er antwortete. »Ach, das, pure Verlegenheit. Ich war in Zeitnot, merkte, dass ich es nicht schaffen würde, alle gemeinsamen Punkte im PIP zu löschen. Jasmin und ich, unser gesamtes gemeinsames Jahr. Da kam mir die Idee mit seinem Code. Ich hoffte, es könnte ablenken, die Überprüfung vielleicht verhindern, aber irgendwie ahnte ich damals schon, dass das ein verrückter Gedanke war, ohne …« Eine nicht enden wollende Kette ohrenbetäubender Explosionen ließ ihn verstummen. Schrille Schreie waren zu hören, Frauen, Männer, Kinder, alles durcheinander. Dazu das immer heftigere Prasseln des Feuers.

»Das Haus, die werden alle lebendig begraben!«, schallte es an Ann-Sophie Braigs Ohr.

»Sind da noch Leute drin?«, hörte sie Lindler brüllen.

»Mindestens zehn Leute«, kreischte eine Stimme. Sie wusste nicht, ob Frau oder Mann. Sie hörte nur die Verzweiflung darin. »Frauen und Kinder.«

»Das ist zu spät. Wir können nichts mehr machen«, konterte eine kräftige Männerstimme.

»Weil es Illegale sind, ja?«

»Sie gehen da nicht rein!«, brüllte der Mann. »Niemals!«, wiederholte er.

Ohrenbetäubender Lärm brachte alle zum Verstummen. Ann-Sophie Braig glaubte, die Geräusche zusammenstürzender Mauern, Wände, ganzer Gebäude zu vernehmen. Verzweifelte Schreie, kräftiges Husten, lautes Fluchen und Klagen.

»Sie gehen da nicht rein!« Die Stimme des Unbekannten drohte sich zu überschlagen. »Zurück!«

Er hustete ohne Ende, kämpfte um Luft. »Nein!«, brüllte er ein letztes Mal, bevor seine Stimme vollends versagte.

Wieder lautes Prasseln, vermischt mit verzweifelten Schreien.

»Der ist wahnsinnig!« Jetzt war nur noch ein Krächzen zu vernehmen. »Der ist verrückt! Das schafft der nie!«

Mit einem Mal schien die ganze Welt zu explodieren.

Sonntag, 20. August 2073

Die wichtigsten Nachrichten des Tages in Kürze:

Junger Polizeibeamter bei wagemutigem Einsatz ums Leben gekommen

Bei der Räumung eines in Flammen stehenden Häuserkomplexes im Stuttgarter Vorort Botnang rettete ein junger Polizeibeamter zwei Frauen und zwei Kinder aus einem brennenden Gebäude, kam dabei aber selbst ums Leben. Der junge, bei seinen Kollegen sehr beliebte Mann wagte sich in das von illegalen Migranten bewohnte Haus, obwohl die vorderen Räume bereits in Flammen standen. Die zuständige Feuerwehrleitung versuchte noch, ihn davon abzuhalten, konnte seinen Einsatz aber nicht mehr verhindern. Er erlag seiner schweren Rauchvergiftung.

Ehemaliger US-Bundesstaat Florida komplett im Meer versunken

Orlando, die letzte noch existierende Stadt des vor allem bei Rentnern als Altersparadies geschätzten Staates wurde bei einer verheerenden Sturmflut überspült und völlig zerstört. Nur noch Trümmer ragen aus dem Wasser. Damit ist Florida der erste ans Meer verlorene Staat der USA. Texas, Louisiana, Georgia, South- und North-Carolina sowie Virginia droht in weiten Teilen dasselbe Schicksal.

Brasilianische Wüste breitet sich weiter aus

Wo einst Regenwald große Teile des südlichen Amerika bedeckte, schreitet jetzt die Wüstenbildung in Riesenschritten voran. Viele Regionen Brasiliens haben sich inzwischen in unbewohnbare Steppen oder Wüsten verwandelt, der Amazonas ist nur noch ein kleiner, weitgehend unbedeutender Fluss. Der größte Teil der Bevölkerung Brasiliens ist längst entweder in den Norden nach Kanada oder in den äußersten Süden Argentiniens und Chiles geflohen.

Neue Unwetter bedrohen Kerneuropa

Für den Wochenanfang sind erneut heftige Hurrikan-ähnliche Stürme und Starkregen für weite Teile Kerneuropas zu erwarten.

EILMELDUNG:
Kernkraft-GAU in Nordfrankreich

In der Nacht ereignete sich in Frankreich unweit der deutschen Grenze ein GAU in einem Kernreaktor. Der von Politikern als »Sicherster Reaktor der Welt« gefeierte Komplex geriet vor wenigen Stunden aufgrund ungenügender Zufuhr von Kühlwasser außer Kontrolle. Wissenschaftler erwarten infolge starker Westwinde eine weitgehende Kontamination Deutschlands.

Nachwort

Nein, ich bin kein miesepetriger Schlechtwetterprophet. Im Gegenteil. Ich war schon immer lebensbejahender Optimist.

Aller Optimismus aber muss letztendlich auf realistischen Grundlagen basieren. Er darf nicht auf plumper Naivität gründen. Einen Großteil der Wirklichkeit auszublenden, nur um sich seinen Optimismus zu bewahren, ist verantwortungslos und dumm.

Um unseren zu Urzeiten höllisch heißen Erdball konnte sich im Verlauf der Jahrmilliarden nur deshalb eine unsere Form von Leben ermöglichende Atmosphäre bilden, weil Unmengen von Kohlenstoff und anderen klimawirksamen Elementen im Erdinneren eingelagert wurden. Es bedarf keiner besonderen Intelligenz, sich auszumalen, welche Folgen es hat, diese Massen wieder auszugraben und in die Atmosphäre freizusetzen.

Für dieses Buch habe ich unzählige wissenschaftliche Untersuchungen aus aller Welt, die Entwicklung des Klimas und unserer Lebensbedingungen betreffend, zu Rate gezogen. (Sehr anschaulich etwa in: Lynas, Mark: *6 Grad mehr*, Hamburg 2021) Alle Studien sind sich einig: Wir rasen mit irrsinnigem Tempo auf die entscheidenden »Kipp-Punkte« zu, hinter denen es endgültig kein Zurück zu lebensfreundlichen Bedingungen mehr geben wird.

Unser Energie und Ressourcen verschwendender Lebensstil ist daran schuld. Anschaulichstes Beispiel: 75 Kilo Mensch in mehreren Tonnen Blech in jeden Winkel dieses Planeten zu bewegen, ist kein Zeichen von Freiheit, sondern Ausdruck skrupelloser Verantwortungslosigkeit.

Perversion als alltägliche Realität und in deren Folge eine zerstörte Erde: Das ist das kranke Vermächtnis meiner jetzt langsam abtretenden Generation für die jungen Menschen.

Doch, ich bleibe Optimist: Ich hoffe, dass es den jungen Leuten möglichst bald gelingt, die Vertreter dieses kranken Lebensstils aus ihren vielfältig verteilten Machtpositionen zu entfernen und das Steuer vielleicht gerade noch rechtzeitig herumzureißen.

KBV KRIMINALROMAN

Klaus Wanninger

SCHWABEN-NACHBARN

Taschenbuch, 288 Seiten
ISBN 978-3-95441-587-8
13,00 EURO

Mord im Ländle: Der 22. Fall für Braig und Neundorf

Kevin Scheuer liegt tot in der Garage. Überrollt von seinem schönen, neuen Elektro-SUV. Der Mann war ein grandioser Kotzbrocken, da sind sich die Nachbarn einig. Es scheint niemanden zu geben, der ihm nicht das Schlimmste gewünscht hätte.

Irritiert nehmen die Kommissare Steffen Braig und Katrin Neundorf die große Freude über das Ableben Scheuers wahr. Alle scheinen ein gutes Motiv für einen Mord zu haben. Sei es, dass er Gartenzäune zu Schrott fuhr, stinkenden Guano-Dünger in die Häuser seiner Nachbarn warf, mit seiner Raserei Hunde und Katzen tötete oder gar eines der Kinder schwer verletzte …

Leider sind die Alibis aller Nachbarn genauso wasserdicht wie die Motive handfest. Wer also hat Scheuer auf dem Gewissen? Braig und Neundorf in ihrem 22. Fall!

»Er ist der Meister des Schreckens: Hinter der kleinbürgerlichen Fassade der schwäbischen Saubermänner und -frauen lauern in den Krimis von Klaus Wanninger Abgründe.« (Ludwigsburger Kreiszeitung)

»… die spannenden Situationen, in denen es um Leben und Tod geht, machen es einem schwer, das Buch aus der Hand zu legen.« (Reutlinger Generalanzeiger zu »Schwaben-Finsternis«)